マエストロ

篠田節子

角川文庫 14011

目次

Ⅰ　黒いマント　5
Ⅱ　二重奏　77
Ⅲ　下へのぼる階段　115
Ⅳ　秋霜　170
Ⅴ　巨匠《マエストロ》の時代　253
Ⅵ　挽歌　295
Ⅶ　修羅の調べ　317
文庫版あとがき　332
解説　池上冬樹　334

I　黒いマント

まばゆいライトに、塵《ちり》が金色に舞い立つのが見える。その向こうで、グランドピアノの漆黒の肌が濡《ぬ》れたように光っている。

舞台の袖《そで》でヴァイオリンの弓を握りしめたまま、神野《じんの》瑞恵《みずえ》は、客席のざわめきを聞いていた。

「蓋《ふた》を閉めて弾いて下さい。ペダルは使わないで、小さすぎるくらいの音でいいわ」

丁寧ではあるがひどくとげとげしい口調で、さきほど伴奏ピアニストの恭子《きょうこ》に言ったことを、少し後悔していた。

神経質になりすぎている。

汗でぬるぬるしてきた掌《てのひら》をハンカチで拭《ぬぐ》う。汗をかいているというのに、手は凍るように冷たく、指先は真っ白に変わっている。両手に息を吹きかけ、こすり合わせた。

二つ、三つの子供に戻ってしまったような心細さ。いや、三つのときは、こんな気持ちではなかった。おさらい会は楽しかった。いちばん、音楽を愛していた頃……。

このまま、楽屋にUターンして、どこかへ逃げていきたい。

自分の非力さを思い知らされる。

ヴァイオリンを小脇に抱え、大きくウェーブした髪を肩にたらし、挑戦するような眼差《まなざ》しをカメラに向けたポスターが会場のあちらこちらに貼られていた。ニューヨーク帰りのヘア・メイクアーティストと、スタイリストを始めとするスタッフが作り上げたイメージ。莫大《ばくだい》な宣伝費。

足元が、さらさらと崩れていくような感じを覚え瑞恵はその場に立ちつくしている。

第一部のプログラムのヴィヴァルディを弾いたとき、軽快に、伸びやかに、華麗に、クレモナの銘器、ピエトロ・グァルネリは歌った。

しかし十五分休憩を挟んだ次のプログラム、ベートーヴェンを弾く段になって、不安の発作が、彼女の全身を締め付けている。

神野瑞恵のベートーヴェン嫌いを知っているものは、どれだけいるだろう。嫌いならまだいい。自信がないのだ。技術の問題ではなく、弾けないのだ。

肩から指先にかけて、筋肉が強《こわ》ばっていく。

片手で首筋に触れた。重く冷たい、ダイヤの感触が指先に伝わる。

普通、ヴァイオリニストは楽器が傷むという理由から、ネックレスはつけない。同業者の失笑を買っていることも知っている。しかし瑞恵はステージに立つ限りそれを外すことができない。

大小、三百粒のダイヤモンドの編みこまれたチョーカーは、神野瑞恵の、そして株式会社、ロイヤルダイヤモンドのシンボルなのである。

左手に、弓を持ちかえる。右手でそっと石に触れる。

このまま指に力をこめ、引きちぎってしまえたら……。

三百個のダイヤが、瞬時に飛び散り、いくつかは舞台の中央まで飛んでいき、ライトに照らされてまばゆく輝くだろう。そして彼女とロイヤルダイヤモンドとの関係、さらに言えば、副社長石橋俊介《いしばししゅんすけ》との関係もそこで終わる。ダイヤのチョーカーを巻き付けてヴィヴァルディを弾く神野瑞恵のCMはブラウン管から消えるだろう。同時に、神野瑞恵の名も、音楽界から消える……。

休憩の終わりを告げるチャイムが鳴り響いた。

体を硬くして、目を上げる。緊張感から、吐き気がこみあげてきた。

息を吸い込む。

「そろそろお願いします」

ステージマネージャーが、声をかけてくる。

瑞恵は、左脇にピエトロ・グァルネリを挟むと、背筋を伸ばして足を踏み出した。

舞台の中央に進み一礼する。目に飛び込んできたのは、一階の中央部の空き席の連なりだった。三階席までぎっしり人の入ったホールで、最上の席だけが、空いていた。

ロイヤルダイヤモンドが接待用に、チケットを配った部分だ。チケットのほとんどは顧客のくずかごに直行したのだ。

空席の寒々した連なりを一瞥《いちべつ》しピアニストの水島《みずしま》恭子に目くばせする。恭子はちょっと目を上げると、応《こた》えるようにうなずく。

「どうぞ、あなたさえちゃんと弾けば、私はどうでもつけられますよ」

そう言っているように見えた。どんなときにも上がるということのない女だ。

十年前、瑞恵が国内コンクールで三位入賞したずっと前から、彼女の取り乱した姿を見たことはない。どんな大きな演奏会でも、本番前に気の高ぶったソリストに屈辱的な言葉を浴びせかけられたときでさえ、顔色一つ変えたことがない。自分の十本の指だけで、厳しい世界を生き抜いてきた者の実力と揺るぎない自信を見せつけられる思いがして、少し気後れする。

瑞恵は、弓を構えチューニングした後、ぴたりと手を止めた。その瞬間、静寂が胸をつぶさんばかりに、のしかかってきた。

弓を構え、クロイツェルソナタの冒頭の長い重音を弾く。

だめだ、と思った。重いテンポの緊張感に耐えられなかった。

ゆっくり下ろした弓の先で、力が抜け、震えた。

ヴィヴァルディを弾いたときの伸びやかさは消え、自然に流れ、溢《あふ》れる歌は、せきとめられた。

音符を追い、腕を機械的に動かす。肘《ひじ》が、肩が、そしてどこよりも心が、目に見えぬ糸に縛りつけられたように自由を奪われ、凍りついていく。

音が擦れる。心臓が狂ったように打ち、耳鳴りが始まった。

胸が圧迫され、息を吸い込むことができない。耳鳴りは、やがて頭上でジェット機が飛ぶようなヒステリックな高音になり、グァルネリの音を完全に消し去った。

そのとき、彼女は「あれ」を見た。

いつものことだ。

ひるがえる黒いマントにも似た布が、暗い客席に煙のように広がり、押し寄せてくる。

孤独の中でベートーヴェンに向き合う彼女自身の息の根を止めるように。

瑞恵は目を閉じる。目を開ければ、飲み込まれ、聴衆の面前で崩れるだろう。

しかし、瑞恵は今回も、最後まで弾ききった。

拍手。それに続く「ブラボー」の声。

苦い思いだけが、残る。やりきれない気持ちのまま、丁寧にお辞儀をする。

逃げるように舞台の袖に戻り、再び、楽器を抱えて出ていく。

割れるような拍手。

あのベートーヴェンにどうして？

とまどいと虚《むな》しさの中に、一人取り残される。

深々と一礼し、吹っ切るように、アンコールの小品を弾き始めた。

オンブラ・マイ・フだ。冒頭の全音符は、堂々たる響きを持っていた。ベートーヴェンを離れたとたん、心は落ち着きを取り戻していた。

拍手に送られてステージを降りる。地下にあるソリスト用の楽屋には、一抱えもあるような蘭《らん》の花束が届いていた。贈り主は確かめなくてもわかる。

蘭のくすんだピンクの花びらは、肉感的すぎて好きになれない。重たく湿って、どこか植物らしからぬ生々しさをたたえているのが息苦しい。

チョーカーを外し、ドレスを脱ぎ捨て、ニットのスーツを羽織る。

ドアがノックされたのは、そのときだ。瑞恵はあわててスーツのボタンをかけると、ドアを開けた。水島恭子だった。もう身仕度を終えている。

「お先に」と軽く会釈して帰ろうとするのを瑞恵は引き止める。

「やはり、ベートーヴェンは苦手です……」

だれにも言えない本音だった。

「基本的には前へ前へと、つき進んでいく音楽ではあるのですが、少し走り気味になりますね。私のほうもちゃんとテンポを支えきれなかったからいけないんです。どうすればいいのか、もう少し勉強してみましょう。お互い」

低い声で答えると、恭子は小柄な背筋を伸ばして立ち去っていった。彼女は、瑞恵の演奏を知りつくしている。少し走り気味などという程度ではないことくらいわかっているのだ。にもかかわらず、終わった後の言葉はさりげなく優しい。ただし頼るように差し出した瑞恵の手を取って引き寄せ、甘えさせてくれはしない。

彼女とのつきあいは、瑞恵が高校に入ったときからだから、十五年近くになる。が、恭子は決してプライバシーには立ち入ってこない。だからこそ長くつきあっていられるのかもしれない。

「先生、ご挨拶《あいさつ》お願いします」

ノックもなく、黒のパンツスーツ姿の女が飛び込んできた。ロイヤルダイヤモンドの広報担当者だ。

「あら、先生、コスチューム脱いじゃったんですか？　ファンの方々にご挨拶されるときは、ドレスのままとお願いしていたつもりだったのですが」

咎《とが》めるように言いながら、片手でダイヤのチョーカーを取って瑞恵に手渡す。

「おつけになって下さい。そのスーツ、ラウンドネックで色もオフホワイトですから、ダイヤのチョーカーでもおかしくありません。かえってカジュアルなイメージですてきです」

瑞恵は、しぶしぶロイヤルダイヤモンドの商品を首にぶらさげ、外に出た。

ドアを開けると、廊下にファンが詰めかけていた。

さほど愛想《あいそ》をふりまくわけでもなく、瑞恵は丁寧に一礼する。

握手を求めてくる少女がいる。片隅から食い入るように見つめるサラリーマンふうの男がいる。サインしてくれ、と自分のヴァイオリンケースを差し出す少年がいる。

シャネルスーツに身を包んだ中年の婦人が、瑞恵の手を取って、目に薄く涙を浮かべて言った。

「すてき、すてき、本当にすてきな舞台でした。あんな情熱的なクロイツェルなんて、初めてでしたわ」

瑞恵は、体を硬くして、手を引っ込めた。

皮肉で言っているのでないとしたら、自分を取り巻いたこの人たちは、耳をつけていないのか。彼らは、ダイヤやシフォンで飾られた演奏人形を見て楽しんでいるのか？納得のいかない演奏を行ない、こうしてファンを見下し、いったい自分は何をしているのか？

唇を噛《か》んでうつむいた彼女をかばうように、ロイヤルダイヤモンドの広報部員が、割って入る。

「申し訳ございません。先生がお疲れのようですので、そろそろよろしいでしょうか」

ファンは去らない。瑞恵は顔を上げ、精一杯笑みを作る。

楽屋に戻ると、一人の青年が、折り畳み椅子に腰を下ろしていた。懇意にしている楽器商、マイヤー商会の営業担当、柄沢《からさわ》だ。

無意識に髪に手をやって、乱れを直す。

柄沢は近眼気味らしく、切れ長の目を少し細め、ドアを開けた瑞恵を一瞬凝視し、それからゆっくり立ち上がった。

「あなただったの」

心と裏腹に、素っ気ない言葉が口をついて出た。

「僕じゃいけませんか？」

いたずらっぽく笑うときれいに揃った白い歯並びが見えた。さりげなく後ろに流した髪が、ピンカラーのくずし気味の襟元に、心憎いばかりに似合っている。

「よくここに勝手に入れたこと」

「ガードマンは、いませんでしたから」

「あきれた人……」

「いつもながらすてきな演奏でしたよ」

「ベートーヴェンも？」

「全部」

調子のいい男だ。単に音楽がわからないだけかもしれない。

「いいですか、少しお話しして」

柄沢は、真顔になった。

「どうぞ」

「その楽器、なんか、おかしくないですか？」と、テーブルの上のヴァイオリンを指差す。

「よくわかったわね」

ずっと気に病んでいたことだ。この楽器は、少し前から微妙に音質が変わってしまっていたのだ。まさか会場にいる柄沢が気づくとは思わなかった。

「自分が売ったものですから」

柄沢は微笑んだ。

「早めに手当てした方がいいと思いますが、直してもらえる職人さんはいますか？」

「いるんでしょうけど、かえってひどくされたりするのが怖くて」

憂鬱《ゆううつ》な思いで、瑞恵は楽器の駒の回りに飛び散った松脂《まつやに》の白い粉を拭《ぬぐ》う。

外見上は、どこと言って悪いところはない。しかし音だけは生彩を欠いている。気味の悪い症状だ。

このピエトロ・グァルネリは、グァルネリ・デル・ジェスに比べ知名度ではかなわないにしても、音については遜色《そんしょく》ない。名実ともにクレモナの銘器だ。数年前に柄沢が探してきたもので、六千万というこのクラスの楽器にしては破格の値段で買った。もっとも代金を払ったのはロイヤルダイヤモンドの石橋だったが。

これほどの楽器とめぐり合うことは二度とないだろうと思うほどに、瑞恵の不安は増す。

「マイスター成瀬《なるせ》のところへは持っていかないんですか？」

「とんでもない」

瑞恵は、かぶりを振った。実の所、この楽器の音は、成瀬にいじられた時から変わってしまったのだ。

若い頃、ドイツ楽器製作の技術を身につけたというこの人物に、瑞恵はずっと楽器の修理や弓の毛張りなどを頼んでいた。それが二ヵ月前、数回目の渡欧から戻った成瀬に、軽い気持ちでグァルネリを預けたのが間違いだった。

もともと成瀬は、楽器分類学の学位を持つこの分野でのエキスパートではあったが、本場で「マイスター」の称号を与えられた後には、鼻持ちならない尊大さまで持ち帰っていたのだ。

点検と称してしばらくグァルネリを預かった後、成瀬は「ちょっと調整しておきました」と言った。

調整という言葉を瑞恵は気楽に受け取った。しかし、弾いてみると、音が変わっていたのだ。

あわてて成瀬のもとに楽器を持ちこんでみたが「この音のほうが、はるかにファンタジックだ」と言って、一歩も譲らない。そして、さらに決定的なことを言った。

「この音が、悪いというなら、あなたの耳がおかしいか、さもなければ、技術がなくて、本当の音を出せないだけだ」

瑞恵は、唖然《あぜん》として声も出なかった。

悔しくて涙がこぼれそうだったが、問題が音質の変化という漠然とした話では、それ以上争いようもない。

瑞恵は、鼻にかかったような奇妙な音の交じるヴァイオリンを抱え、怒りに青ざめたまま、成瀬富士雄《ふじお》の工房を兼ねた大邸宅を後にしたのである。

そんな一部始終を話すと、柄沢はちょっと肩をすくめた。

「とんだ災難でしたね。でもこれ以上放っておくわけにもいかないでしょう」

「ええ」

少しの間、思案するように楽器をみつめていた柄沢はやがて躊躇《ちゆうちよ》するように言った。

「僕ね、保坂《ほさか》のじいさんなら直せると思うんですよね」

二年程前に、訪ねたことのある職人だ。

「あの方ね」と瑞恵は、気乗りのしない返事をした。柄沢は、瑞恵の目を覗き込む。

「嫌ですか？　ブランドがないと」

「別に、そういうことでは……」

工房もなく、弟子をとるでもなく、都営住宅の六畳一間で仕事をしている保坂だが、腕には定評がある。称号無きマイスターとさえ言われている。

「うちの店には自前の工房があるけど、高価な楽器はあのじいさんのところに運んでいますよ。何千万のをおしゃかにされてからじゃ、遅いですからね。そのグァルネリだって、同じ事です。自分で売った楽器が妙な音を出していたんじゃ、気になってしかたないですよ。一日も早く見てもらって下さい。人の病気と同じで、こじらせていいはずはありませんから」

普段のそつのなさとは打って変わって熱心な口調だ。

「ええ、教えてくださってありがとう。明日にでもさっそく、持っていくわ」

「それじゃ」と柄沢は片手を上げ、部屋から出て行きかけた。ドアの前でちょっと足を止め振り返る。

真剣な眼差《まなざ》しが、瑞恵の手にしたグァルネリに注がれ、瑞恵の顔に移った。

漆黒と言っていいほど深い目の色に出会って、瑞恵はたじろぐ。柄沢の郷里は信州の奥だと聞いた。高い頬骨と切れ上がった奥二重の目に、一瞬、厳しい気候に鍛え上げられたような鋭利な影が見えた。

柄沢が行ってしまい、一人楽屋に残されると、急にあたりが静まり返った。

ベートーヴェンの数小節が耳によみがえってくる。手が強《こわ》ばる。

鏡に向かい、長い息を吐いた。三十間近の顔は、少し頬の肉が落ちて淡い翳《かげ》りが浮いて見える。

グァルネリを構え、ゆっくり開放弦を弾いてみる。どこか湿ったような妙な音が交じるのを聞きながら、肩と腕の動きをチェックする。全身に疲れが滲《にじ》んで、弓を持つ右手の肘《ひじ》が下がり気味だ。病んだ楽器を抱えているせいか、弾き手の顔色も青白い。

ヴァイオリンとヴァイオリニストは、常に一体だ。互いのコンディションは、微妙に影響し合い、力が拮抗《きっこう》しているときには、最高の音が出る。

持っている楽器が、いやが上にも弾き手の名声を高める事もある。瑞恵の場合、宝石店のCMに登場していることで、ピエトロ・グァルネリの名を広め、同時にグァルネリを持っている事で、神野瑞恵の名を高めた。

ただし自分の力が、それにふさわしいものなのかどうかはわからない。しばしば、漠然とした不安に捕らわれることがある。

腕ということから言えば、瑞恵以上の者はいくらでもいる。「一流半」と、専門家の間でささやかれているのは、華やかな容貌《ようぼう》を羨《うらや》んでのことかもしれないが、確かに一流にはなりきれていない。

技術はある。しかしある種の気迫、音楽への情熱、そうしたものが、瑞恵の中には薄い。それが、ベートーヴェンを弾こうとすると露呈し、さらに、いくつかのことが結びついて恐怖感に変わる。

わかっているにもかかわらず、どうにもならない。

物心ついたときには、ヴァイオリンを弾いていた。

いちばん古い記憶は、母に手を引かれて、どこか知らない家の門をくぐったときのことだ。クリーム色のつる薔薇のアーチのある大きな家で、ドアを開けたとたんに、いくつものヴァイオリンの音が聞こえてきた。音程の狂った軋《きし》み音が絡み合っていた。音大出の母に、聴音の手ほどきを受けて育ってきた瑞恵は、ひどい不快感を覚えた。

そこは英才教育で知られる音楽教室だった。

早期教育の必要性と有効性の叫ばれた時代だった。多くの者が、幼い頃から完璧《かんぺき》な訓練を積めば、だれでもスタープレイヤーになれると錯覚していた。少なくとも自分は、自分の子供だけは、そうなれると信じていた。

事実、瑞恵の通った音楽教室は、多くの楽才を生み出した。しかしその何十倍、何百倍もの敗者を出したことは意外に知られていない。子供らしい遊びも知らず、時には家庭不和までも引き起こしながら、厳しい訓練に耐えた子供たちが、ある者は、思春期を迎えたあたりから伸びが止まって凡庸になっていった。ある者は完璧な技巧を持ちながら、応用力がまったくなかった。そして多くの者が、音楽に対する情熱を失っていった。

音楽という良い趣味を持ちながら生きていく者、楽器の教師として幼い弟子たちに慕われ、温かい家庭を築いた人々を敗者と呼ぶのはふさわしくはないかもしれない。

しかし今の瑞恵にとっては、ステージを降りることは、やはり敗北を意味する。彼女が生きられるところは、他にないからだ。

技巧も音楽的理解も、問題はないが、何かが足りない。それが何なのかわからない。音楽的な資質というものなのか？　だとすれば、それがソリストの限界になる。

高校を卒業するときには、すでに不安に苛《さいな》まれていた。そんな瑞恵を数年後、無理やりステージの中央に引っ張り出し、ライトを当ててしまったのが石橋俊介だった。

楽屋のドアがノックされて、瑞恵は我に返った。

「先生、支度できました？」

弟子の一人が、顔をのぞかせる。

「これ、車に積み込んでおきますね」

彼女は、瑞恵の楽器とスーツケースを抱えた。

振り返った瑞恵の目に、鏡の前に置きっぱなしになっていた蘭《らん》の花束が飛び込んできた。

「石橋俊介」と書かれたカードを抜いてから、弟子を呼び止めた。

「あなた、お花、持っていかない？」

どっしりと重たそうな蘭の花束に目をやった弟子の顔が、ぱっと輝く。

「いいんですか？　カトレアとデンドロビウムなんて……」

「いいのよ、遠慮しないで」

瑞恵は、微笑みながら、そっとカードを引き裂いて捨てた。


翌日、瑞恵は小石川にあるマンションから、保坂の住んでいる府中に、車を飛ばしていた。二年前に一度行ったことがあるので、道は覚えている。あのときいつも修理を頼んでいた成瀬は、ドイツの工房に招かれて留守だったのだ。

ちょっとした不注意から傷をつけてしまったグァルネリを抱えて途方にくれていると、同じカルテットでチェロを弾いていた男が、保坂を紹介してくれた。

腕は保証すると言いながら、彼は、にやりとした。瑞恵は、チェリストの笑いの意味がわからなかった。法外に修理代を取るのか、あるいはひどく偏屈なのかもしれないと思った。そして半信半疑のまま、保坂のもとを訪ねたのだ。

チェリストの笑いの意味は、その姿と工房を目のあたりにしたときにわかった。

昭和三十年代に建てられた老朽化した都営住宅の一室が、彼の仕事場だった。一階の六畳は本来ダイニングキッチンとして使われるはずのところだ。

ドアの脇にあるステンレスのながしは白くくもり、調理台の上には蓋《ふた》を取りっぱなしのジャーが置かれて、乾いた飯粒が内側に貼りついていた。

作業台と古ぼけたソファだけで部屋はいっぱいで、修理途中のヴァイオリンや部品が、戸を取り払った押し入れに吊《つ》るしてあった。

真っ黒に汚れ無数の傷のついた床は、スリッパを履いていてさえ上がるのがためらわれるほどで、保坂の娘に案内された瑞恵は、グァルネリを両手で胸に抱いたまま、立ちすくんでいた。

老人が一人、北向きの窓に面した作業台に向かい、楽器の表板を削っていた。黄ばんだ肌着一枚の上半身を苦しげに曲げ、楽器に覆いかぶさるようにして一心不乱にノミを動かしている。

職人は部屋に通された瑞恵に気づかない。鼻から息を吐き出す音が、ノミの先端からこぼれる微かな音に交じり、ノミが木の肌に食い込むたびに、こめかみの血管がふくれ上がった。

しばらくしてから、老人は訪問者に気づいて、ゆっくりと顔を上げた。

「ああ、これはどうも、汚いとこですいませんね」

手にしたノミを台に置くと、彼は、ゆっくりと瑞恵の方を向きなおり、無造作に作業ズボンにこぼれた削りかすを払った。

「どうぞ、おかけになって下さい」と傍らのスプリングの飛び出しそうな椅子を示す。

瑞恵は真っ白いプリーツスカートの裾《すそ》が、床に触れないように、そっと手で押さえて腰かけた。
大事なグァルネリを彼に預けていいものか、不安になった。
幸い、ヴァイオリンの傷は軽いものだった。保坂は、その場で直してしまった。そして
成瀬富士雄に比べると、驚くほど安い修理代を請求した。
領収書を瑞恵に渡すと、老職人は、何を思ったのか、押し入れの奥から、一冊のカタロ
グを取り出した。
ふっと一吹きすると、埃《ほこり》が舞い上がった。
「アメリカで発行されたものです」
中程の見開きページに、ヴァイオリンの写真が掲載されている。脇に小さな字で、
"ZENJIRO-HOSAKA 1963 TOKYO" とあった。
信じがたい思いで瑞恵は、保坂の不精髭《ひげ》だらけの顔をみつめた。
写真の下に「一東洋人の製作になる古楽器群の音色は、ルネッサンス、バロック期の時
代精神をあますところなく表現する」という説明が、加えられている。
「二、三十年も前のことですよ。当時は、古楽器を作る人間は、世界でもほとんどいなか
ったんです。そんなわけで、たまたま載っただけの話で」
「もう製作はなさらないのですか？」
「いろいろありましてね、家内が死んで幼い子を二人かかえてたんです。時間ばかりくっ

て、実入りの少ない製作では、子供たちが干上がっちまうんで。それ以上に楽器製作ってのは、気迫がなくなるとダメなものなのですよ」

「それでずっと、修理のお仕事を？」

「まあ、ちょっと……」

保坂は黄色い歯を見せて、小さく笑った。

「ブローカー？」

「そんな才覚は、ありません。まあ、二、三年で切り上げましたがね。もっと続けてりゃ、今ごろこんなボロアパートに住んでいませんよ」

何をしていたのか答えないまま彼は続けた。

「何もかも、昔のことです。それにしても、もう一度、精魂を傾けて作ってみたいものです」

顔を上げ保坂は、瑞恵の顔を眩《まぶ》しげにみつめた。

「ぜひお作りになって下さい」

社交辞令だった。多くの音楽関係者がそうであるように、彼女もまた日本人の手によるヴァイオリンなど、アマチュアの練習用だ、と考えていた。

「いや」

保坂は首を振った。

「楽器作りは、気迫ですよ。この年寄りには、その気迫がない。仮にあったとしても、一台作ったとたん、ぽっくりいくかもしれませんな。もっともそうなれば、本望ですが。しかし、すばらしい演奏者に出会ったとき、命がけで作ってみたくなる……」

自分をみつめる凸レンズごしに拡大された濁った瞳《ひとみ》に出会い、瑞恵はたじろぎ、後退《あとじさ》りする。

「しかし叶《かな》わぬ願いなんですよ、先生。作りたての楽器は、本当の音は出ないのです。板が枯れて、良い音が出始めるまで、弦楽器は最低五十年はかかります。そして二百年過ぎたあたりが、最高なんですな。ストラディヴァリも先生がお持ちのそのグァルネリも、最初から良い音がしたわけじゃありません。それに比べりゃ、人の命なんて短いものです。我々の歳になるとつくづくそう思うものです」

「私たちでも、同じです」

瑞恵は、保坂の指紋と皺《しわ》の一つ一つに埃のつまったような萎《しな》びた手をみつめていた。

三百年も生きて、弾き続けることができたら、すばらしい演奏をできるようになるのだろうか、と思い、すぐに否定した。

一日練習を怠れば自分にわかり、一週間怠れば聴衆に気づかれる、といわれるのがヴァイオリンの演奏だ。ステージプレイヤーとして出てしまった以上、常に頂点を極めるべく弾き、頂点を極めたら滑り落ちないようにさらに腕に磨きをかけねばならない。そのうえステージに立つ前には、恐ろしい緊張感に体が凍りつく。

こんなことを百年も続けたら気がおかしくなる。いっそスポーツのように、年齢を理由に引退できるほうがどれほど気が楽なことかと瑞恵は思う。

そのとき保坂は、ピエトロ・グァルネリをもう一度手に取るとつくづくと眺めぽつりと言った。

「先生がお弾きになるには、この楽器、グァルネリは、いささか響きが輝かしすぎるようですな」

「どういう意味ですか？」

小さな刺《とげ》が心の鋭敏な部分に触れた。

「もっとしっとりした音色のほうが先生には、合っているような気がします。どちらかというと、ヴィオラダモーレのような古楽器に近いものがよろしいんじゃないでしょうか」

自分の表情が強《こわ》ばってくるのがわかった。あなたに、グァルネリは合わない。そんなふうに聞こえないこともなかったからだ。

十分歌わせる自信があったからこそ、手に入れたはずだ。楽器はただの道具ではない。それを弾く人間のプライドに関わってくるものだ。

保坂の言葉を「音楽の素人が」と一笑に付すことができなかったのは、瑞恵自身、どこかで迷うところがあったからだ。

「いつかまた、来て下さいよ」

そんな保坂の言葉を聞き流し、あれ以来足を運ばなかったのは、老職人と、その仕事場のみすぼらしいたたずまいに抵抗があったからだけでなく、自分の心に刺さった一本のごく小さな刺をことあるごとに意識させられたからでもあった。

しかし二年経った今、こだわっているひまはなかった。ピエトロ・グァルネリは瀕死の重傷を負っているかもしれない。柄沢の言うとおり早いうちに修理に出した方がいい。

中央自動車道の国立府中インターで下りて、多摩川の川原に向かって少し行ったところに、その住宅はあった。棟番号は記憶している。13号棟。民間アパートならつけない番号だ。

二年ぶりに訪れた保坂の住まいは、少しも変わっていなかった。

狭い玄関の正面に洗濯機が置いてあって、来客を拒んでいるように見える。玄関にはスリッパが散らかり、陽当たりの悪い部屋は、ニスの匂いがこもって息が詰まりそうだ。

以前と同様、娘に案内され、積み重ねた段ボールや、修理しかけのチェロを吊るした間を体を横にして通りぬけ、仕事部屋に入る。

作業台の前の保坂の肌着姿は変わらない。さすがに秋も半ばのことで、すり切れた白い半袖《はんそで》ではなくらくだ色の長袖を着ていた。不精髭は、いっそう白くなっている。濁った目の縁に目やにがたまっているのが、凸レンズ越しに見えた。

「待っていましたよ。また先生が、お見えになるのを」

保坂は、ゆるゆると立ち上がった。

「お世話になります」

「あたしに頭なんか、下げんでくださいよ」

老人は、歯並びの悪い口を開いて笑った。そのとたんに、体がぐらりと傾いた。瑞恵は慌てて支える。すえたような体臭が立ち上った。

「いや、どうも、失礼」

保坂は照れ隠しに再び笑う。

「どこかお悪いのですか？」

「いや、なんということもなくて」

わずか二年の間に、めっきり弱ったように見える。弱ったというよりは、枯れた、というほうが近い。何かに生気を抜き取られたように、げっそりとやつれていた。

「ご病気でも？」

「今年の夏は暑かったですからな」

そう受け流すと、保坂は彼女のヴァイオリンケースに目をやる。

「今度はどうしました？」

瑞恵は楽器の調整のことから、つい最近の成瀬とのやりとりに至るまで、細かく話した。

保坂は途中から笑い出した。歯並びの悪い前歯から、空気を漏れさせながら、ひとしきり笑うと、言った。

「成瀬君ね」

「ご存じなのですか？」

「この商売やってりゃ、だれでも知ってます。しかし本場のマエストロですな、まさしく」

彼女のケースを開けると中からヴァイオリンを取り出す。かたわらの弓で二、三度、擦《こす》り、f字孔から、中を覗《のぞ》く。とたんに、真顔になった。

「今度は、ちょっとやそっとでは、直りませんよ」

「どういうことですか？」

「この前のは、怪我なんですが、今度のは病気、いわばこの楽器が運命づけられている持病のようなものなんです」

「と、おっしゃると？」

保坂は、瑞恵の方に向きなおると、楽器を立てて見せた。

「このグァルネリは、表板が、非常に薄いんです。しかし華やかによく鳴るでしょう。早い話が、病気がちの美人と同じですよ。それを大きな音を出させようとして、強い弦を張ったり、ごつい根柱をつっこんだりして、いじめたわけですな。マエストロ氏は」

保坂は、いたわるように楽器を撫《な》でた。

「木が悲鳴を上げています。その上、無理な力がかかったんで、中にある大きな傷の修理後の膠《にかわ》が剝《は》がれています」

「大きな傷ですって？」

そんなことは、柄沢も言っていなかった。

「無傷のグァルネリなんか、普通の人間には持てませんよ」

保坂は、冷めた声で言った。

「知りませんでした」

「見えないように修理してありますからね。このあたしが、マイヤーに頼まれて、直した楽器です」

天下のグァルネリを六千万で買えたというのは、傷物だったからだ。しかもそれを保坂が直していたとは。「とうてい六千万で買える楽器ではありません」と柄沢は胸を張ったがそれなりの理由はあったのだ。

「まあ、ちょっと見てごらんなさい」

彼は、押し入れに手を伸ばした。ワイヤーを張った内部に、びっしりとヴァイオリンが吊《つ》るされている。

その中の一つを外すと、保坂はネックを握り瑞恵の正面に立てて見せた。

ニスの塗りが、剝げかけている。

「随分古いヴァイオリンですこと」

「そうでもないんですがね。我々が化粧直しをしないと、どんな名器もボロに見える」

保坂はそう言いながら、裏返す。

大きな割れ目が縦に走っていた。

「十八世紀のフィレンツェのものです」

瑞恵は息を呑んだ。これほどの傷を見たら、だれでもうろたえる。

「マイヤー商会が、こういう楽器をヨーロッパで買いあさってくるわけですな」

「これをどうなさるんですか？」

「直すのですよ」

保坂はこともなげに言った。

「これを……こんなすごい傷を負ったのを？」

「まず、全部ばらして、そのばっさり割れた裏板の表面を削って、そこに薄く別の板をはめこんで、膠でくっつけるんです」

だまされたような気分になって、瑞恵はため息をついた。

「パリの古物商、ミッテンヴァルトの教会、楽器屋は円高をいいことにさまざまなところでこういうのを手に入れてくるわけで。もちろん無傷のものだってありますよ。だからって、すぐに鳴ってくれるわけではありません。特に、落ちぶれ貴族の死蔵していたやつなどは、そのままじゃ音も出ません。何年も人のぬくもりを忘れていたのですから。昔のように鳴ってくれるか、歌ってくれるかは、調整する職人の腕一つですな。中を削ったり、駒を付け替えたりして、初めて息を吹き返すんです。こんな背中にばっさり傷のあるものでも、店頭に出るときには、七、八百万にはなるんですよ」

瀕死どころか、楽器生命の終わったような楽器でも再生してしまうのかと感心する一方で、こんなガラクタのような楽器が、ニスを塗り調整されて、オールド楽器として流通するという事実に、わりきれない感じを覚えた。

瑞恵はつい最近、弟子にフランス物のオールドを世話した。六百万という価格は、そう高くはなかったが、このたぐいの楽器なのかもしれない、と思うと良心の痛みを覚えた。

老人は、瑞恵の方を見てちらりと笑った。

「三百年も生きてりゃ、大きな怪我はしますよ。問題は、その怪我を克服して、良い音が出ているかどうかです。ところで、この正真正銘のグァルネリのことですが……」

ヴァイオリンを捧げ持つようにして、保坂は言葉を切った。

瑞恵は祈るような気持ちで、保坂の手元をみつめる。

「心配しないでいいですよ。元どおりに直してさしあげましょう。そのかわり、六カ月、時間を下さい」

保坂は言った。

「六カ月も……」

予想外に長い。代わりの楽器はあるが、グァルネリに比べたら、なんとも見劣りするし、手に馴染んでいない。しかも、今は十月だから、預けている期間は、秋から、年末年始にかかる。演奏家にとってはステージに立つ機会の多い季節だ。

瑞恵の困惑を見てとったように保坂は押し入れの奥のケースから一挺《ちょう》のヴァイオリンを取り出した。

「こんなものでよかったら、持っていって、弾きませんか」

ニスをかけ直したばかりのようだが、楽器本体はかなり古い。十八世紀頃のもののようにも見える。

「先生ほどになれば、スペアの楽器くらいあるでしょうが、まあ、弾いてみて下さいよ」

「もしや……」

あなたが、お作りになったんですか？　と言いかけて、ことばを飲み込んだ。

黒ずんだ飴《あめ》色をした板の色は、ここ数年のうちに保坂が材料を手に入れて作ったにしては、枯れ過ぎていた。どこから見ても二百年はたったオールドの木肌で、ここ数年どころか、保坂の生きている間にできたものではない。

形は、ストラディヴァリやグァルネリなどクレモナの楽器に比べ、全体にほっそりと繊細に作られている。ネックをきつく握りしめることさえ、ためらわれるほどだ。それに軽い。二、三百年たった名器は、水分が飛んで、一般に大変軽いのだが、それにしても軽い。一見、オールドに見せかけた楽器はあることはあるが、枯れきった木の軽さだけはまねできない。

瑞恵は、注意深く取り上げると、構えてみた。顎《あご》と左手の間に華奢《きゃしゃ》なボディがすんなりと収まった。

「どうです」

老職人は、自信に満ちた声で言った。

「古い楽器を調整なさったんですね？」

「まあ、そんなところです」

保坂は、にやりとした。調整するという言葉は微妙だ。駒を少しばかりずらしてみるだけのこともあるし、傷だらけになった楽器をバラバラにして、部品を一つ一つ補強していくこともある。

保坂は、瑞恵に弓を手渡した。

ゆっくりとD線を弾いてみる。長い年月を経た楽器特有の豊かな音だ。輝かしさ、華やかさには欠けるが、匂い立つように艶《つや》っぽい響きがある。

人間もこのように歳を重ねることができたらどんなにいいだろうかと思った。早春の夜更け、闇に咲き誇る白梅の香さえ思い起こさせる、官能的で、どこか妖気《ようき》の漂うような音だ。

「先生」

保坂は、瑞恵をみつめると言った。

「コレルリを弾いて下さいよ。できれば、コンチェルトグロッソでなく、ヴァイオリンソナタのほうをね。先生のコレルリはすばらしいですよ。端正で優美だ。ラ・フォリアを弾くとき、他のヴァイオリニストは体中から激情をほとばしらせるか、そうでなければ、技を誇示する。しかし先生のは、一貫して高貴で華やかな気品をたたえています。他の曲は、ともかく、あれをあそこまで弾けるヴァイオリニストは、そうはいない」

瑞恵は少し照れた。自分には、音楽にぶつける激情も、誇示すべき技もない、と思った。それでも保坂の言葉は耳に心地よかった。

「できれば、伴奏はチェンバロを。ピアノでは音量が大きすぎて、殺されちまう。コレルリを弾いて下さいよ。くれぐれも、ベートーヴェンなんか弾かないで下さい。派手な効果は出ませんし、あんなふうにバリバリやる楽器じゃないんです。もともと貴族がサロンに集まって楽しむための楽器で、大ホールのすみずみまで音を響かせるようにはできちゃいませんから」

「失礼ですが、どこのものですか？」

瑞恵は、さきほどから気になっていたことを尋ねた。

「さあ、あたしにも、わからんのですよ」

「マイヤー商会が、買い付けてきたものなのでしょう」

「いや、違います」

「少なくとも、クレモナのものでは、ありませんね」

保坂は、椅子を引き寄せて座りなおすと、瑞恵の方に顔を寄せて、にやりと笑った。

「先生、楽器っていうのはね、スタイルだけで素性を知るのは、無理なんですよ。たとえば、あのガダニーニを見てごらんなさい。一生に四回も工房を移して、そのたびに様式を変えている。正確な鑑定ができる人間など、世界に十人といません。とにかく、気にいったら、弾き込んでやって下さい。楽器は、書画や骨董《こっとう》とは、違います。素性がどうこうというより、どれだけ鳴るか歌うかが問題なんですから」

「そうですね」

瑞恵はうなずき、ちょっとした好奇心から尋ねた。

「もし、お売りになるとしたら、おいくらくらいで？」

「音色からして、二千万といったところでしょうか」

「二千万」

ほっとため息をついた。どこの店で扱うのか知らないが、出所のわからない楽器にしては、いかにも高い。

「ご厚意に甘えて、私の楽器が直るまで、お借りいたします」

瑞恵は、両手で、楽器を抱えると保坂に一礼した。


マンションの十二階から見る西の空は、金を含んだ朱色に燃え立っている。新宿の高層ビルの向こうに、淡く丹沢の山々の稜線《りょうせん》が見える。

眩《まぶ》しさに顔をしかめ、瑞恵はレースのカーテンを引いた。手元に置いたヴァイオリンに西日を当てないためだった。

リビングルーム中央にあるグランドピアノの影が、絨毯《じゅうたん》の上に長く伸びている。

部屋は、二十畳はある。もともとフローリングの床だったが、瑞恵が移ってきたとき、石橋が業者に頼んで防音性の高いコルクに張り替えさせた。壁にも防音材が入っていて、ヴァイオリンはもちろんグランドピアノの音さえ完全に遮断する。

あのとき、石橋は言った。

「どうだね、ここなら深夜でも心置きなく練習できる。演奏会場にも近いし、それに弾き疲れたら、窓の外を見てぼんやりするのもいい」

感謝の気持ちの底に屈辱感が澱《よど》んでいた。理想的なレッスン室だが、扉一つ隔てた隣の部屋に運び込まれた北欧製のダブルベッドのことを忘れてはいなかった。

用賀にある彼女のマンションから、ここに越してきて、七年になる。未《いま》だに落ちついた気分になれないのはだだっ広い部屋のせいかもしれないし、あるいは見晴らしが良すぎるせいかもしれない。

建物には、小型のエレベーターがいくつもついていて、住人はエントランスを入ってから、大抵はだれとも顔を合わせずに自分の部屋に帰ってくることができる。

こちらのわずらわしさを思いやって、こうした造りのところを選んだのだろうが、それ以上に後ろめたい訪問を人に見られたくないという石橋の意図が透けて見えた。閉所恐怖症というわけではないが、一人で乗っても鼻先のつかえるような狭いエレベーターには、目的階につくまで息が詰まるような不安を感じる。

キッチンで一人で食事をしていると、喉元《のどもと》がひりついてくるような寂寥《せきりょう》感を覚える。火がないからだ、とあるとき思った。

キッチンは電磁調理器具しかなく、部屋にはエアコンが入っていて、炎を見ることはできない。

ガスコンロで朝のミルクを温めてみたい。赤く燃えるストーブに手をかざしてみたい、と痛切に思った。しかし、部屋のどこにもガス栓はない。石橋に言うと、小さな電気ストーブを届けてくれた。スイッチを入れると中で炎の形をしたオレンジ色のランプがちらちらと動いた。しかし空調の音を背に、この人工的な炎を見ていると、ますます気が滅入ってきて、結局クロゼットの隅にしまいこんでしまった。

リビングのコルクの床は、適度な柔らかさと暖かみがある。革張りのソファの色は、深みのあるコーヒーブラウン、壁や床の色に品よくマッチして申し分ない。にもかかわらず、気分が休まらないのは、カーペット敷きの廊下から靴ぬぎがなく、いきなり部屋に入るという作りのせいかもしれない。そう気づいた瑞恵は、小さな下駄箱を買ってきて、玄関に置いた。

石橋は眉《まゆ》をひそめたが、何も言わなかった。

玄関といい、大きな窓といい、ここの作りは、まるでホテルのスイートルームだった。たまに訪れる石橋にとって気分の良いところではあっても、生活するには洗練されすぎている。

それでも七年も暮らしているのは、やはり便利さには、代えがたいからだ。あるいは、贅沢《ぜいたく》に慣れてしまって、今更、用賀の老朽化したマンションに戻る気がしないのかもしれない。

何もかもが、石橋によって与えられたものだ。

あのまま音大を卒業していたら、今頃はどこかの交響楽団に所属し、生徒を教えることで生計を立てていただろう。とりあえず国内のオーケストラのオーディションを受かるくらいの実力はあった。

しかし、ソロ奏者としてやっていくほどの輝かしい実績や人脈、あるいは留学して勉強しなおす資金などは当時の彼女にはなかった。唯一の家族である母親が二カ月前に逝ったばかりだった。

「株式会社、ロイヤルダイヤモンド・ジャパン」という聞いたこともない名前の会社から、イメージキャラクターとして起用したい、という話があったのは、ちょうど卒業を控えた春だった。

二、三度、広告担当者が用賀の自宅を訪れて話をつめた後、石橋がやってきた。

仕立てのいいスーツを身につけた男は、さっぱりと脂の抜けた姿と、穏やかな物腰が、印象的だった。しかしその穏やかな風貌《ふうぼう》の下にある、人の実力と心の内を冷徹に見定め、相手を自分の意図するところに導くような鋭く強い眼差《まなざ》しに気づくには、瑞恵は若すぎた。

石橋は、丁寧な口調で、「どうも、卒業演奏会、拝聴いたしました」と言いながら、名刺を差し出した。そこには「株式会社　貴宝堂　常務取締役」とあった。

貴宝堂といえば、銀座にある老舗《しにせ》の宝石店だ。

翌年から、「ロイヤルダイヤモンド・ジャパン」と社名を変更することになったということを石橋は説明した。

貴宝堂は、ベルギーに本社のあるロイヤルダイヤモンドと資本提携をして、顧客を一部の富裕層から、一般のOLに広げるという営業転換をはかっていたのだ。

イメージキャラクターとして、外国の女優や日本人のタレントの名も挙がった。しかしロイヤルダイヤモンドとの提携を推し進め、老舗の看板だけでもっていた貴宝堂の復興の立て役者となった、後の副社長、石橋俊介が積極的に支持したのは、「クラシック界からスターを」というアイデアだった。

ダイヤモンドとクラシック音楽という取り合わせに新奇さはないが、そこには石橋自身が、自宅にオーディオルームと小ホールを持つほどの音楽ファンだったという事情がある。しかしそのスターを、国際音楽コンクールで脚光を浴びた演奏家ではなく、国内コンクールを通ったばかりの学生の中からみつけようとしたこと、そしてそれが、神野瑞恵であったことが、石橋の個人的趣味だったのかどうかはわからない。

初めてのCMフィルムの撮影を間近に控えたときのことだった。

都内のホテルのラウンジに瑞恵を呼び出した石橋は、瑞恵の演奏活動への援助を申し出た。ソロコンサートの全面的バックアップ、名のある楽器を買い与えること。そして最後に、完全防音設備のついた高級マンションを提供したいと言われたとき、瑞恵はようやく彼の意図を理解した。

屈辱感と軽蔑《けいべつ》と失望の入り交った視線を石橋の顔に投げかけたまま瑞恵は憤然として黙りこくった。

イメージキャラクターの話がきたときから、実力でなく自分の華やかな容姿が注目されたということがわかっていた。彼女以上の実力を持つものが、同期に少なくとも四、五人はいた。幼い頃から一緒の音楽教室に通っていた伊藤孝子《いとうたかこ》もその一人だ。孝子に欠けていたのは、ステージに立ったときの華やかさだけだった。小麦色の肌と吊《つ》り上がったきつい目、しゃくれた顎《あご》。鋭い切れ味を見せる演奏は、なるほどすばらしいものだったが、それだけでは多くの聴衆を惹《ひ》き付けるのは難しい。

自分の整った容貌を演奏活動の上に生かそうというのは、瑞恵に限らず、演奏家ならだれでも考えることだ。しかしそれがこうした申し出に結びつくことまでは考えていなかった。

瑞恵の沈黙の意味に気づいても、石橋は少しも動じた様子を見せなかった。

「最近、メセナという言葉がよく使われているのは知ってるね」

落ち着いた口調で、石橋は話し始めた。低いが、よく通る声だった。

「文化人や芸術家を後援する、というのは、企業人の義務だと、私は考えているが、ただそれだけではない。なぜ、私が神野さんを選んだのかわかりますか？ チャイコフスキーコンクールで入賞した少女やニューヨークフィルでファーストを弾いているヴァイオリニストでなく、なぜあなただったのか」

瑞恵は、息を呑み込んで石橋の引きしまった唇を見つめた。

「芸術は創造でなければいけない。企業人である我々も、会社造りは、創造であると、気づいた。創造というのは、いつでも美に通じるが、その美というのは、常に人を中心にした形でなければならない。我々のしようとしていることは、人創りだ。すでにどこかで、実績を認められた演奏家ではなくて、うちで応援し援助し、育てたい。だれも、芸術一般に対して金を出したいわけじゃない。うちは、というか私は、神野さんの音楽を応援したい、と思っているのですよ」

口当たりの良い言葉だった。

「神野さんを応援したい」と言わず、「神野さんの音楽を」というのも、巧妙な言い回しだった。瑞恵の中で屈辱感は薄れ、共感めいたものが生まれた。

「伊藤孝子さんとは、幼い頃からご一緒だったと聞きましたが……」

伊藤孝子、という名を聞いて、瑞恵は顔を上げた。

「私はもちろん、音楽については素人です。しかし音楽性ということから見て、あなたが上だということは、一目でわかります」

老練な男の口説き文句だというのは、冷静な心理状態なら見抜けるはずのものであった。しかし瑞恵の心はこの一言に、ぐらりと揺れた。

孝子の存在は、このとき瑞恵にとっては神経に刺さった長い棘《とげ》のようなものだった。比べて語られるたびに瑞恵は敗北感を味わい、いらだっていた。同じように練習し、同じ機会を得て、二十歳間近になってみると、決定的な差がついていた。孝子との間には訓練や音楽的解釈ではカバーしきれぬほどの、創造力の差があることを見せつけられていた。

「コンクールのときから、あなたに注目していたんです。伊藤さんは一位、そしてあなたは三位。コンクールが減点主義である以上、当然の結果です。伊藤さんは、間違いなく弾いた、あなたの演奏には、無数の傷があった。しかし音楽と学力テストとは違う。あなたのヴァイオリンには、女らしい細やかな情緒がある」

嘘だ、というのは、わかっていた。しかし心の奥底で何かが微妙に動いた。

このとき、ひどく単純な形で石橋に好意を感じた。彼の落ち着いた眼差しや、自信を持ちながら高ぶることのない物腰に。摂生した生活をうかがわせる引きしまった体や、笑うと浅く寄る目尻《めじり》の皺《しわ》にさえ、数分前とは打って変わった信頼感を瑞恵は抱いていた。

そして彼の申し出を受けた。

後ろめたい思いを抱かなければならない相手はいなかった。心ひかれる男は確かにいた。楽理専攻の研究生だったが、思いを伝えられぬままに、相手は、オーストリアに行ってしまった。もどかしい思いと失望感だけが残っていた。

瑞恵の返事を聞くと、石橋は、ゆったりとうなずき席を立った。そしてタクシーを呼んで瑞恵を帰した。

あれから七年経つが、石橋は慎重にこの関係を隠し続けている。おかげで瑞恵はロイヤルダイヤモンドにふさわしい高貴でクリーンなイメージを保ち続けている。いくつものステージをこなすうちに、演奏には、スタープレイヤーにふさわしい風格も備わってきた。

しかしその先に、何かがあることに瑞恵は気づいている。切り立った崖《がけ》か、壁か……。

眩《まぶ》しさに顔をしかめながら瑞恵は、レースのカーテン越しに夕日が落ちるまで、空を眺めていた。それから保坂から渡された楽器を手に取った。

ネックを握りしめる。他の楽器に比べいくぶん細い。それに短めだ。力木も小さい。バロックヴァイオリンに近いものかもしれない。普通のヴァイオリンしか扱ったことのない自分にこれが弾けるだろうかと、いくらか不安になった。

しかし音階を弾いてみたとき、その心配は無用のものだとわかった。自分のものでない楽器は、ポジションが違い、弾きづらいものなのだが、この楽器に限ってはそうではない。日本女性の骨細で華奢《きやしや》な手に無理なく収まり、かすかなぬくもりさえ感じる。音色は、ゆったりと雅《みやび》やかな響きを持っている。

保坂に言われたとおりコレルリを弾くと、確かに古い時代の匂やかな情緒が、枯れた音の底から立ち現われた。

つぎに、ベートーヴェンのソナタの楽譜を広げた。

とうに暗譜しているが、彼女は未《いま》だに譜面を見る。強弱記号、スラーの一つ一つに、迷いがある。ベートーヴェンの記号は、さほど正確に付されているわけではない。厳密に守って弾くことはできないので、大抵は一般的な解釈に従って、弾く。

一般的な弾き方、約束事を守って弾いてきたという限りにおいて、瑞恵は優等生ではあるが魅力に乏しい。

どんな大家でも、得手、不得手はある。しかし瑞恵の場合はそれとは違う。ある種の欠点をバロックを弾くことによって逃げているのだ。

もう十年近く続いているムード音楽としてのバロックブームの中で、瑞恵はとりわけムーディな弾き手として売ってきた。

しかし今、一頃の流行は去っている。本当の意味で音楽が求められたとき、自分の力でどこまで通用するのか、瑞恵にはわからない。それに一見、内省的で穏やかな曲ほどそれを弾ききるには、内に激しい気迫を秘めていなければならない。逃げ続ける限り、得意のコレルリの演奏でさえ、一流半の評価を覆すことはできない。

乗らないままベートーヴェンを弾いて、瑞恵は楽器を置いた。保坂の言うとおりこの楽器はベートーヴェンを弾くようにはできていない。なんとなく、音の切れが悪く、平板に聞こえてくる。

楽器を下ろし丁寧に松脂《まつやに》を拭《ぬぐ》って、ケースにしまいかけたとき、インターホンが鳴った。

今頃だれだろう、と首を傾げ、ふとカレンダーに目をやり、慌てて受話器を取る。柄沢だった。

弟子に頼まれて、ヴァイオリンを選んでやる予定だったのだ。

ドアを開けると、柄沢はケースを三つ抱えて、ためらう様子もなくリビングルームに上がり込んだ。

「きょう、保坂さんのところに行ってきました」

柄沢をソファで待たせ、紅茶を入れながら瑞恵は言った。

「で、どうでした」

「重傷だけど、大丈夫だそうよ。教えて下さってありがとう」

テーブルの上で、フォションの紅茶が芳しい香気を立てている。石橋は、たいていブランデーを飲んでいるので、紅茶はここを訪れるごく少ない来客のためのものだ。

柄沢はカップを持ち上げ、顔を傾けて底を見る。

「高級品だな。僕なんかドーナツ屋でもらったマグでティーバッグを飲んでるのに」

屈託のない笑顔を見せた。

この部屋のよそよそしい空気が柄沢の訪問のときだけは和むような気がした。

このマンションにやってくるのは、石橋俊介の他はごく限られた人々だ。

弟子や知人には、用賀にあるマンションに行ってもらう。もともと死んだ母親と二人で住んでいたところだが、石橋の世話になるようになってからは、レッスン場として残してある。

ここに友人を呼んだことはあるが、何やかやと詮索《せんさく》され、挙げ句の果てに寝室のドアまで開けられそうになって以来、他人を上げたことはない。住居を隠すというだけのことで、友人たちとは、次第に疎遠になっていった。

今、この部屋を訪れるのは、水島恭子と柄沢だけだ。世俗的な贅沢《ぜいたく》にまったく関心のない恭子は、このホテルのような部屋を見ても、何も尋ねない。淡々としてピアノの前に座り、時折「そろそろ調律したほうがよさそうね」とピアノを撫《な》でるだけだ。

柄沢のほうは、といえば、何かとめんどうなことを引き受けてくれるので、瑞恵もつい頼ってしまう。

ピアノを動かすのを手伝ってくれたり、オーディオ機器の配線をしたり、ファンと名乗る妙な男につきまとわれたときには深夜にかけつけてくれた。それも営業の仕事の一つと言ってしまえばそれきりだが、瑞恵は心の底から信頼感を覚えたものだった。

紅茶を飲み終えて、商売物の楽器を取り出そうとした柄沢は、サイドボードの上に無造作に置かれたヴァイオリンに目をとめて、おやっという顔をした。

保坂から借りてきた楽器だ。しまいかけて、そのままになっていた。

「どうかなさったの？」

瑞恵はそ知らぬ顔で言った。

柄沢はきょとん、としている。

「なんだか、わかります？」

柄沢はそれを取り上げると、水平に持ってみたり、f字孔を覗《のぞ》いたりしている。世間話をしているときとは打って変わって、別人のように怜悧《れいり》な表情が見えた。

「クロッツですか？」

柄沢は、視線を上げた。

次の瞬間には鋭い表情は消え、いつもの愛想《あいそ》のいい営業担当に戻っていた。ちょっと得意そうに、彼は説明した。

「エギディウス・クロッツ。一七六〇年頃の、ミッテンヴァルトで作られたものと似ています。たぶん、その系統の工房のものだと思います」

「実は私にもわからないの。保坂さんのところから借りてきたものだから」

「なるほどね」

柄沢は、うなずく。

「あのじいさんは、けっこうそういう楽器を集めてくるんだ。愛好家が持ち込むこともあるし。いずれにしても、クロッツというのは、そう間違ってはいないと思いますよ」

「ヘッドとネックが、バロックっぽいでしょう?」

柄沢は、笑った。

「大抵のヴァイオリンは、ネックのようなさほど関係ない部分は、後でつけ替えられているんです。これも例外じゃないですよ。板の感じや塗りから僕たちは判断するんです。音は、どうですか。僕は音からは、判断する自信はないから」

「たしかに、北方の雰囲気はあるわね」

そう答えたものの、本当のところは瑞恵のほうもあまり自信がなかった。

柄沢はその楽器を瑞恵に返すと、自分で持ってきたケースを手元に引き寄せた。

「さて、お弟子さんに頼まれたヴァイオリンですが」

言いながら、三台の楽器をテーブルの上に取り出す。

どれも新しく、赤っぽいニスが塗られた木肌は、つやつやと光っている。高価な物ではない。瑞恵が頼んだのは孫弟子のもので、初心者用だ。先方は、五十万で弓とケースまで揃えたいと言う。

「これが、国産の量産品、それから、これが成瀬富士雄さんの作ったやつ」

柄沢は、一つ一つ説明する。

「そして、もう一つは、ドイツのカールヘフナー。この値段なら、成瀬さんのが、良いと思います。グァルネリのうらみは、あるでしょうが、彼だって、だてにマイスターの称号を取ったわけじゃないから、そう悪くはないですよ。少なくとも量産品じゃないから」

瑞恵は、取り上げて弾いてみたが、眉《まゆ》をひそめてすぐに置いた。

「だめですか？」

「ええ、日本の職人さんは、器用なことは器用だから、作りは丁寧なんだけど、音に、薫りが感じられないわね」

「ふうん……。たしかに、日本人の作ったものって、見た目はそれらしくても、やっぱり、本物ではないんですよね。弦だって、針金の音がしてしまうし」

柄沢は巧みに迎合した。

「だから、プロで日本の楽器を使っている人なんていないでしょう。無理をして日本人が作る必要はないのよ」

「で、五十万という値段の制約を考えると、どうでしょうね」

柄沢はさりげなく商売の話に戻す。

瑞恵は、三台の楽器を順番に弾いてみた。音色はそれぞれに違う。

結局カールヘフナーを選んだ。量産品だが、音色に安定感があった。

「それじゃ先生、謝礼の話ですが、今回は、国産の弓でもつけましょうか?」

柄沢は茶化すように言う。

「割り箸《わりばし》をいただいたほうが、まだいいわ」

瑞恵は、肩をすくめた。

「それから、先生、これを……」

柄沢は、アタッシェケースから白い封筒を出した。

「あ、はい」

瑞恵は、格別礼も言わず受け取る。かなりの厚みがある。

「お手数ですが、一応、確認してくれますか」

そう言われて、テーブルに無造作に置いた封筒をもう一度手にとって、中身を数える。

一万円札が、四十枚あった。

「はい、確かに」と言って、再び封筒にしまう。

この前、弟子に楽器を世話したときの仲介料である。たしか四百万のフランス物だったから、約一割というところだ。他のところでは、二、三割、ひどいところだと、四割近く取る、ということだから、瑞恵は良心的な師であるといえるだろう。その一割さえ、瑞恵が請求するわけではなく、楽器屋のほうで勝手に持ってくる。

「あの楽器は、探すのに苦労しました」

柄沢は思い出したように言った。

「何せ、四百万ってのはハンパなんですよね。プレス物やメイドインジャパンでさえ、近ごろ高くて、この間なんか、日本のメーカーの普及品で二百万ってのがありましたよ」

「日本製は、残念ながら、話にならないわ」

瑞恵はかぶりを振った。

「自動車や、機械と違って、楽器、とくに弦楽器はだめ。技術はあるんでしょうけど、やはり、精神風土が違うから。まだ楽器を生み出す文化までは、日本に根付いてはいないのでしょうね。同じ材料、同じ工房で作っても、日本人の手によるものは、やっぱり、違いますもの」

どれほど個人的な修練を積んだにしても、楽器に関しては、その出来はその社会の文化的、芸術的伝統に拘束されていく。瑞恵はそう信じているし、そう考える演奏家が大半でもある。

実際のところ、年配の職人の中には、宮大工や家具職人からこの道に入った人々がいる。彼らの作る楽器ということになれば、色・形はともかくとして、音のほうは弾く前から想像がついた。

「ところで先生」

柄沢は、アタッシェケースを探っている。

「ここにいるときは、その先生というのはやめて下さい」

「失礼、それでは瑞恵さん」

リボンのついた包みを渡す。

「お誕生日おめでとう」

あっけにとられて、しばらく柄沢のすっきりと整った顔をみつめていた。

「覚えててくれたの」

柄沢の顔を見上げる。

「気にいって下さるかどうかわかりませんが……」

「開けていいかしら？」

「もちろん」

ピンクのリボンを解くと、黒い小箱が出てきた。蓋《ふた》を開けると金色の細い鎖が、きらきらと光っている。ブレスレットだ。

「あの、これ、経費じゃありませんので。僕のポケットマネー、だから、安物ですみません」

「ありがとう……」

胸にあたたかな思いがこみ上げてくる。そっと腕を差し出した。

「つけてくださる？」

柄沢は照れる様子もなく瑞恵の手首に金の鎖を巻きつけ、留め金を止めた。

「女の人って、だんだん誕生日を嫌がり始めますよね」

瑞恵は、笑いながら、鎖を中指でなぞる。

「生きていれば、歳を取るわ。祝ってくれる人が一人でもいる限りは、喜ばなくては
……」

柄沢は首を振った。

「悠然としたものだな。僕は先生より一つ下ですが、焦りはありますよ。近ごろ男のほうが焦ってますね」

「人生に目標があって人に寿命がある限り、焦りがあるのは当然だと思うけれど」

柄沢はくっきりと刷《は》いたような眉の先を小さく動かした。

「結婚とかは、全然、お考えにならないんですか？」

「なぜ、そんなことを聞くの？」

「べつに……。僕自身は、普通に結婚して子供を持って、普通に生きていくと思うから」

「普通ってどんなこと？」

柄沢は、少し困ったように眉を寄せた。

瑞恵は柄沢の瞳《ひとみ》の底にあるものを探る。何も見えない。

はじめに、目をそらしたのは柄沢のほうだ。はるか下に見える街の灯をガラス越しに眺めながら、柄沢はいささか散文的な口調で言った。

「いい部屋ですね。こんなところに一人で住んでるなんて、我々庶民には、ちょっと考えられないですよ」

「ええ」

瑞恵はあいまいに笑う。

「ここ、買ってから、七年でしょう。かなり値上がりしてますよ」

私には関係ないことだわ、と心の中でつぶやく。

「マンションが値下がり傾向だと言っても、このあたりは、かえって上がってますからね。僕なら転がすな」

目の前の男が急速に自分から遠ざかっていく。あるいは、これが普通ということなのかもしれない。

「でも、この部屋か、あのグァルネリ一挺《ちょう》か、と言われたら、グァルネリのほうが高いんですよ」

「そう……」

どちらも自分の金で買ったわけではない。

「あのグァルネリが、六千万で買えたってことが奇跡に近いんですから。いくら四年前だって、億の金を出さないで買うなんて、マイヤー商会だからできることなんですよ」

「お腹の中に大きな傷跡があるから、でしょう？」

柄沢は、ぎょっとしたような顔をした。

「ちょっと、だれから聞きました？」と尋ねた後で、「あっ」と声を上げた。

「保坂のじいさんか」

瑞恵は黙ったまま、目だけで笑った。

「まったく、なんて口の軽い職人だ。そんなこと、普通、持ってる本人に向かって言いませんよ」

憤慨した後に、急に真顔になった。

「でも、本当にグァルネリなんですよ。本物は本物です」

瑞恵は笑ったままうなずく。

彼がいなければ手に入らなかった。それは確かだ。

四年前、これを買ったときの苦々しい経験を思いだしていた。

あのとき柄沢から店にグァルネリが入ったという話を聞いて、瑞恵はかけつけた。他の楽器と違って、これは店から持ち出すことができなかったからだ。

ショーウィンドウもなく、黒光りした柱に古い時計が時を刻んでいるマイヤー本店は、アマチュアや無名の演奏家には、敷居の高いところだ。

柄沢はいなくて、中年の社員が対応に出た。織田島《おだじま》というネームプレートが目に入った。

瑞恵は名前を告げた。売れっこヴァイオリニストの顔を見ても、織田島は態度を変えなかった。丁重な言葉遣いの中に、老舗《しにせ》の誇りを背にしたいささか尊大な態度が見え隠れした。

彼は、弓と楽器を持ってきて、彼女に渡した。

「恐れ入りますが、ちょっと弾いてみて下さい」

織田島は無表情に言った。

瑞恵は、怒りに頰がかっと熱くなるのを感じた。

弾いてみて下さい、という織田島の意図を理解したからだ。試奏とは、客が楽器を選ぶためのものではない。腕がそぐわない客には売らないためのものだ。

私を試してから売るのか、と問いつめたいところだったが、大人げないので、黙ってラ・フォリアのさわりを弾いた。

弾き終えると彼は、無言で別の楽器を持ってきた。

「女の方は一般に力がないので、音が小さくなりがちです。まあ、それはいいのですが、おたくさまの弾き方ですとやはり、グァルネリというよりは、こちらのナポリの楽器が……」

店員が言い終える前に、瑞恵は彼に背を向け店を出ていた。

結局、柄沢が間に入って、瑞恵はグァルネリを買うことができたのである。

「あの偉そうな顔した店員さん、今、どうしているの？」

「織田島は店員じゃありませんよ、あの後の異動で営業に移って、今、部長です。音大の偉い先生方の接待で、銀座と築地を往復してます」

柄沢は笑って答えた。

柄沢が帰りかけたとき、瑞恵は彼女あての届け物を預かっているという連絡を管理人から受けた。

一階に下りて受け取る。見慣れたデパートの包み紙だ。差出人は、「石橋俊介」とある。部屋に戻ってから蓋を開けると、きらきらと光るものが出てきた。文字盤とベルトにダイヤをちりばめたブレスレットウォッチだった。こういうものは、自分のところで扱っているはずなのに、わざわざデパートで買い求めて送るのが、いかにも石橋らしい。

瑞恵は少し目を細めてその白くまばゆい輝きに見入った。文字盤にはめこまれた石の光は強すぎて何時をさしているのか、ひどく見にくかった。

バースデーカードもメッセージもない。瑞恵は、取り出して腕にはめようとしたが、ふとそこに先程、柄沢から贈られたブレスレットがあるのに気づき、時計を箱に戻した。そして左腕に巻きついている鎖をゆっくりと撫《な》でた。

我に返って再びヴァイオリンを手にする。飽きるほど音階を繰り返してから、コレルリを弾く。楽器を弾く以外何一つできないまま、三十という歳を迎えてしまった自分のために。そして瑞恵に弾かせるために、官僚である夫と離婚し娘につきそった母のために。

結婚したために、ピアニストとしての将来を捨て、娘に自分の夢のすべてを注ぎ込んだ母は、彼女が二十二の誕生日を迎える前日に、病死した。溢れるほどの音楽的野心の他は、何一つ物欲を持たない人だった。

音楽的野心と音楽への愛情は別だと瑞恵が知ったのは、母が亡くなってからずいぶん後のことだ。


夏の盛りのことだった。頭がぼうっとなるほど暑かった。額の汗が、頬を伝って顎《あご》に回って、ヴァイオリンを濡《ぬ》らしていた。十になったばかりの瑞恵は泣いていた。どれが汗で、どれが涙なのかわからなかった。

母親の大きな目が、憑《つ》かれたように光っていた。瑞恵は、どうしてもシャープが低めになる一小節を正しい音程を指が覚えるまで、と八十回繰り返すことを命じられていた。

窓を締めきった部屋は、呼吸するのも大儀なほどの暑さだ。

高級官僚ばかり住んでいる公務員住宅で、瑞恵の家だけはどこか異質だった。

人づきあいの悪い音大出の母と、子供同士の遊びにも加わらず、ヴァイオリンばかり弾いている娘。父親は、職場で白い目で見られ、弟は仲間はずれになった。

ただでさえ閉鎖的な公務員住宅の中で、やがて練習の音がうるさいという苦情が殺到し、父親は練習を禁じ、母は「こんなところにしか住まわせないあなたが悪い」と反対に父に詰め寄った。結局、窓という窓に目張りし、壁にマットレスを押しつけ、真夏の締めきった部屋で練習することになったのだ。

その日の夕方、瑞恵は熱を出した。熱射病だった。激しい頭痛の中で「おまえに子を持つ資格はない」という父親の怒鳴り声を聞いた。「あの子は、普通の子ではないのがわからないの」という母親の声が聞こえ、さえぎるように平手打ちの音が聞こえた。弟の泣き声が上がった。

瑞恵は這《は》うようにベッドを抜け出し、父母の争っている方へ行こうとした。ふらついて、棚に手をかけたとたん、写真が落ちた。

母の若い頃のものだった。グランドピアノの前で、高く片肘《かたひじ》を上げ、今にも弾き出そうとしている女は、美しかった。大きな目とふっくらした唇、そしてドレスから出た双肩に生気がみなぎっていた。瑞恵はなぜだかわからないが、涙が溢《あふ》れた。

瑞恵が普通の子ではない、という母の信念は、彼女が高名なヴァイオリニストに弟子入りを断られたときも、国内コンクールで目立った成績を残せなかったときでさえ、揺らぐことはなかった。母は信じたまま逝った。

自分は、母親に引きずられてきたのかと思うこともある。そして彼女は死後もこうして弾かせるのか、と。

瑞恵は、先程の柄沢の「普通」という言葉を思い出していた。「幸福」という響きに限りなく近いような気がした。

柄沢が、クロッツらしいと言ったその楽器は、まもなくいくつかのすばらしい特徴を示していった。

それにはっきり気づいたのは、他の楽器とアンサンブルを組んだときだ。

「おいおい、一人で目立つなよ。こっちが霞《かす》んじまうよ」

悲鳴を上げたのは、二年前に保坂を紹介してくれた中年のチェリストだった。

「こっちは、安物のヴィジャッキーなんだ。おたくの高級な楽器でバンバン弾かれたら、かなわんよ。ちょっと加減して音を出してくれよ」

瑞恵はとまどった。一人で弾いているときには、さほど大きいとは感じないこの楽器の音が、アンサンブルを組んだとたんに、ひときわ輝かしく、他の楽器を圧して、浮き出してくる。さほど腕力のない瑞恵が弾いても、なんの無理もなくその音は広がった。しかも弾き込むにしたがい、ますます磨かれたように澄んでくるのだ。

演奏会では、この楽器を使ってみようか、と瑞恵は思いはじめた。

グァルネリの他に持っているのは、グランチーノというイタリア物で、由緒は正しいが、なんとなく相性が悪く手に取る気にはなれない。得体の知れない楽器を公の場で使うのは気がひけるが、クロッツと言われてみれば、それで通るような気もした。

しかし問題はある。

バロックやせいぜい古典派前期の曲までは、その楽器はよかった。しかし劇的に歌わせよう、としてもできない。もともと苦手なベートーヴェンなどはメリハリもなく、甘ったるく鳴るだけだ。

バロックを弾いているかぎり、この楽器はまちがいなくその独特の効果を発揮する。プログラム変更は、そう悪いことではない、と瑞恵は自分に言いきかせた。

石橋俊介から電話があったのは、コンサートの二日前のことだ。

「どうだね？　コンディションは」

柔らかなバリトンだ。なぜわざわざ電話をしてきたのか、瑞恵にはわかっていた。

「演奏曲目を変えたそうだが……」

「ええ、楽器が、どうしても曲と相性が悪いので」

「そうか」

石橋は、それ以上尋ねなかった。人並み以上の音楽への造詣《ぞうけい》を持っている石橋が、本当の理由を知らないはずはない。

「きょう、会えるかね」

「そういう気分ではなくて……」

石橋の低い笑い声が、聞こえる。

「演奏会直前にそちらへ行くというほど、私は不粋ではないよ。車で迎えに行くから、出てこないかね。何か元気の出そうなものを食べよう。加賀料理など、どうだろう。そろそろ、食事が喉《のど》を通らなくなっている頃じゃないのかね」

いつもながらの心遣いに感謝以上のものを感じた。ステージに慣れる慣れないというのは、資質の問題らしい。一緒にカルテットを組んでいるチェリストなどは、本番前に楽屋にカツ丼を出前させて、平然と平らげてからステージに上るし、ニューヨークで活躍している少女のヴァイオリニストは、当日の朝からステーキを食べるという。しかし瑞恵は、すでに三日前から食欲が落ちてくる。緊張で凝《こご》ったような胃をなだめながら過ごす時間は辛《つら》かった。

その夜、案内されたのは、築地の料亭だった。馴染《なじ》みの店なので、他の人間に見られることもない。

挨拶《あいさつ》に現れた女将が下がると、石橋は切り出した。

「プログラムの変更のことだが……」

はっとした。やはり単なる心遣いというわけではなかった。

「わたしはどうでもいいのだが、企画担当のほうは、やはり人気のある曲を弾いてもらいたがっている。どんな巨匠だって、ステージでは自分の好きな曲ばかり弾けるわけではない。聴衆の喜ぶ有名な曲ばかり弾かされてうんざりしているんだ」

「ですから、さっき申し上げたとおり、楽器の都合で……」

うつむいたまま瑞恵は答える。

「まあ、そんな事情ならしかたないな。食べなさい。説教するつもりで呼んだわけではない」

遮るように石橋は言い、この話題を打ち切った。

「わたしは金は出すが、音楽の中身に口を出すような下劣な真似はしないつもりだ」

石橋は、小鉢に箸をつける。物の食べ方に、その人間の品性のすべてが現れるというが、石橋の作法は、完璧《かんぺき》で優雅だった。

仕事で成功した男たちにありがちな、仕事以外の話題がない、といった欠点は、彼にはない。

二人きりの部屋で、二十歳近くも若い女の手を握ることもなく、飽かずにトリスタンとイゾルデについて語る俊介は、一流の趣味人だった。その道のプロを相手に、趣味の話をすることを贅沢《ぜいたく》な遊びととらえているようでもあった。

「我々にも、ウマが合う、合わないということがあるが、演奏家と作曲家との関係でもそういうのがあるのかね」

石橋は、少し時間をおいてから、思い出したように尋ねた。

その話題を打ち切ったように見えても、忘れてはいない。

「石橋さんは、ベートーヴェンがお好きでしたね。わかるような気がします。緊張感がみなぎっていて常に前に押していく。こちらに気迫がないと、反対にやられてしまうような……。聴き手にもそれを要求してくるようなところがありますもの」

石橋は瑞恵の皮肉がわかったらしく苦笑した。

その夜はごく早い時間に石橋は瑞恵をマンション前までタクシーで送ってきて、そのまま車から降りることもなく戻っていった。

部屋に戻った瑞恵は再び、ヴァイオリンを取り出す。少し迷った後、クロイツェルを弾いた。

二、三小節弾いたとき、一瞬だが、いきなり叙情的な響きが耳を打った。

瑞恵は驚いて弓を止める。が、次の小節では元の平板な音に戻っていた。

わずか、数秒間のことだから、あるいは、気のせいだったのかもしれない。しかしその肉声に近い、悲痛な響きを瑞恵は確かに聴いた。

雅《みやび》やかだが、切れ味が鈍い、と思ったヴァイオリンが、わずか数秒間、心の底に深く切り込んでくるような歌を奏でた。

いったいこの楽器は何なのか？　本当にバロック楽器なのか？

瑞恵は当惑しながらいちばん高いE線の開放弦のフェルマータの箇所を弾く。

普通、ヴィブラートがかからなくて、金属的な音が出てしまうため、譜面通り開放弦で弾くことはない。しかし瑞恵は先程、誤って開放弦のまま弾いたのだ。ところが、なんの拍子か、鋭く聞き心地の悪いはずのE線の生の音は、スティール弦らしからぬ、豊かな表情を見せた。

同じフレーズを繰り返す。しかし二度と同じように歌うことはなかった。

楽器との出会いは恋に似ている。まず相性が合い、惚《ほ》れる。しかし喜びの後、本当の音を知り、引き出すまでには長い時間が必要だ。

まだ自分は、この楽器のことがわかっていないのかもしれない、と瑞恵は思った。

コンサートは、都内のホールで行なわれた。オープニングはピアノと通奏低音のチェロを加えたヴィヴァルディのソナタだった。

クロッツとおぼしきヴァイオリンは、暖かく艶《つや》やかな金茶色の光輝を放ちながら、ひときわ流麗に官能的に鳴った。

しかしこのヴァイオリンが本領を発揮したのは、やはり最後のコレルリだった。あまり演奏されることのない第五番のGマイナーのソナタは、ピアノを抜いてチェロ一本の伴奏で演奏された。

冒頭のG音の悲痛な響きには、少しのわざとらしさもなく、次の翳《かげ》りを帯びた旋律に受け継がれていく。

このイタリアの作曲家の曲は短調ではあっても、沈鬱《ちんうつ》さや苦悩は感じられない。透明で甘い切なさが流れている。心地よい哀しみに身を浸し、瑞恵は弾く。生きる喜びを明るい旋律や生き生きとしたリズムに感じるとは限らない。

彼女がこの曲に出会ったのは、高校に入った年だ。レッスンの帰りだった。母親と二人きりのマンションに戻るのが辛くて、彼女はレッスン先のある中野の町をさまよった。部屋いっぱいの音楽書とピアノの他には、家具らしい家具もない3DKで、修道僧のような生活をするのに、耐えられなかった。

ポケットの中には、定期の他、小銭しかない。夕暮れの町をあてもなく歩いて、ふと路地裏に「田園」という看板をみつけてふらふらと入った。

音楽から逃げ出した先が、ゲームセンターでもディスコでも、ましてや父のもとでもなく、音楽喫茶というのが奇妙だった。

薄暗く、壁をゴキブリが這《は》い回る店内で、瑞恵はその演奏を聴いた。

ひどい録音だった。針音の中にどうにかヴァイオリンの音を探りながら、その流麗な響きに飲まれていった。嫋々《じょうじょう》たる余韻を残す短調の旋律の中に、瑞恵は曲想とは裏腹の噴き上がるような歓喜を覚えたのだった。

およそ愛情など感じる余裕はなく、むしろ憎んでさえいた音楽に、こんな思いを抱くのは不思議な気がした。

そこがSP盤を竹針で聴かせるので有名な店であることなど知る由もなかった。

目を上げると、演奏中のレコードのジャケットが、レジの上に立てかけてあった。

“CORELLI”という文字が、読み取れた。

退廃の香りさえ漂うほどの過剰な情感をたたえた演奏からは、想像もできない、はち切れんばかりのピンクの頰をした女性ヴァイオリニストの写真があった。ドレスから出たたくましい肩、ヴァイオリンが玩具《おもちゃ》のように見えるほどがっしりと太い腕に、瑞恵は圧倒された。

彼女の名前など、とうに忘れてしまったが、あの演奏の流れるような情緒的な装飾音だらけの演奏は、今でも耳の奥に残っている。

瑞恵のコレルリは二楽章に入った。ベテランのチェリストが、複雑で速い動きを楽々と弾きこなしヴァイオリンを支える。ふたつの旋律が絡み合い、均整のとれた端正な美しさを紡ぎ出していた。

瑞恵は思いきって、装飾音を使う。この楽器に限り煩雑さや下品さは感じられず、レースのような繊細さをかもし出した。

最終楽章が終わり、完全な静寂が訪れた次の瞬間、嵐のような拍手が会場を包んだ。いったん舞台の袖《そで》に退いても、拍手は鳴り止まない。

同じコレルリでも、よく知られたラ・フォリアではない。地味な第五番がこれだけの熱狂を呼ぶことはめずらしい。

「おいおい、かわいこちゃんがステージに乗ると違うじゃないか」

口の悪いチェリストが、流れる汗を拭《ぬぐ》いながら笑った。

アンコールを弾き終えて楽屋に戻ったとき、ふとこれを二千万で買ってもいいのではないかと思った。駒の回りに飛んだ真っ白な松脂《まつやに》の粉を拭うと、深みのある暗赤色の肌に、独特の金色がかった艶が浮く。

冷たい透明感をたたえ、そのくせ艶めかしく妖《あや》しげな音色。力で弾ききろうとすれば、言うことを聞かないが、やさしく弾いてやると、この上なく優美に歌ってくれる。まさに自分のためにあるような楽器だった。

柄沢の言うように、本当にエギディウス・クロッツであれば、二千万でも決して高くはない。高くないどころか、破格の買い物だ。

いや、二千万という金額は、瑞恵にとってはさほど問題ではない。肝心なのは、このヴァイオリンが自分の音楽に合っているかどうか、ということだ。さらにもう一つ、自分にふさわしいものかどうか、ということだ。

巨匠クラスか、あるいは反対にまったく無名の楽団員なら別だが、そうでなければ、自分の演奏家としての格付けは気になる。瑞恵クラスの演奏家がそうしたことにいっそう敏感になるのはしかたがない。素性の知れないものは持ちたくないと考えるのは、当然ではあった。

心をひかれるほどに、瑞恵の中では、それがどこのいつの時代のものなのか、確かめたい気持ちがつのる。

たぶん保坂自身が、どこかから買いつけてきたものだろう。買ったばかりのときは、音も出ないほど傷んでいたのに違いない。それを調整し、ここまで復元した。そうした意味で、保坂は調整とはいいながら、自分が作ったつもりでいるのかもしれない。

少なくとも元はそうとうの楽器だったに違いない。

ストラディヴァリやアマティ、少し落ちて、クロッツといった名のある楽器でなくとも、ヨーロッパのオールドヴァイオリンの中には、それに匹敵するものがある。

「そんなにいただいちゃ、いけません。百万、百万で十分です。あなたに弾いてもらえるんだったら」

瑞恵は、あっけにとられた。

百万といったら、弓だけの値段だ。

「二十ヵ月かかりましたよ。ぴったり、二十ヵ月です」

「はあ？」

「その楽器です。その楽器を作るのに」

しばらくの間、瑞恵には保坂の言っている意味がわからなかった。

その楽器を作る。確かに作ると言った。

「あなたが、初めてここへ来られたとき、決心したんですよ。もう一度作ってみようと」

体中の血の気が引いていくような気がした。

「あなたの持っているグァルネリより、もっとあなたにぴったりのやつを、あなたのための楽器を作って、これを私の最後の作品にしようと思いました」

嘘だ……。瑞恵は無言で、保坂をみつめた。

作ったというのは、単に古い楽器の掃除をしたり、剝《は》がれかけた膠《にかわ》をつけたり、ニスを塗っただけ。もしかすると、大きな傷があって、割れ目をつけたかもしれないけれど、もとの楽器はあったはず……。

保坂は、この手で作ったのだとでも言うように、ところどころ皮膚が厚くなった右手をかざした。セーターの肘《ひじ》が擦り切れて、薄汚れた肌着が見えた。瑞恵は、無意識に目をそらす。

「ほかの仕事は、すべて断りました。神経を張りつめたままで、身を削るような仕事でした」

光線の加減か、黄色い乱杭歯を飛び出させた口元の髭が、妙に濃く見えた。

「でも、あの楽器は、とても古くて……、どう見ても、二、三百年は、いいえ、そこまではわかりませんけど、百年は、経ってましたもの。そんな最近作ったとは、考えられません」

瑞恵は、やっとのことで、そこまで言った。

「そうでしょう、新しい木で作ったら、良いものはできません。それに今、良い音が出ても、十年先の保証はできません。普通はどうがんばったところで、十八世紀の名工のものにはかなわないのです。あの木、あれは何だと思います？　本来なら、ヨーロッパの唐檜《とうひ》と楓《かえで》なんですがね、あれは日本の柳と樅《もみ》ですよ」

「なんですって？」

悲鳴に近い声が口をついて出た。

「二百年も寝かせた木を探すのは、苦労しました。あれは、紀伊半島は熊野の寺の本堂に使われていた羽目板です。探しに行ったのですよ。どこかにあるはずだと、古い民家や寺を探しました。二ヵ月近くたって、あきらめかけた頃、ようやく見つけたんです。枯れ具合といい、木目といい、これだと思いました。そのときの気持ちはなんと申し上げたらいいんでしょうな。仏様がこの年寄りに、もう一度、仕事をさせてくれるのだ、というのか、もう一方で、もしうまくいかなかったら、という気持ちがあって、なんだか、木に押しつぶされるような気分になりましたよ。それから、住職に無理やり頼みこみましてね。初めは、この寺は十代続いているの、文化庁の許可がいるのと、山の中の古寺のくせして、もったいをつけていたのですが、四日ねばったら、とうとう剝がしてくれました」

保坂は愉快そうに笑った。そして、ヴァイオリンを取り上げ、ネックを指差した。

「ここや指板は、本体がめちゃめちゃになってしまったフランスの楽器から取ったものです。実にいい黒檀《こくたん》でしょう。それを削りなおしましてね。柔らかで、小さな日本の女性の手に、ぴったり収まるようにです。まろやかなカーブがついていたのに、気がつきましたか？　本当のバロックの音が、出たでしょう」

保坂は、熱に浮かされたように、話し続けた。

額に、冷たい汗が浮かんでは流れてくるのを瑞恵はハンカチを取り出して拭う。

そして保坂は決定的なことを口にした。

「あれはまさしくあなたがコレルリを弾くためのものなのです。そのために作った楽器なんですよ」

まさしく、あなたが弾くため、と心の内で繰り返す。これが自分にふさわしい楽器だと言うのか？

「二十ヵ月で、完成させました。私のライフワークのようなものです。しかし、百万円いただければ、けっこうです。あなたのために作ったものですから、あなたが、弾いて下さるんだったら」

瑞恵の心に湧き上がったのは、老人の熱意に対する感謝ではなかった。

屈辱感に満たされた、理不尽な怒りだった。

グァルネリの響きは、あなたには輝かしすぎる、という言葉は、こういうことだった。

宝石屋の広告塔のような「一流半」のヴァイオリニストには、古寺の羽目板で作った楽器が、似合いだというのか？

みすぼらしい修理屋の老人が作ったものを、ヨーロッパの名器だと思い込んで弾いていた自分に腹が立った。ありあわせの材料で作ったつぎはぎの楽器を悦に入って弾いていた愚かしさ。公の演奏会にまで持ち出した滑稽《こっけい》さ。

「お断りします」

瑞恵は、吐き捨てるように言った。

保坂の顔に、当惑の色が浮かんだ。何か聞き違えたように、灰色がかった瞳《ひとみ》で、瑞恵の口元をみつめる。

「だましたのですね」

声にならずうめきのようなものが唇からもれた。

「御自分で作ったものなら、最初からそうおっしゃるのが、職人さんのプライドじゃなくて？」

職人は、半分口を開けたまま、上目遣いに、瑞恵をみつめていた。

「古寺の建築材なら、なるほどオールドには違いありません。持っても軽かったはずね」

「ちょっと、待って下さい」

保坂の不精髭《ひげ》が震えた。

「アマチュアの練習用ならともかく、こんな寄せ集めの、楽器とも呼べないようなものを……」

「楽器とも呼べない？……」

職人は、ぽつりと問い返した。かさついた皮膚は、色を失っている。

ごま塩の髪が、二筋、三筋、汗のつぶの浮いた額にたれてくるのを瑞恵は、見下ろしていた。

作業台に置かれた静脈の浮き出た手が、ぶるぶると震える。老人は立ち上がりかけ、体を支えきれないように、中腰のままどさりと椅子に崩れた。

やがて、彼は、ずり落ちた眼鏡から目だけ上げると、独り言のようにつぶやいた。

「私も、歳を取りすぎた。良いものを作るということは、命を削るようなものだ。これで、製作は、最後にするつもりだったが……」

「どういう意味ですか。私、弾くつもりは、ありませんよ」

保坂は何も聞こえていないように、うつろな視線を作業台に漂わせている。

「何本作ろうと、私は、弾きません」

瑞恵は、繰り返した。

Ⅱ　二重奏

　小石川のマンションに戻って、瑞恵はグァルネリを弾いた。

　昨日までの自分がなんのつもりであの得体のしれないヴァイオリンを弾いていたのかわからない。何か妖術《ようじゅつ》にかかったような気がする。

　老人の作り出した一挺《ちょう》のヴァイオリンが、瑞恵を幻惑し、ついで柄沢の目をだまし、そして多くの聴衆の耳をも、あざむいた。

　瑞恵がその気になって弾いたとき、日本の一職人が古材で作った楽器は、由緒正しい本物に似た音を出し、瑞恵の思い込みは柄沢の鑑識眼を狂わせ、コンサートホールにいた多くの人々が幻の音を共有した。そう思うと薄寒ささえ覚えた。

　だましてその気にさせて、自分の作った楽器を弾かせたという保坂のやり方が、許せなかった。

　しかし、仮に、保坂が本当の事を言ったとしたら自分はあれを弾いただろうか？

考えられないことだ。そもそも借りてくること自体しなかっただろう。

久しぶりに手にしたグァルネリは、ポジションが広く瑞恵の手に余った。すっかり、あの保坂の楽器に馴染《なじ》んでいるのが、腹立たしかった。

不快な思いを振り払うように、瑞恵はいきなりベートーヴェンのスプリングソナタを弾く。

さすがに、ステージに立っているときと違って、手が震えることも息苦しくなることもない。

指は回った。音符のひとつひとつは、きちんと処理されている。しかし、それはなんの情緒もかもし出さない。瑞恵は機械的に弾いた。

ベートーヴェンの曲に何かを感じることはできなかった。自分の感性をこの曲の内面世界に向けることが恐かった。

結局、伊藤孝子にかなわなかったのは、これなのだと思った。

決して孝子のヴァイオリンがまちがえずに完璧《かんぺき》に弾いたということではない。孝子は、一挺のヴァイオリンから、見事な和声の絡みを引き出してみせた。ひとつひとつの音がドラマを構成していた。技術の問題などではない。曲の持つ構成的世界を把握していく知性と、それに正面から向き合う人間的力量の違いであったのかもしれない。

しかしその伊藤孝子でさえ、今では、その名前を聞くことはない。

ごく小さなきっかけで、ステージから転げ落ちていったのだ。

瑞恵はヴァイオリンを下ろした。

弾くことに喜びを感じることはできない。

「この少女の弾くヴァイオリンには、音楽の喜びが感じられない。技術以前の問題だ」

ある高名なオーストリア人ヴァイオリニストにそう言われ、入門を断られたのは、確か、十三になったばかりの年だった。両親はその少し前に離婚していた。

瑞恵が、そのとき弾いたのが、クロイツェルソナタだった。

愛していた。何よりもこの曲を好きだった。しかし弾けなかったのだ。弾ける状態ではなかった。

喜びのないクロイツェルが、いつから、苦痛に満ちた幻覚まで誘うようになったのかは、わからない。舞い下りてくる黒い布のイメージが何なのか、瑞恵にはわからない。知りたくないのかもしれない。

電話のベルの音に、我に返った。グァルネリをテーブルに置いて、受話器を取る。

「柄沢です」といくらか鼻にかかった若々しい声が聞こえてきた。

ほっとした。凍《い》てついた心が解けていく。

「いまシュトゥットガルトです」

「まあ。そんな遠くに」

「ホテルの部屋からです。練習中でしたか?」

「いえ」

「出張六日目なんですよ。なんとなく里心がつきましてね」

柄沢は、今年から営業の仕事を外れて、仕入れの部署に異動していた。

「日本が恋しくなって、先生のところに電話するっていうのもおかしなものですね。なんだか、照れるな」

「思い出して下さったのなら、うれしいわ」

「おみやげ、あります。日本に戻ったら最初に届けます」

「ありがとう」

受話器を置く。ため息がもれた。

先生という呼び方は、何年来、変わらない。率直に好意を示しながら、それ以上に踏み込もうとせず、距離を保っている柄沢の気持ちが察せられる。

もどかしいが何もできない。もし自分が一介の楽団員であったなら、彼は一人の女として扱ってくれるのだろうか？　それとも顧客の一人としての扱いをするのだろうか。いずれにしても、楽器屋の営業担当と客という関係にしては、数千キロを隔てた言葉のやりとりは、甘く暖かすぎた。

その四日後、一本の電話が音大時代の恩師からかかってきた。

ちょうど石橋が来ていた。ベッドから手を伸ばして受話器を取った瞬間、声の主がわかり、なんとも気まずい気持ちで、傍らの石橋の腕を退けた。

「夜分どうも申しわけない。今、大丈夫ですか」

白川という恩師は、そう前置きした。

瑞恵はローブを羽織るとベッドから抜け出し、きちんと椅子にかけた。

石橋がベッドをきしませて体を起こすのを一瞥《いちべつ》して、電話の向こうに耳をすませる。

「非常勤講師を探しているんだが、どうかな？　やってみないかね」

格別目新しい話ではない。少し前まで、瑞恵は母校の付属短大に講師として招かれていたからだ。忙しいスケジュールの合間をぬっての仕事だったが、良い経験になった。

「はい……」

瑞恵は短く答えた。

「ただし、うちの学校じゃないんだ」

「どちらですか」

「G大」

東京郊外にある国立大学だ。音大ではない。教員養成大学だった。そこの音楽科教員養成クラスの器楽科でトレーナーを探している、という。

なぜ自分にそんな話が来るのかわからない。教員養成クラスのトレーナーなら、わざわざステージプレイヤーの瑞恵が行く必要などないからだ。

「官学の音楽教育の考え方も、ようやく一歩前進したらしいね。今までみたいに、子供の歌の伴奏ができればことたりる、とは考えずに、本当の意味での音楽性を学生に要求しはじめているんだ。喜ばしいことだよ。教員を育てるのに、一度はそれなりの演奏家の手ほどきを受けさせようという意図らしい」

戸惑っている瑞恵の気持ちを察したように、白川は続けた。

「君は音楽的にはいわゆる純粋培養だ。一般人の間に少しは入ったほうがいい。学生たちにとっても良い刺激になるだろうし君自身の勉強にもなる。それにうちの卒業生も一人、講師をしているから、心配することはない」

「どなたですか？」

「伊藤君だよ」

事もなげに白川は言った。瑞恵は言葉を失った。コンクールで、瑞恵よりも上位入賞した伊藤孝子が、教員養成校で講師をしていた。

瑞恵は複雑な気持ちになった。自分を悠々と追い越して伸びていった伊藤に嫉妬《しっと》を感じた事もある。しかし今、ステージから消えた彼女を見るのは、その経緯を知っているだけに辛《つら》い。

少し考える時間が欲しい、と言った。

「もちろんだ。すぐ決めることはない。いい返事を待っている」

穏やかな口調で答えて、白川は電話を切った。

「どうするんだね？」

石橋が尋ねた。電話のやりとりを聞いていたらしい。

「この上、弟子をとる必要があるのかね。人に教えなければ、食べていかれないわけではないと思うが」

瑞恵は黙っていた。

「今は君自身の練習に時間を費やしたほうが賢明なのではないかな」

「私自身の問題ですから」

遮るように言ったのは、格別、講師の仕事を引き受けたかったからではなかった。石橋に自分の人生の基本的なところに、入りこまれるのが怖かった。彼の人生経験や人間的力量にすっぽり包まれるのは、怖かった。

石橋は気を悪くした様子もなく、シャツに袖《そで》を通し始める。せめていやな顔をするなり、「生意気なことを言うな」と一喝するなりしてくれれば、むしろ気が楽なものを、と瑞恵は思う。

実際のところ、石橋の言うとおり断るのが賢明だ。

国立大学の講師料は、信じられないくらい安い。交通費で消えてしまう。それを引き受ける者がいるのは、ハクがつくからだ。国立大学講師、ということになれば、世間の見る目が違ってくる。

しかし瑞恵には、そうしてハクをつける必要はない。しかも行った先には、伊藤孝子がいる。複雑な人間関係に巻き込まれるのはごめんだった。

石橋の忠告を待つまでもなく、結論は出ている。

「ところで……」

石橋はベッドに腰を下ろすと、瑞恵の腕をとって隣に座らせた。

「この次のリサイタルの会場が押さえられた。新しくできたOホールだ」

交通の便もよく音響設備の整ったOホールは、今、演奏家たちの間では最も人気があり、なかなか取れないことでも有名だ。

「君の希望どおり、金曜日の夜だ」

いったいいくらかかったのか、などということは考える必要はない。

リサイタルを開くには、多くの弟子に協力を頼んで、大量のチケットを引き取らせ、さらに演奏家自身も相当の出費をして赤字覚悟で行なうのが普通だ。

金の工面に頭を悩ませることもなく演奏だけに集中できる自分の恵まれた境遇を否応《いやおう》なく意識させられる。

「ありがとうございます」

礼儀正しく、瑞恵は頭を下げる。石橋は、目尻《めじり》に少し皺《しわ》を寄せて微笑み、彼女の肩を叩《たた》いた。

「チケットについては、こちらで引き受ける。君は自分の招待客だけリストアップしてくれればいい。一日に人間に与えられた時間は、二十四時間と決まっている。どうでもいいことに時間を割けば、肝心のところが削られる。気力も削《そ》がれる。自分にとって、今は何が本当に必要なのか、よく考えてみることだ」

暗に講師の件について忠告している。

瑞恵は、石橋の手の甲にそっと触れた。プラチナの結婚指輪が鈍く光っている。

「お帰りになる時間ですね」

「ああ」

洗面所に立っていく男の後ろ姿を瑞恵は冷めた思いで眺める。

石橋は決して泊まってはいかない。無用のスキャンダルを嫌うからだ。

ロイヤルダイヤモンドの前身「貴宝堂」は、典型的な同族会社で、会長以下、おもだった役員は血族で固められている。石橋は、その手腕を買われて会長の娘婿《むすめむこ》に収まった男だった。

育ちの良さから、セレモニー専用と陰口を叩かれている経営手腕に欠けた二代目の社長に対して、実権は事実上石橋俊介に集中している。力のある外様《とざま》大名といったところだ。

しかし実権を握っているということは、追い落とされる可能性が常にあるということだ。

このマンションは、世間的には瑞恵の離別した父親の持ち物ということになっている。

彼女が弟子を持っているのも、演奏活動の他にも収入源があるということを世間に示す手段だ。互いの関係を世間に対して隠したいということでは、石橋と瑞恵の利害は一致している。わかってはいるが、虚《むな》しさとも嫌悪感ともつかぬものが、胸にせり上がってくる。

それにしても、月に一度、それも二、三時間をともに過ごすためにこれだけの出費をする石橋の心を瑞恵はときおりはかりかねる。

いずれにしろ、石橋は理想的なパトロンであり、彼の庇護《ひご》のうちにあるかぎり、ステージを追われることはない。

「来月来られるのは、十日過ぎかな？」

石橋は、カレンダーをめくる。出張や会議が入って、予定どおりになったためしはない。

瑞恵は黙ってうなずく。

彼の来る日を楽しみに待っているわけではない。それでもこの瞬間は淋《さび》しさが胸を吹き抜ける。石橋に対する思いなのか、それとも最終的には金に帰結する関係への虚しさなのか、よくわからない。

「じゃ、元気で」

瑞恵の肩を軽く抱くと、石橋は戻っていった。

ベランダに出て下を見ると、少し離れた場所にタクシーが止まり、まもなくゆっくり走り出すのが見えた。普段使っている黒塗りの車を、ここに来るときに石橋が使うことはない。瑞恵は、ヘッドライトに照らされた路面が移動していく先を、ぼんやりと目で追う。

ふと自分は、ずっとこのままなのではないか、という奇妙な焦躁《しょうそう》感を覚えた。

結婚にも、子供を持つことにも、格別の憧《あこが》れはない。むしろ考えないようにしてきた。弾くこと以外考えず、たった一本のレールの上を走ってきた。

しかし今、一つの坂を越えられないまま、苦しんでいる。

そこそこに弾ける美貌《びぼう》のヴァイオリニストの容色が衰え始めたら……、というのは、意地悪いファンならだれでも考えることだ。

しかし瑞恵は、それ以前に、今の演奏レベルが、自分の人生そのものを限定してしまうような気がしている。

登り坂は今、そそり立つ崖《がけ》となって行く手を阻んでいる。

あの伊藤孝子も、こうした思いを経験したに違いない。これといった後ろ盾もなく、なまじコンクール優勝の実績があるがために、彼女はステージから消えていった。消えた先に、瑞恵は何も見えなかった。慄然《りつぜん》とするほどに深く、濃い闇が横たわっているだけだ。


母校の音大を訪れたのは二日後のことだった。水島恭子の家でピアノ合わせを行ない、その帰りに寄った。非常勤講師の件について返事をしなければならなかった。受けるのなら電話で済むが、断るときにはそうはいかない。

校門の右手にあるホールの脇を抜け、校舎に続く花水木の咲き乱れる小道を歩きながら、瑞恵はどんな言い訳をすればいいものか、まだ迷っていた。忙しいのは事実だがそれだけではない。しかし自分の心の中の伊藤孝子に対するわだかまりは言葉では説明しがたいし、またそんな必要もない。

瀟洒《しょうしゃ》な白亜の建物の四階に白川の研究室はある。

瑞恵が入っていくと、楽譜をコピーしているところだった。

「ああ、ちょうどいいところに来た」

白川は、瑞恵の顔を見ると、白く長い眉《まゆ》を上げて手招きした。

「ちょっと、教えてくれないかね」

楽譜を拡大コピーしようとして操作がわからず途方にくれているらしい。

「寄る年波には勝てないものだね。老眼鏡が合わなくなってしまった。めんどうだから楽譜のほうを大きくしてしまおうってわけだ」

瑞恵は笑いながら受け取り、ガラス面に楽譜を置きいくつかのボタンを説明する。

「いや、中学のときからめんどうを見た愛弟子《まなでし》に、今度はこっちが教わる番だな」と白川は頭をかく。

コピーを終えた楽譜を傍らのピアノの上に置くと、白川は温厚な顔を少し引きしめて瑞恵を見た。

「わざわざここに来たってことは……」

「申し訳ありません」

瑞恵は、頭を下げる。

少し間をおいて、白川は口を開いた。

「君が、舞台で活躍中だということは十分承知しているし、忙しいのも知っている。しかし覚えておいてほしいんだが、教えるということは、教える側にとっても、勉強になるということだ。僕は君から多くのものを学び、また伊藤孝子君からも色々教えてもらった。たくさんの演奏家を育ててきた。僕を追い越してはばたいていった者もいるが、彼らから得たものは、案外僕のほうが大きいかもしれない。音楽的にも、人生においても」

瑞恵は、この恩師のこんなところに率直な好意を感じる。

「国立大学ということで、いろいろうるさいことは言われるが、そういうものだと割りきってしまえばたいしたことはない。今後のこともあるから、こういう話は受けておいたほうがいいと思うがね」

「今後？」

白川は、慎重な口ぶりで答えた。

「舞台の上の人気というのは、いつまで続くかわからないんだよ」

考えたくもないことだった。

「クラシックの世界は、芸能界とは違う。最後に通用するのは実力だ。実力というのは、技術だけではない。人格的なものまで含めたトータルな力だ」

白川は、長い間、指導に当たってきた者の直感で、何か本質的なものを見抜いている。

「君は若い。付属校から上がってくるうちの学生がたいていそうであるように、君もサラブレッドだ。ごく狭い世界で音楽のことしか知らずに生きてきた。しかし音楽は専門的であると同時に、より総合的なものだ。音楽家は技能的には、常人から外れた特殊なものが必要なんだが、音楽に感動する心っていうのは、もっと普遍的なものだ。深い精神的なつながりを聞いてくれる人々との間に持たなくてはならない。今のうちに、多くの人に会って、多くのものを吸収しておいたほうがいい。今なら間に合う」

今なら間に合う、という言葉に力がこもっていた。瑞恵の心は動いた。瑞恵の顔に浮かんだ当惑と混乱の表情を見てとったらしく、白川は「すぐに結論を出さずに考えてみるといい」と言って微笑んだ。

この人は、何もかも見通している。だから、わざわざこの話を持ってきたのだ、と瑞恵は了解した。

丁寧に礼を言って研究室を出た後、瑞恵はぼんやりキャンパスを歩いた。

オーストリア人のヴァイオリニストに入門を断られた後、中学校からここの付属に来た。丸十年親しんだここの空気は卒業後もそう変わってはいない。

中庭を突っきったところにカフェテリアがある。楽理科の男がオーストリアに行く前に、まるで嚙《か》み合わない話をしたのもここであったし、級友と短いおしゃべりに興じたのもここだ。

ヴァイオリン科の学生とはいっても、本気で演奏家をめざしていたのは、伊藤孝子と瑞恵、それにごく少ない男子学生くらいだったから、友達との話題は大抵、ファッションと恋だった。音楽一筋の生活を強いられていた瑞恵にとっては、少し眩《まぶ》しかったが、それでもその頃には、彼らを羨《うらや》ましいとは思わなくなっていた。自分の前に敷かれたレールが、遠く彼らと隔たって伸びているのが見えていた。

瑞恵は、学生たちで賑《にぎ》わっているカフェテリアの中に入り、白いテーブルの上にヴァイオリンケースを置いた。少し離れた自動券売機へ行き食券を買い、それから奥にあるカウンターで紅茶を受け取る。

カップを持ってテーブルに戻ろうとしたときだ。一人の学生が、遠慮がちに話しかけてきた。

「神野先生、ですよね」

微笑んでうなずく。

「リサイタル行きました。Kホールの」

たちまち瑞恵の回りには人の輪ができた。学生たちは様々な質問を浴びせかけてくる。瑞恵は、少し気恥ずかしい思いをしながら、相手になっていた。

その場に腰かけ、学生たちと言葉を交わしたのは、ものの十分くらいだった。冷めてしまった紅茶を手に、自分のテーブルに戻ろうとした瑞恵は、先程荷物を置いておいた自分の席がどこだったのか、わからなくなった。

カフェテリアに並ぶ、白いテーブル、しかしそこが彼女の席であることを示すはずのヴァイオリンケースが見えない。テーブルの上に無造作に置いたはずの彼女のグァルネリがない。

瑞恵はしばらくの間、事態が飲み込めなかった。食堂を隅から隅まで探した。しかし、みつからない。

だれかが、間違えて持っていったのだろうと、瑞恵は思った。普段なら、テーブルの上に楽器など置きっぱなしにするはずがない。しかし、ここは母校だ。紅茶を取ってくる間くらい置いておいてもかまわない、いや、そう考えるまでもなく、彼女はそれを置いた。まさか、と思った。盗まれるなんて、思いもよらない。

間違えたのだ。そうに違いない。現に他のテーブルの上にもいくつかの楽器ケースが載っている。

「ここに置いておいた楽器、知りません？」

瑞恵はさきほど話しかけてきた学生に尋ねた。

「ないんですか？」

彼らは一斉に彼女の方を見た。

「ええ……」

数人の学生が、一緒に探してくれたが、それらしいものはない。食堂の従業員に尋ねてもわからない。

「もし学生が間違えて持ち帰ったとしたら、ケースを開けば気づくでしょうけど、そんなに高価な楽器だったんですか？」

従業員はのんびりした口調で言った。

血の気が引いていくような気がした。

金の問題ではない。あのグァルネリに匹敵する楽器が、この先、手に入る見込みなどない。

「とにかく、学務課に届けたほうがいいと思います」

学生の一人に促され、彼女は事務室に行き、届けを出した。

事務職員は、なくなったのがあのグァルネリと知って色めきたった。

「先生、警察へは？」

「もう少し、待って下さい」

とっさに首を横に振ったのは、もし、間違えて持ち帰った学生がいるのなら気の毒だと思ったからだ。閉鎖的な学内に、外部者が入るなどということは考えられない。ここの学生が盗みを働くなどということは、ますます考えにくい。

ケースの内側には、瑞恵の名前と電話番号が書かれている。気がつけばすぐに連絡をくれる。彼女は、そう信じて、大学を後にした。

家に戻っても何一つ手につかなかった。やはり警察に届けようか、と何度か電話に手を伸ばし思いとどまる。

悪いことは起きない、と自分に言い聞かせようとした。

ほとんどが付属からの持ち上がりの豊かな家庭に育った学生たち、互いの素性は知りつくしている。盗んだヴァイオリンで弾こうなどと考えるはずはない。あれを金にかえようなどと思うはずもないし、そんな必要もない。

それでも不安が、湧き上がってくる。

ふと、柄沢のことを思い出した。彼ならなんと言うだろう？

しかし柄沢は、出張先からまだ日本に戻ってきてはいない。

心細かった。

電話がかかってきたのは、夜も七時を過ぎてからだった。

「神野さんですか？」

男の声だった。

「実は、おたくのヴァイオリンを拾ったんですよ」

ほっとして、膝《ひざ》が崩れそうになるのをかろうじてこらえる。

「そちらにあるんですか」

瑞恵は、受話器を握りしめた。

「上野の駅のベンチで拾ったんだけど、中におたくの名前があったからね」

上野の駅？　瑞恵は首を傾げた。

「音大の学生さんだろ」

相手はどうやら、瑞恵のことを知らないらしい。

「どこで、渡そうか」

「はい、おたくさまは、お住まいは？　こちらから参ります」

なぜ、駅なんかにあったのかわからない。しかしみつかった安堵《あんど》感から、瑞恵は、どこのだれかはわからないが、とにかく預かってくれた人に感謝した。

「いや、ボロ家だから、女の人に来てもらっちゃ悪いんで。で、どうだろう？」

新宿の歌舞伎町にある喫茶店の名前を指定した。

「ありがとうございます。さっそくまいります」

「いや、礼はいいんだけど、おねえさん、一人で来るんだろ？」

「えっ」

瑞恵は、聞き返した。

「一人で来るんだろう、と聞いたんだ」

「はい」

「じゃ、いいんだけど」

電話はいきなり切れた。

瑞恵は、すぐ出かける用意をした。奇妙な感じはあったが、とにかく大事なグァルネリが見つかった。

靴を履こうとしたそのときだ。再び電話のベルが鳴った。

柄沢だった。今、出張先から戻ったところで、これから行きたいがかまわないか、と尋ねた。瑞恵は早口でわけを話し、とにかくこれからでかけなくてはならないから、と断った。

「待って下さい、先生」

柄沢は、電話の向こうでどなった。

「何か変ですよ」

「変って？」

「警察にまず届けたほうがいいです」

「そんな……。親切に電話を下さったのに……」

「何言ってるんですか。とにかく一人で行ってはだめです。どこなんですか、待ち合わせ場所は？」

緊迫した口調で柄沢は尋ねた。

「歌舞伎町のカサブランカって店」

柄沢の語気に押されて、瑞恵はおずおずと答える。

「わかりました。僕もすぐ、そこへ行きます。くれぐれも気をつけて」

瑞恵は男に言われたとおりの道順を辿《たど》り、指定された店に急ぐ。ポルノショップや覗《のぞ》き部屋など風俗営業店の立ち並ぶ一角にあるゲームセンターの二階が、その店だった。

薄暗い店内に足を踏み入れたとたん瑞恵は不安になった。柄沢の言うとおり一人で来るべきではなかったと後悔していた。

狭いボックス席に腰を下ろしたとき、入り口からヴァイオリンケースを提げた男が入ってくるのが見えた。

瑞恵は立ち上がって、頭を下げる。

「あ、どうも。おたくですか」

男は、瑞恵の顔を無遠慮にみつめた。電話の口調から想像していたよりもずっと若い。二十代後半だろうか。紺のブレザーを着ていたが、よく見るとシャツの襟《えり》は崩れ、くすんだ顔色は、年に似合わぬ不健康さを滲《にじ》ませている。

「こんな品の悪いところに、音大のお嬢さんを連れ出してすいませんね」

「はあ」

三十になる瑞恵を男は学生と間違えている。

「この近所で仕事してるもんですから」

男は少し照れるように言った。柄沢の言うような変な男ではないらしい、と瑞恵は思った。

「今度から、気をつけなよ。あんなとこに、楽器を置きっぱなしにしとくと、俺が、悪い男なら持ってっちゃうよ」

「はい、あの、どこにありました？」

「駅の電話のところよ」

先程は、ベンチと言っていなかったか？

「とにかく、ありがとうございました。後ほど、あらためてお礼にうかがわせていただきます」

瑞恵はもう一度、頭を下げると、テーブルに置かれた楽器ケースに手をかけた。その瞬間、男はそれをつかみ、つっと自分の方にずらした。

「後ほど、って言われて、約束を守られたことはないんだよ」

男はいきなり凄《すご》んだ。瑞恵は体を硬くして後退《あとじさ》ったが、手だけは、ケースの把手《とって》をしっかり握ったまま離さなかった。

金だ。瑞恵は無意識のうちに、軽蔑《けいべつ》の視線を男に投げかけていた。

「わかりました」

不思議と心は落ち着いている。

「おいくら？」

男はにやりとした。

「現金を拾うと、二割はもらえるんだよな。音大のお嬢さんの楽器じゃ、五、六十万は、するんだろう」

瑞恵は、男の無知にあきれた。いまどき、そんな安物を使っている音大生がいるわけがない。

「すると十万くらいはもらえるってことかな？　まあ、そんな不粋な相談はここでするよりか、別のところでしよう。金はともかく、こっちも好意で届けてやったわけだし、そっちもそれなりの気持ちは見せてよ」

そう言うと、男は片手に伝票を持って立ち上がり、あいたほうの手で、瑞恵が手にしている楽器ケースを摑《つか》んだ。

「やめて下さい」

瑞恵は叫んだ。

「だから、お礼の相談をしようというんだよ。二人で」

「ここで、お願いします」

「お姉さん、だれが拾って届けてやったのか、忘れてない？」

男は顔を近付けると、低い声でささやいた。無表情な男の目に出合って、瑞恵は身がすくんだ。それでもケースを離さなかった。男は瑞恵を引きずるように、出口へ急ぐ。周囲の客は、目を伏せて、関わり合いにならないようにしている。

そのとき、近くのボックスから立ち上がった男がいた。

柄沢だった。

「失礼」

男の正面に立つと、落ち着いた動作で、サイフから金を取り出した。

一万円札を出すと、男の鼻先に突き出した。

「お礼をとりあえず」

「なんだ、おまえは」

男は、片足を後ろに引いて、身構えるようなそぶりを見せた。

「お礼をして、それをもらおうというだけです」

柄沢は男の持っている楽器ケースを指さした。

「関係ないやつは、どいてろよ。それともケガしたいのか？」

言いながら、男は片手で柄沢を押し退け、瑞恵の指が把手にからまったままの、ヴァイオリンケースを持って、瑞恵を引きずるように出口に向かった。

「待てよ」

そのとき、後ろから柄沢が、男の肩をつかんで振り向かせた。

「てめえ」

柄沢がなぐられる、と瑞恵は思った。思わず目をつぶった。

「お兄さんよ、警察行くか？」

柄沢は、低い声でそう言うと、瑞恵と男の間に割って入った。

「ニュース見てないのか？　それは世界に四台しかない名器だ。ちなみにそこにいるのは、世界的なヴァイオリニスト。神野瑞恵。テレビで顔を拝んでいるはずだ」

男は、ぎょっとした顔で瑞恵と柄沢を見比べた。

「そんなわけで、被害届けはとっくに出してあるんだ。五億とも六億とも言われる代物だからね。今、この店の周りは、おまわりでいっぱいだ」

男の顔に困惑の色が広がる。口をぱくぱくさせていたが、ようやく絞り出すような声で言った。

「俺は親切心で」

言いかけた男の手から、柄沢はヴァイオリンをむしり取った。

「気をつけて帰れよ」

柄沢は、言った。

男は、店内を見回すと、出口目差してかけだした。

瑞恵の全身から、力が抜けた。かたわらのカウンターの椅子によろよろともたれかかった。柄沢が素早く手を出して支える。

「送って下さい」

目だけ上げて、瑞恵が言うと、柄沢はうなずいた。

「その前に」と言いながら、彼はヴァイオリンのケースをカウンターの上で開く。手際良く楽器を確認する。

「無事です」と顔を上げ、はじめて歯を見せて微笑んだ。

「怖い町ね」

雑踏の中を歩きながら、瑞恵は、小さな声で言った。

「別に怖くなんかありませんよ、汚いだけで」

柄沢は笑う。

「せっかく、親切に届けて下さっても、あんなふうに恐喝まがいのことをする人がいるなんて……」

「ばかだな、あなたも」

そう言った後で、柄沢は頭をかいた。

「あ、いや失礼。先生、あれは届けたわけじゃありません。ただの置き引きじゃないですか。スーツ姿で校内に忍びこんで、物を盗る。名前が女だと、ああやって呼び出して、金と体をいただくってやつです」

「それじゃ、最初から」

瑞恵は唖然《あぜん》とした。

「当たり前じゃありませんか。それもヴァイオリンなんて換金しにくいものを持っていくんだから、泥棒にしてもハンパな野郎ですよ」

瑞恵は、そっと柄沢の腕に手を回すと、横顔を見上げた。

「ありがとう」

照れるように笑った柄沢の腕が温かい。

マンションに着いた時には、十時間近だった。

「先生、夕食は？」

柄沢が尋ねた。それで初めて、昼に紅茶を飲んでから、何も食べていなかったことに気づいた。

「あなたは？」

「機内食を変な時間に食べたけど、あんなことがあったら、お腹がすいた」

マンションの一階にあるレストランが、まだ開いている。しかし思いなおして部屋で食べることにした。

数日前に炊いた豆ご飯が、冷凍してあることを思い出したのだ。

「何もないけどいいかしら？」

キッチンに入り、椎茸《しいたけ》と長葱《ながねぎ》を取り出す。

「先生、料理なんかできるんですか？」

柄沢は、目を丸くする。

「当然でしょう？　一人暮らしなんだから」

「大切な指を落とすと大変だから、包丁を握らないとか、よく言うじゃないですか？」

「音楽は、人間としてトータルなものを要求されることなのよ」

白川の受け売りをしながら、残っていたローストビーフの切れ端をかいわれ大根と生姜《しょうが》で和《あ》える。冷凍のご飯にラップをかけて電子レンジで温める。凝った料理はできないが、取りあえず食卓を整える手際よさは、瑞恵の特技といっていい。

銀色に光るばかりで炎の出ない電磁調理器や、一人用の小さな鍋《なべ》ばかりの台所が、今は、不思議と暖かみを帯びている。

二十分と経たないうちに、リビングのテーブルに皿が並んだ。

柄沢は、どうぞ、と言われる前に箸《はし》をつける。皿からかっこむような食べ方には、石橋のような優雅さはないが、その健啖《けんたん》ぶりは、気持ちが良い。

「一人暮らしですからね、外食が多くて。いや、こういうのうれしいんですよね」

柄沢は箸と口といっぺんに動かす。

「一人住まいでしたっけ？」

「そりゃそうですよ。女気はありませんからね」

何年もつきあっていながら、こんなことも知らなかった。

「あ、それからおみやげ」

箸を置くと柄沢は、カバンから細長い箱を取り出した。

中身を取り出して、瑞恵は歓声を上げた。ヴィオラ・ダモーレだ。ヴァイオリンの前身とも言われる楽器で、ルネッサンス絵画の中で天使が弾いていたりするので知られている。

掌《てのひら》に載るくらいのミニチュアだが、立派に弦まで張ってある。

「かわいいでしょう。パリのノミの市でみつけたんです」

小さいくせにどこまでも精巧な細工を見ていると、この楽器に寄せた人の思いが伝わってくる。

ついてきた箸ほどの大きさの弓で音を出してみる。少し音程が狂っているのはご愛敬だ。

瑞恵は左指を縮めるようにしてキラキラ星変奏曲を器用に弾いてみせた。

柄沢は拍手した。瑞恵は笑い転げると、その玩具《おもちゃ》をサイドボードの上に置いた。

「こんなに受けるとは思わなかったな」

柄沢はうれしそうに言った。

「ありがとう」

サイドボードの中にあるものが目に飛び込んできた。マイセンの飾り皿、見事な彫りの玉《ぎょく》の小箱、ダイヤのイヤリングが二組。どれも石橋俊介が持ち込んだものだ。それらのものから視線を外し、瑞恵はワイングラスを二つ取り出す。

「デザートワインは、いかが？」

「何があるんですか？」

柄沢は、瑞恵の手元を覗《のぞ》き込む。

「わからないわ。お弟子さんからのもらい物だから」

サイドボードに立ててあるワインに目をとめ、柄沢は声を上げた。

「だめだったら、先生。寝かせとかなきゃ」

「そう？」

「無頓着《むとんちゃく》だな」

「自分で飲まないから、わからないの。お酒って集中力が無くなるような気がして」

柄沢は、手を止めて首を振った。

「信じられない生活だな。まったく何が楽しくて生きているんだか」

瑞恵は苦笑する。

「まさか、ミネラルウォーターなんか飲まないで、つきあってくれるよね」

馴々《なれなれ》しい口調で言うと、柄沢は白ワインの栓にスクリューを刺しこむ。コルクが乾いているらしく、ほろほろと栓が崩れるばかりで、なかなか上がってこない。ようやく開けると柄沢は、金色をした粘りのある液体をグラスに注いで手渡した。

「甘いから、飲めますよ。大丈夫。このくらい飲んだって、明日にはさしつかえないから」

グラスの中身は、蜜《みつ》のように甘かった。高価な貴腐ワインであることなど、瑞恵は知らない。ただ心を溶かすような享楽的な味だと思った。

「向こうに何をしにいったの？」

グラスを置いて瑞恵は尋ねる。

「先生へのプレゼントを探しに」

「ばかね」

「今までは、会社の購入担当者だけが行ってたんですが、今回、僕が同行させてもらったんです。いや、彼らが見落としていたのが、あちこちにありましたね。みんな妙に慎重になってまして。明らかに良いものなのに、鑑定書がないと、ビビッて手を出さないんですよ。この仕事は多少のリスクを覚悟の上で、勝負に出なきゃならないこともあるんですけどね」

瑞恵はうなずいた。

「先生は鑑定書なんて信じますか？　あれほど、いいかげんなものはないんですよ。本当に鑑定できる人間なんて、世界でも一握りです。第一、たかが紙切れ一枚でしょう。僕が信じているのは、自分の目ですよ。それだけです。いや、目というよりは、これまで集めた情報かな。伝統と気位だけでやってきたマイヤー商会もこれから変わらなきゃならないし、僕たちの世代で変えていかなくては、と思います」

青臭い言葉と真剣な眼差《まなざ》しに、彼なりの自負心がこもっていた。

「と、いうわけで、はったりかまして、買い叩《たた》いてくるんですよ」

「はったりは、得意そうね」

瑞恵はさきほどの歌舞伎町での男とのやりとりを思い出した。

「そりゃそうですよ。この世界、はったりがすべてみたいなとこ、ありますからね。ところで、ひとつ面白い買い物をしたんですよ」

柄沢はいたずらっぽく笑った。

「ヴァイオリンでしょう」

「ええ、どこで買ったと思います？」

「ミッテンヴァルトの教会」

「残念でした」

「スペインの骨董《こっとう》屋、貴族の屋敷、ノミの市」

「全部はずれ、あなたは古い。教える前に、辛口のワインを下さい。甘いのは、どうも合わない」

そう言いながら、彼はサイドボードの中のドライシェリーを勝手に開けている。

「実は保険会社なんです。損害保険の」

「どうしてまた、そんな？」

瑞恵は目を丸くした。

「デンマーク沖で、フェリーが座礁したのを憶《おぼ》えていますか？」

そういえば、一年ぐらい前にそんなニュースがあった。

「その中に、オーストリアのヴァイオリニストのラゴスニッヒが乗船していたのをご存じですよね」

「ええ、無事に救出されたとか……」

柄沢は、にやりとした。

「そうそう、ただし人は無事でしたけど、荷物は無事じゃなかったんですよ」

「すると……彼のヴァイオリンが」

瑞恵は思い出した。たしか、ラゴスニッヒの弾いているのは、世界にも数点しかないと言われるストラディヴァリだ……。

「ご心配なく。彼は、救助ボートに乗り移るとき、自分の楽器をしっかり抱えていましたよ。沈んだのは、荷物室にあった、予備の楽器です。もちろん、一応は名のある楽器だから、彼は全部保険をかけておいたわけです。それで、その分については、保険が下りた。それで少し前に、そのフェリーが引き揚げられたんですが、保険金は支払われているんで、中の荷物は保険会社の所有になっているわけなんです。びしょ濡《ぬ》れになったドレスとか、フジツボのついたタイプライターとか、ね。その中に何点かのヴァイオリンがあったんですよ。もちろん、塩水を吸いこんで膠《にかわ》が溶けて、バラバラで、板もすっかりぶよぶよになって」

「どうするの、そんなものを?」

「再生するんです。うまくいけばね。もちろん、だめな場合だってありますから、リスクは覚悟です。で、僕はかけつけたんですよ。いや、あれだけひどくなっていると、ヴァイオリン材だかなんだかわかりませんよ。それで買う気のない装飾品を指差して、それと一緒につけてくれと言って、そちらのほうは、値段の折り合いをつけないでおいて、結局、ヴァイオリンのほうだけを買ったわけ。いくらだと思います？」

「さあ？」

「三百ドルですよ」

「三百ドル？」

一ドル百五十円としても……二束三文だ。

「でも先生、もう、ヴァイオリンの形態をなしていないんですからね。あのまま保険会社にあっても、どうしようもないものですよ」

いったいそんなものを組み立て直したところで、だれが買うのかと、瑞恵はかぶりを振った。

「あ、忘れていた」

柄沢は、ふと真顔に戻ると、鞄《かばん》から紙を取り出した。よく見ると、黄色く変色した楽譜だった。

「それも沈没船の引き上げ物？」

「こっちは、違いますよ。パリの音楽院の近くで、フォーレの自筆楽譜だと言って、売りつけられた……」

瑞恵は吹き出した。

「僕だって信用しちゃいませんよ。ただ、これ、ピアノパートが簡単そうだから買っただけ。ほら、ヴァイオリンソナタ」

そう言いながら、柄沢はそれを持って、ピアノの前に座った。そして、ゆっくりしたテンポで冒頭の部分を弾き始めた。

「あら、あなた、ピアノ弾けるの？」

「一応」

柄沢は手を止めて答えた。

「ツェルニーまではね。高校時代にね、学校の音楽室のピアノを勝手に使って練習したんです。音楽が好きでもなければ、楽器屋なんかに就職しませんよ」

そう言うと、初めから弾きなおした。

柄沢のピアノは、音楽的ではなかったが正確だった。

瑞恵は、自分のヴァイオリンを取り出し、途中からつけた。

弾きながら、柄沢の方にちらりと目をやると、譜面に食いつきそうな顔をしている。

余裕がないらしく、ヴァイオリンを聴くことはせずに、強引にインテンポで弾いていく。

瑞恵は苦笑して、柄沢の音に合わせる。

譜めくりのところにきて、ピアノが止まった。瑞恵は弓を止めた。柄沢は無言でページをめくるとちらっと彼女の方を見た。一瞬の射るような視線に胸をつかれた。

「続けて」

瑞恵はささやく。柄沢は軽くうなずいた。

見よう見真似で覚えたピアノらしく、生硬な音ではあったが、それは次第に熱を帯び、つたないながらも、ひたむきな思いが、一つ一つのタッチから伝わってきた。

最後の音を弾き終えて、瑞恵は楽器を下ろした。

柄沢は立ち上がった。照れたように白い歯を見せた。

「練習したんですよ。一度でいいから、合わせてみたかった……一緒に踊ってくれっていったって、踊ってくれやしないでしょうからね」

胸の中がふわりと温かいものに満たされた。

「素敵でした」

口ごもりながら答える。どんな言い方をしたらいいかわからない。

「それだけですか？」

「…………」

「ご褒美下さい」

柄沢は瑞恵の肩に手をかけると、わずかにかがみこんで、素早く唇に触れた。

瑞恵は、目をしばたたかせた。シェリーの薫りが移ってきたような気がして、そっと指の腹で唇に触れる。

「何も拭《ぬぐ》うことないでしょう」

柄沢は、ちょっと首を傾げ微笑んだ。

「驚いただけ……」

瑞恵は目を伏せた。

「恋などしている暇はないですか？　ロイヤルダイヤモンドの副社長石橋氏とは？」

真顔になっている。瑞恵は身を硬くした。

「どこで、聞いたの？」

「いや、ちょっと小耳に挟んだだけです」

「仕事の上の関係です」

瑞恵は無表情に答えた。

「ごめんなさい。つまらないことを訊《き》いて」

柄沢は瑞恵の手を握りしめた。

温かい手だった。その温かさに不安を感じた。

彼女の周りの多くの女性演奏家が、あるものは結婚をあるものは恋を契機に、演奏活動から離れていった。彼女たちが得たものは何だったのか、なぜ離れていったのか、わかるような気がする。瑞恵は、柄沢の肩に頬を押しあてた。

何もかも捨ててしまうのも悪くない、という気になる。

いったいい自分がしがみついていたものは、何だったのだろう？

鳥や蝶《ちょう》を模した凝ったデザインのブローチ、いくつもの石をつなげたチョーカー。燦然《さんぜん》と輝くそれらロイヤルの商品に、財産価値はまるでない。屑《くず》ダイヤの寄せ集めなのだという……。自分がそのイメージキャラクターとは、何か象徴的ではないか。

「なんだか、疲れた」

瑞恵は、顔を上げると、ぽつりと言った。柄沢は、少し怪訝《けげん》な顔をした。

「いつも脇目も振らずに、上ってきたの。何に追い立てられていたのかしら」

「だめですよ、弱気になっちゃ」

「こうしているほうが、幸せだわ」

瑞恵は、再び柄沢の肩に頭をもたせかけた。

「先生」

「先生はやめて下さいって言ったでしょう」

「保坂のじいさんのセリフじゃないけど、バロック弾かせりゃ、先生の右に出る者はいないんだ。そりゃバロックと称して、無味乾燥な学術演奏する人はいるけど、先生みたいに」

「柄沢さん」

瑞恵は、体を少し離して、柄沢の言葉を遮る。

「あなた、今、営業マンの顔になってる」

柄沢は、くすっと笑った。

「根っからの営業マンなんですよ、僕は。先生が、根っからの演奏家であるようにね」

「演奏家が一人の女になってはいけないって、だれが決めたの？」

安っぽいセリフだと自分でも思った。

「いや、そういうことでは」

柄沢は困惑したように首を振った。


翌日、瑞恵は白川に電話をかけた。

「お引き受けします。非常勤講師の件」

そう答えていた。

状況は何一つ変わっていない。

自分の演奏の目に見えない限界、その限界が何なのか、どうしたら打ち破れるのか、皆目分からない。

何かを変えてみよう、と思った。白川の言うとおり、別の世界に飛びこむことが、何かのヒントを与えてくれるかもしれない。そんな淡い期待があった。

Ⅲ　下へのぼる階段

東京郊外に広い敷地を持つ、その大学を瑞恵が初めて訪れたのは、六月だった。バス停から校門まで十分近く歩かされ、ようやく埃《ほこり》っぽい校内に入ると、瑞恵は自分の姿が、どことなくここの空気にそぐわないのに気づいた。

肩まである髪をゆったりとしたシニョンに結って留め、ダークブルーのジャケットに、白いスカートを身につけたいでたちは、派手とは言えない。しかし、ここのキャンパスでは違和感がある。

学生たちの姿は、格別カジュアルだというわけではない。しかし、形の崩れた麻の上着のボタンを律儀に全部はめている者、化繊のブラウスにデニムのフレアスカートを合わせた者、身なりをかまわないというよりは、かまったところで、どうにも垢抜《あかぬ》けないという感じの学生たちが、申し合わせたように、大きなバッグを持って行き来している。

桜並木が、校門から音楽科の校舎まで続いている。花の時期はさぞ美しいだろうと思われるが、桜は、この時期、大量の実を足元に落とし、アスファルトの路面はその汁で黒ずんでいた。うっかり踏むと、ハイヒールのかかとはつるりと滑り、真っ白なスカートの裾《すそ》に、不快な紫色の染みをつける。

この学校の何もかもが馴染《なじ》めないような気がしてきて、瑞恵は早くも後悔し始めていた。

まもなく、竪琴《たてごと》の印をつけた建物が見えた。音楽科の棟だ。

中に入ると、比較的新しい建物なのに、思いのほか汚れている。一階には、アップライトピアノを備えつけた練習室が並んでいる。

開いたドアから中を覗《のぞ》くと、広さ二畳ほどの室内にあるピアノは塗りが剝《は》げ、蓋《ふた》の上には、食べかけの菓子パンが載っていた。

それにしてもキャンパスといい、校舎といい驚くべき広さだ。小綺麗《こぎれい》でこぢんまりとした母校との差に、瑞恵は驚いていた。

講師控え室に行って、瑞恵は指導教官が戻ってくるのを待った。

十分も待った頃、「久しぶり、お元気」という声に振り返った瑞恵は、しばらく啞然《あぜん》として挨拶《あいさつ》を返すこともできなかった。

中年の女が、しゃくれた顎《あご》をいくらか突き出して、笑みを浮かべていた。グレーのサマーニットのセーターに、ベージュのスカートが、薄汚れた壁に保護色のようにとけこんでいる。

「おかげさまで。あなたは？」

少し間をおいて、瑞恵は棒読みのように答えた。

彼女が本当に、伊藤孝子なのだろうか。

若い頃に比べ太らないまでも、はっきり崩れた体の線が、薄手のセーターを通して顕《あらわ》になっている。昔の地味ながらも毅然《きぜん》としたたたずまいはどこにもない。

孝子は、片手に抱えた楽譜を机の上に無造作に置くと、ソファに腰を下ろし、瑞恵の顔を正面から眺めた。

「最後に会ったのは、四年前だったわね。私が引退する直前。覚えているでしょう。赤坂の教会のコンサート以来よ」

瑞恵はうなずく。忘れたいできごとだった。「二輪の名花の競演」と銘打たれていたが、勝負は始めからついていた。

花としては、瑞恵が上だ。卒業演奏会とは反対にファーストを弾いたのが瑞恵で、セカンドは伊藤孝子だった。

二台のヴァイオリンの掛け合いの部分は、今思い出しても鳥肌が立つ。テクニック、センス、リズム感、何をとってもセカンドのほうがはるかに上だったからだ。

あのときのフーガの部分ほど残酷なものはなかった。優雅で愛らしく、しかしいささか平板な調子に弾いた瑞恵と同一のフレーズを二拍後に、孝子が比べものにならないくらい、深みのある生き生きとした表情をつけて繰り返すのだ。人気者に一歩を譲るのを孝子が拒まなかった理由を、瑞恵は思い知らされた。

コンサートが終わった後、孝子は自信たっぷりの笑いを浮かべた。

「とても楽しかったわ。リラックスして弾けて、こういうのもたまにはいいわね」

悄然《しょうぜん》としている瑞恵にそう言い残すと、孝子は取り巻きの数人を連れて、打ち上げにも顔を出さずに、悠々と引き上げていった。


「どう？　何かと忙しいって話じゃない」

孝子は足を組みかえた。くるぶしから膝《ひざ》の上まで、ストッキングに伝線が走っているのが見えた。

「それほどでもないけれど」

無意識のうちに瑞恵は孝子の顔から視線をそらせる。

「白川先生から話は聞いていたけど、あなたみたいな売れっこが、本当にここに来るとは思わなかったわ」

皮肉のつもりなのだろうか、と瑞恵はいぶかる。孝子の言葉からは、昔の歯切れよく、鋭い調子はなくなっている。

「ここの教授たちは、ほとんど国立の音大から来ているのよ。私たちみたいな、私学出身は、部外者だから、気をつけたほうがいいわね」

孝子は、口角の下がった唇に、笑みを浮かべた。

浅黒い肌に貧相な顔立ちは変わっていない。それでも、かつて伊藤孝子の漆黒の瞳《ひとみ》は、いつもかっと見開かれ、強い光を放っていた。フォルテシモの高音を弾くときには、薄い唇をさらに真一文字に食いしばり、弓を動かすたびに、氷のかけらを降らせるような、するどく激しい音を出したものだ。音をまちがえると、その目は、吊《つ》り上がり、悔しさに燃え立った。そして、同じ箇所を二度と弾きそこなうことはなかった。

あの頃の並はずれた勝ち気な表情は今は消え、どことなく鈍重で卑屈な笑みが顔を覆っている。

体型の崩れは、三十を過ぎればしかたがない。しかしそれをカバーしようともせず、薄手のセーターで平然と人前にさらしている孝子の中に、瑞恵は、今や完全にステージから降りてしまった者の虚脱感とも開き直りとも言いがたいものを見た。

「学生たちは、喜んでいたわよ。あのロイヤルダイヤモンドの神野先生が教えるっていうんで。希望者が多いから、くじびきをやってね、外れたのは、私がめんどう見ることになってるの」

今度はあからさまなあてこすりだ。

「ここの学生は、音大のお嬢さんたちとは、違うわ。人にものを教えるっていうのは、技術より、人間性の問題よ。今までの片手間に弟子に教えてたようなわけにはいかないけど、覚悟はできてる？」

いったい何を言いたいのだろうか、と孝子の顔をみつめる。

自分もひとつ間違えればこうなる。

それがわかっているだけに瑞恵は、苛立《いらだ》った。

「確かに、慣れてはいないわ。いままでレッスンをみたのは、母校の学生ばかりですものね。でも、レッスンプロの授業では足りないものがあるから、私のような者に声がかかったのでしょうね。ステージに立つ厳しさを忘れたときから、音楽家は変わっていくものですから」

孝子の顔色が変わった。

その瞬間、後悔した。どのような事情があるにせよ孝子がステージから降りた経緯を知りすぎるくらい知っている自分が、口にすべき言葉ではなかった。

コンクール優勝の栄光は、次の瞬間から圧力となる。孝子はこの圧力に負けた。

孝子にしても瑞恵にしても、入賞したのは、二十歳過ぎだ。国内コンクールでは、中学、高校生の入賞者をぞくぞくと出していることもあり、成人の入賞者のその後の演奏に対する批評は、決して甘くない。

一位入賞ともなれば、その後の演奏の小さな失敗に対する非難も厳しさを極める。しかもどこに出るにしても、コンクール優勝者という肩書きが必ずついてまわり、その水準を要求される。

プレッシャーに負けて脱落する者は多い。だから、年間、入賞者が五人、六人と出てきても、日本中ヴァイオリニストだらけにならないですんでいるのだ。

あるとき、孝子は演奏中、E線を切るという事故に見舞われた。すぐにつけかえて再び、ステージに戻ったものの、新しい弦は弾いているうちにどんどん伸びて、音程は下がり、集中を欠いたまま最後まで弾ききらなければならなかった。

このときの評価は気の毒なものだった。

この程度の事故に動揺しているのは、プロとして失格であると、さんざんこきおろされたのだ。

もちろん勝ち気な孝子は、そんなことには負けなかった。次の演奏会は完璧《かんぺき》に弾いた。しかし、優勝者にとっては完璧が当たり前で、だれも誉めなかったし、情感がないの、技術だけで弾いているのと、難癖をつけられた。

それでも孝子はステージに立った。彼女は最後まで、弱音を吐かなかった。

やがて、孝子の神経は、突然の身体的変調という形で、絶え間ない緊張から逃れたのだ。

ある日、胸が苦しいと言って、伊藤孝子は楽屋で倒れた。しかし内臓にはなんの病変も起きていなかった。しばらく心療内科に入院していたが、それ以来、孝子はステージから消えた。

気まずい沈黙が続くか、と思った矢先に、指導教官が現れた。孝子は授業に出ていった。

瑞恵の授業は週に一度で、担当学生数は、七人だけだ。

ここの大学のシステムから言うと、彼らは、高等学校教員養成過程の音楽科、ヴァイオリン専攻ということになる。ヴァイオリンの技術そのものについて言えば、学内では、いちばん弾ける部類の学生が集まる。幼い頃から、弓を握ってきた者が多い。

技術的には、どんぐりの背比べといった学生たちの中で、郷田淑美《ごうだとしみ》は、そのひたむきさと、丁寧な音作りでぬきんでていた。

不機嫌に見えるほど、生真面目な顔に化粧気はない。伸ばしっぱなしの髪は、いつも後ろで一つに束ねられ、袖口《そでぐち》のすり切れたトレーナーを肘《ひじ》までまくり上げ、真剣な表情で弓を動かす淑美の横顔を見ていると、瑞恵は無意識のうちに背筋が伸びた。

セルフレームの眼鏡をかけているが、鼻が低いので、演奏しているといつのまにか、それがずり落ち、フレームの縁が、丸い頰に食い込んでくる。ときおり手の甲で眼鏡を押し上げ、再び、譜面に食らいついていく。その音は、技術的にははるかに上手い音大生たちをも凌《しの》ぐ、何とも言えない力強さを秘めていた。

淑美がヴァイオリンを習い始めたのが、中学に入ってからだと知ったのは、それからしばらくしてからだった。開始時期としてはあまりに遅く、その後の努力の跡がしのばれた。

ある日、二コマ持っていた授業を終えたとき、淑美は何か言いたげに、いつまでたっても教室を出なかった。

やがて彼女は、瑞恵のそばにやってくると、ぼそり、と言った。

「本当は、教師になりたくないんです」

独り言のように聞こえて、瑞恵は返事をしたものかどうか迷い、無言で淑美をみつめた。

「演奏家になりたいんです」

はっとした。何か、深刻に自分と関わり合うものを感じた。

「演奏家になりたいんです」

淑美は、つぶやくように繰り返し、片手で眼鏡を上げた。

答えようがなかった。プロとして活躍するというのは、音大を出たところで難しい。難関のオーディションをパスして、オーケストラに入ったところで食べては行かれない。ソリストならなおさらだ。しかも、遅くなって楽器を始めた淑美には絶対音感も突出したリズム感もない。

「簡単なことではないわよ」

苦い思いをこめて、瑞恵は言った。

「コンクールを通ってさえね……」

崩れた体の線をニットの生地にくっきりと刻み、唇を歪《ゆが》めて皮肉っぽく笑って座っていた孝子の顔を思い出す。そしてあのマンションの一部屋で、初めて石橋俊介に組み敷かれた日の、屈辱感と嫌悪感の入り交じった思いがよみがえる。

才能と単調なトレーニングを倦《う》まずたゆまず続けていく忍耐力、そして緊張感を伴う演奏生活を支えていく人間的力量。そうしたものを備えていないかぎり、ある種の不幸はつきまとう。ステージを捨てた者にも、ステージにしがみついた者にも。

「簡単でないことは、わかっています」

淑美は顔を上げた。

「初めて、中学のとき、学校の音楽室でヴァイオリンを弾いて、すごくうれしかったんです。一生、続けたいって思ったんですけど、家族は反対しました。いくら女だって、そんな道楽のために大学にはやれないって、ずっと言われてて、だから、教師になるって口実で来たんです。でも、やっぱり教師じゃなくて、ヴァイオリン、弾きたいんです」

瑞恵は、うろたえていた。目の前の女子学生の音楽への熱い思いに気圧《けお》されて、言葉がみつからない。

「教員やってても、ヴァイオリンは弾けるわ。プロかアマチュアか、というのは、単にそれで生活しているかどうか、という問題であって、音楽性や技術とは関係ないのよ。現に上手なアマチュアは、いくらでもいるわ」

とたんに、淑美は顔を上げると、激しい調子で、瑞恵の言葉を遮った。

「アマチュアではなくて、弾きたいんです。趣味じゃいやなんです。それで食べていきたいんです」

瑞恵は、衝撃を受けた。つたないながらも、力強い彼女の音の正体がわかったような気がした。淑美には、迷いがない。瑞恵のように、物心ついたときから、弓を握らされていた者にはない情熱が、淑美にはある。

好きなんです。好きだから、自分で選び取ったのです。

彼女は胸を張ってそう言える。瑞恵のように半ば、宿命づけられたのではない。淑美を動かしているのが、その情熱であることが、瑞恵にはうらやましかった。彼女が、そして伊藤孝子が、とうに忘れ去った音楽に捧《ささ》げる恋心だった。

「オーケストラに入れれば、いいんだけれど」

瑞恵はためらいながら言った。それでも教員養成大学出身の淑美の腕ではとてもステージオケは無理だ。

「あなた、アイドル歌手の後ろで、ヴァイオリン弾く気はあるの？」

「なんでもいいんです」

淑美は、こくりとうなずいた。

「自分の力はわかってます。私、雑種ですから。弾くことでご飯食べられれば、いいんです。アマチュアってやっぱり、甘さが出ると思うんですよね」

瑞恵は、息を飲んだ。ずいぶん考えた挙げ句の決意のようだ。

その場しのぎのアドヴァイスですませられることではなかった。

「卒業までは、まだしばらくあるから、考えておきましょう」

それだけ言うと、瑞恵は立ち上がった。

「先生」

部屋を出ようとすると、淑美が呼び止めた。

少し鈍重な感じのする丸い顔で瑞恵に向かって微笑むと、ぽつりと言った。

「あの、どうにかしてほしいっていうよりか、だれかに言いたかっただけです。ここ、教師になるために、がんばっている人ばっかりで、だれもわかってくれなくて。みんな教えることこそが、すばらしいんだって考え方だけど、私、やっぱり弾きたいんです。それを言いたかっただけみたい」

瑞恵は、微笑みを返した。

弾きたい、弾きたい、なんでもいいから弾きたい。

強烈な淑美の思いに打ちのめされたような気分で、控え室に戻っても、しばらくぼんやりしていた。

「どう？　ここの学生は」

いつの間にか伊藤孝子が入ってきて、瑞恵の顔を覗《のぞ》き込んだ。

「私たちが、忘れていたものを思い出させてくれたわ」

瑞恵は孝子を見上げると素直に言った。

「でしょう。教えるというのは、弾くよりもある意味では、難しく、充実したことなのよ。自分でステージに立っているときには、そうは思わなかった。あの頃持った弟子には、悪いことをしたと思う。こういう生活を始めて、たくさんのことが見えてきたわ」

「そうね」

うなずきながら、瑞恵はもの悲しいような虚《むな》しいような気分で、孝子をみつめる。

かつて自分を嫉妬《しっと》と劣等感と感動の逆巻く思いに投げ込んだ、完璧で気迫に溢《あふ》れる演奏は忘れようもない。

その孝子が、一線を退き教職の意義を説く様は、瑞恵には、低き所に自分の居を定め、一息ついている敗者の姿そのままに映り、気が滅入った。

「一つ、忠告しておくけど」

孝子は、急に低い声になると、目を細めた。そばかすの浮いた鼻に、醜く横皺《よこじわ》が寄った。

「生徒は、平等に扱ってね、ここでは。一人にだけ、熱心に教えるのはタブーよ」

「承知してます」

そう言うと、瑞恵は目を背けた。

「本当にわかってる？」

孝子は、執拗《しつよう》に続ける。

「お弟子さんと、学生は違うのよ。ここは一般大学だってことを忘れないでよ」

「ええ」

先程の、郷田淑美とのやりとりをどこかで聞かれたのだろうか。それにしても一々こんなことを忠告するのは、学内における私学出身者の不利な地位を知りつくしての親切心なのか、それとも単にここで自分の優位を示したいのか瑞恵にはわからない。

淑美は自分の気持ちを吐き出してさっぱりしたのか、その後、瑞恵には何も言ってこなかった。黙々とヴァイオリンの練習をし、その一方で付属高校に教育実習に行ったりしている。おとなしく教員になるつもりらしかった。

どうにかしてやりたいと思っても、この学校のシステムや淑美の力から考えても、瑞恵にできることはない。気がかりなまま、数カ月が過ぎた。

チャンスがめぐって来たのは、その年の秋だった。あるカルテットから、瑞恵にヴァイオリン奏者を紹介してほしいという依頼が来た。

セカンドヴァイオリン奏者が車のドアに指を挟んで、二、三ヵ月、休むことになったので、その間の代わりがほしいという。

弟子のうち、だれを推薦するか、ということになるとむずかしかった。みんな彼女の音大の後輩で、それぞれつながりがある。そのうち一人にだけ肩入れしているように見られるのは、具合が悪い。そのとき思い浮かんだのが、彼らとは何の関係もない淑美のことだった。

そのカルテットは、メンバーが若い女性奏者ばかりで、しかもポップスやムード音楽を手がけているので、結婚式場や、デパートの客寄せコンサートなどの引きが多い。

技術水準から考えれば、練習さえすれば、淑美の力でなんとか務まりそうだ。それに淑美の場合、幼い頃からソリストとしての訓練を受けていないのがかえって幸いし、うまく他の楽器にとけこむ術《すべ》を心得ている。案外いいかもしれない、と瑞恵は判断した。

翌週この話をすると、淑美は驚いたように、しばらく瑞恵の顔をみつめていたが、いきなり直立不動の姿勢になり、「やります」と短く言った。他の弟子のように、「私のような者に……」という一見謙虚そうな、お定まりの言葉は吐かなかった。

「わずか二ヵ月のピンチヒッターだけど、何かのチャンスになるかもしれなくてよ」

「はい。がんばります」

淑美は、真剣な顔でヴァイオリンのネックを握りしめる。

「ちょっと、待って」

瑞恵は、淑美のヴァイオリンに目を留めた。国産のプレス楽器だ。初心者ならともかく、一応は音楽科の学生が、よくこんなものを使っているものだ。

「それしかないの？」

「ええ、欲しいんですけど、お金ないし。親は音楽やるの反対ですし。でも、これ高校のとき、親に隠れてバイトして買ったんですよ。それまで、学校ので弾いてたから」

「だめよ」

瑞恵は、遮った。

「私の貸してあげるから、本番では、それで弾いて」

「あ、いいです、そんな」

「お客さんに聴かせるのよ。一台だけ鳴りが悪いんじゃまずいわ」

「でも……」

「いいのよ。それよりしっかり練習しなさい」

淑美は飛び跳ねるようにして、教室を出ていった。

次に会ったとき、瑞恵は自分のセカンド楽器であるグランチーノを淑美に貸した。淑美は何度も頭を下げて持ち帰った。彼女の初仕事は、結婚式のセレモニー演奏だった。

しばらくして瑞恵はそのときの様子をカルテットのファースト奏者に聞くことができた。淑美は、一回目の練習から、セカンド奏者にふさわしい堅実さで、アンサンブルにとけこんでいたという。

「すごくがんばり屋さんだし、さすが瑞恵先生がご紹介下さった方だと、みんな喜んでいたんですけど……」

そこまで言って、そのファースト奏者はいたずらっぽく笑った。

「あの眼鏡と頭でしょう。ドレスは、ビオラのコのを借りたからいいけど、頭をどうしようか、ということになって、前だけ軽く巻いて、しかたないから結わえた所に、黒いビロードのリボンをつけてごまかしたんですよ。ステージに立つ人って、身の回りには、気を遣っているものですけどね」

「ご苦労さま」

「それだけじゃないんですよ、先生。他のパートが弾いている間、待っている時があるでしょう。彼女、その間、どうしていたと思います？　楽器を下ろすのはいいんだけど、足の間に挟んで、ヘッドに顎《あご》を載せて、じーっと楽譜を睨《にら》みつけているんです。チェロじゃあるまいし、楽器を膝《ひざ》に挟む人ってどこにいます？」

彼女は言いながら、そのまねをして、またひとしきり笑った。

いかにも淑美らしい。

自分のパートの数小節の休みにも、淑美の頭は譜面を追うことでいっぱいだったに違いない。休符の後、確実に乗れるように、ヴァイオリンを足に挟んで空いた両手でリズムでも取っていたのではないか、と思うとなんとなく微笑ましい気分になった。

他のメンバーも呆《あき》れる一方で、生真面目な淑美を気に入ったようだった。

グランチーノを返しに控え室に淑美が来たのは、翌週の授業の後だった。

淑美は分厚いレンズの奥の目を輝かせていた。

「もう、始まるまで、どきどきして。間違えたらどうしようって思うと眠れなくって。でもやっぱり、落っこちたところとかあって」

息が弾んでいる。

「いいのよ。みんなそうだから」

「先生でも？」

「そう、知らん顔して、次の小節から乗ってしまえばいいの」

淑美はあっけにとられたような顔をしたあと、大笑いした。

「ビデオに録《と》っておいてもらって、故郷に送ったんです。きれいになったねってみんな言ってくれて。音楽のことなんにも知らない母が、トシちゃんうまかったね、なんて誉めてくれたし。それで、先生」

淑美は、少しあらたまった口調になった。

「先生の楽器をお借りしたことを父に話したら、あの音楽絶対反対の父が、楽器、買ってもいいって、言ってくれたんです」

「まあ、よかったわ。いくらなんでもそれではね」

瑞恵は淑美の楽器を見て、微笑んだ。

「それで、先生にお願いがあるんですけど」

淑美は軽く身じろぎした。

「楽器、選んで欲しいんです」

「まあ、そんなこと？　いくらくらいのものを考えているの？」

「はい、四百万円くらいなら、父が出してくれるって言ってます。イタリア物がいいんですけど」

「四百万でイタリア？」

「いえ、イタリアでなくても、先生が見ていいと思ったものなら、なんでもいいです」

淑美はあわてて言いなおした。

量産品は別として、良い楽器に正規の市場はないと言っていい。楽器屋の店頭に並んでいるオールドの大半は、素性が信用できないし、第一価格があってないようなものだから、大抵は、とてつもなく高い値段がついている。

ある量販店などでは、三百万の値札を二本線で消して、二百六十万に書きなおしてある。そして、さらに相談に応じて、二百三十万ぐらいまで、値引きする。しかし、実のところは、もともと、百五十万も出せば買えるような代物なのである。

ある程度の楽器を買うとなれば、師匠に相談するのが一番確かではある。

楽器の善し悪しは素人にはわからないので、プロの判断をあおぐ、ということもあるし、楽器屋のほうも相手がプロではそれほど法外な値段はつけられない。師匠に払われる手数料を考えても、店頭で買うよりははるかに安い。それ以上に、先生の顔を立てるという意味もある。

オールドの高級品のほとんどは、こうして輸入業者から、音楽家を通じ、その弟子に流れていく。

弟子が直接、楽器商に会うことはない。師が選んだ楽器を大抵は黙って買う。信頼関係の上に成り立つ売買である。

瑞恵自身も、白川をはじめとするヴァイオリンの教師に、そうして楽器を世話してもらってきた。そして、弟子たちのために選んできた。

楽器屋は、わずかばかりの手数料を持ってくるが、自分はあくまで弟子のために選んでいる。瑞恵はそう信じていた。

淑美は、興奮気味につけ加えた。

「信じられなかったです。初めは。四百万も出してくれるなんて。うち、田舎の小さな工場だから……」

「そう、工場？　何を作ってるの」

「コテ。職人さんの使う。家族でやってるんです。火床の火入れから配達まで。本当は、娘がこんなことしてちゃいけないんだけど。でも、父は、道楽にかけるには、大きいな、と言いながら、お金出してくれるって……」

淑美は、少し涙ぐんだ。

四百万というのは、普通なら大金なのかもしれない、と瑞恵はこのときぼんやりと思った。楽器を買うにしては、あまりにも小さく、そして、彼女の金銭感覚からしても、たいした額ではなかった。そして、あの石橋俊介なら、ほんのポケットマネーだ。

きちんと選ばなくてはと、瑞恵は思った。

「すぐというわけにはいかないけど、いいかしら？」

「あ、はい」

淑美は片手で眼鏡を上げると、一礼した。


「四百万……」

自宅に戻った瑞恵はソファに体をあずけたまま、先程から繰り返していた。

いかにも半端な数字だ。

最近、作られた高級品を買うのであれば、その半額で十分足りる。しかし、枯れた音の出るオールドの名器を求めるには、問題にならないくらい小額だ。

それほど有名でない楽器がたまたまあれば、ちょうどこの程度の金額になる。しかし、そういった物の出る機会は少ない。

無理は承知だ。しかし柄沢ならなんとかみつけてくれるだろう。

今まで何度も無理な頼みを聞いてもらってきた。いつも彼は、どこからか掘出し物をみつけてきてくれた。

瑞恵はゆっくりと立ち上がり、受話器を取る。

マイヤーの電話番号を押しながら、ふと、この前、彼が部屋を訪れてからどのくらい経つのだろう、と指を止める。

今までも、彼の腕のぬくもりと、一瞬訪れた甘やかな時間に思いをはせることはあったが、用もなく電話をかけるのはためらわれた。

自分は彼にとって一人の客に過ぎない、という思いは依然あったし、一介の営業マンに恋心を抱くことにも、どこかで抵抗がある。

ともあれ、ようやく彼と会う口実ができたのが、うれしかった。

電話はつながったが、柄沢は外に出ていた。

名前を告げて電話を切り、一時間ほどするとコールバックがあった。

「ご無沙汰《ぶさた》しております。何も変わったことは、ありませんか?」

顧客に対する礼儀正しい口調の中に、秘密めいた親しみがこめられているのを感じて、頬が熱くなった。

少し戸惑いながら、つとめて事務的に用件を切り出す。

「楽器を探してほしいんだけど」

「はいっ、今度は、どんな物ですか?」

柄沢の口調が、変わった。

「金額は四百万くらい。できればイタリア物……」

「四本で、イタリア？」

柄沢はうなった。

「むずかしいところですね」

確かに難しい注文だ。

「探してみてくださる？」

「やってみましょう」

少し間を置いて、柄沢はきっぱり言った。

受話器を置いて、瑞恵はグァルネリを手に取った。傷はあったけれど、これも彼がみつけてきてくれたものだった……。

柄沢とのやりとりが事務的な内容だったにもかかわらず、甘い余韻となって心に残っている。

「恋をしてみたら、あなたの音楽は変わるかもしれない」と言ったのは、あるマスコミ関係者だった。

瑞恵は笑って受け流した。素人の中には本当にこういう言葉を信じている者もいる。

しかし今、瑞恵は、ひょっとするとそんな奇跡も起きるかもしれない、と思いながら、弓を手にした。

神経を集中させ、開放弦でゆっくりと弓の端から端まで弾く。次に、タブルで。そして、次に音階を。

初めてヴァイオリンを手にした初心者とまったく同じことをひととおり繰り返す。恐ろしいほどのルーティンワーク。

いつもと同じ音だ。

やはり奇跡など起きはしない。

ハ長調の次は、ニ長調の音階を弾く。全音符で四回、二分音符、四分音符、そして三十二分音符までいって、再びホ長調の全音符。

細心の注意を払いながら、しかし呼吸するよりも自然に、ヴァイオリンは彼女と一体になる。

同時に、音楽に接近しすぎ、新鮮な喜びを感じなくなっていることに気づく。

郷田淑美と音楽との間の蜜月《みつげつ》が、眩《まぶ》しくうらやましい。

基礎練習を終えたあと、ベートーヴェンのソナタを譜面台に置いた。ニ長調の第一番。

最初のヴァイオリンソナタだが、構成の上で、いくつものクロイツェルとの類似点がある。

冒頭の和音は、分割して柔らかく入る。

だめだった。

リズムが甘くなる。こんなことだから、同じ和音を弾く恭子のピアノに負ける。恭子だって十分すぎるくらいの配慮をしているのだが、こちらが弱すぎるのだから仕方ない。

打楽器を鳴らすように、再び、三弦を一度に響かせてみる。

今度は、力がついていかない。

だからベートーヴェンはいやだ。瞬間瞬間の音も、和声も驚くほど簡明だ。アクロバティックな技法はない。それゆえ、音の一つ一つをダイナミックに歌わせる弾く側の気力と、構成力が要求される。最初のスフォルツァンドは鋭いアタック、そして次のスフォルツァンドがくる。これは、唐突な愛の表現。

なぜこんなにスフォルツァンドばかり続くのか？

劇的で、奇矯《ききよう》で、グロテスク。瑞恵は、ベートーヴェンを呪う。素人のテクニックは、速さで評価されるが、プロの技量は強弱に関わる微妙なニュアンスではかられる。デリケートな音程も、すすり泣くようなピアニシモも瑞恵は弾きこなすが、「強く、もっと強く」と要求しつつ、そこにさまざまなドラマと微妙なニュアンスを要求するベートーヴェンのスフォルツァンドにはついていかれない。

とうに暗譜できているほど、弾きこんだ曲は、さほど困難な指使いもなく、ひととおり通すことだけなら容易《たやす》い。しかし意識をどれほど集中しても、瑞恵の心は、凍りついたように、音楽の核心から遠く離れ、周辺を回るだけだった。

恋をすれば弾けるなんていうのは、嘘だ、とため息をつく。失恋したらというのも嘘だ。心境の変化だけで上手くなれるなら、だれも苦労はしない。

二日後、柄沢は、一台の楽器を持ってきた。

期待していたような、甘い挨拶《あいさつ》はなかった。柄沢はなんとなく浮かない顔をしていたし、瑞恵のほうも、それを敏感に感じとった。

「一応、オールドです」

煮えきらない口ぶりで、彼は言った。

ケースから出した楽器は、なにやらどす黒い色をしている。

「少なくとも、第一次世界大戦以前のものだということは確かです。おそらく、もっと古いでしょう」

手に取ると違和感があった。なんとなく楽器が歪《ゆが》んでいるのだ。

縁を手で探って理由がわかった。なめらかな曲線を描くべき表板が、ところどころなたで割ったような直線になっている。おそろしく荒っぽい細工だ。

「由緒正しいものではありませんが……」

柄沢は、恐る恐る瑞恵に弓を手渡した。

瑞恵は、黙って受け取って、弾いてみた。見た目ほどひどいものではない。ちゃんと、オールド楽器らしい深い音色を持っている。しかし、いくらなんでも、細工がひどい。

「二百万くらいです。どうですか」

安い。淑美の示した金額の半値だ。しかし安さに飛びつく趣味はない。弟子には、素性の正しいものを持たせたい。

「見た目は、しかたないですよ。ザクセンの楽器です。俗に百姓楽器ってやつで、ドイツの農民が、農作業の合間に作って自分で演奏して楽しんだやつです。日本でも昔は、よく山に行って竹を切って、尺八を作ったでしょう」

瑞恵は首を横に振った。気づかぬように柄沢は続ける。

「すばらしい文化的伝統、だと思いますよ。荒っぽい作りだけど、音はちゃんとしています。はっきり言うけど、四百万でイタリアのオールドは無理です」

古いものなら、素人の手すさびでもいい、などと頼んだ覚えはない。ましてや、安ければいい、というものではない。

「だめですか？」

柄沢はうらめしそうに、瑞恵の顔を覗《のぞ》き込む。

「せっかくですけれど」

瑞恵は、つけ加えた。

「柄沢さん、急がなくていいの。私、良いものが出るまで待つつもりだから」

「そうですか」

不満の表情を浮かべて、柄沢は手元のザクセンの楽器に見入っている。

「素性や、みてくれで弾くわけじゃなし、問題は音だと思うけどな」

「そういうことではないんですよ。やはりちゃんとしたものは、音にもそれなりの風格が備わるものよ。人だって育ちというのは、何気ない立ち居ふるまいに出るでしょう」

柄沢は、ちょっと頬を緊張させて瑞恵を見る。そして「そんなものでしょうか」と、つぶやいた後で姿勢を正した。

「また、ご希望にそえるものを探してみます」

気をとりなおしたように言うと、ザクセンの楽器をしまった。

「お忙しいの？」

そのまま出ていこうとするのを瑞恵は呼び止めた。

「いえ、店に戻って、もう一度、リストを見て探してみます」

お茶でも、という瑞恵の言葉が聞こえないように、柄沢は戻っていった。

柄沢が別の楽器を持ってきたのは、それから三週間後だった。

ケースから取り出した楽器は、ニスが赤く、つやつやと輝いていた。黒檀《こくたん》の指板にも傷一つない。ネックから胴のくびれに至るラインは、比類無い美しさだ。

手にすると、ずしりと持ち重りがした。

「三百二十万でどうでしょう？」

「どこのものです？」

「フランス。ルネ・ムイエール」

失望とともに「やはりね」とつぶやいていた。

フランスの名工の手によるものだ。しかし、その名工、ムイエールは生きている。つまり、この見事なプロポーションをした赤々と輝く楽器は、ごく最近作られたものなのだ。

試しに音を出した。硬質な音は若く、熟成していなかった。

弦楽器は、木が枯れることによって音ができてくる。いくら名工が作ったものであっても、本当の音になるまで、百年はかかる。二、三百年経ったものが、最高だ。瑞恵はそう信じている。

有名なストラディヴァリだって、あれは今、二十世紀にあってこそ、名器でありうるものだ。

「彼女の曾孫《ひまご》あたりが、弾く頃には、良い音になっているでしょうね」

瑞恵は、肩をすくめた。

「古ければいいというものではありません」

柄沢は憮然《ぶぜん》とした顔で言った。

「正直なことを言って、先生、あの値段で、先生のおっしゃるようなものを探すのは、無理なんですよ。店に入ってくる二百以上の楽器をチェックしても、なかなかこれ、と思うようなのには、ぶつかりません。出物があるときは、遠くまで飛んで行って調べてくるんです。これだって、僕としては自信が持てるものをやっとみつけて持ってきたんですから」

はっとして、柄沢を見る。瞼の辺りに、濃く疲労感を滲《にじ》ませている。

「ごめんなさい」

「いや、これが僕の仕事なんだから当然のことです。つまらないことを言ってすみません」

そう言いながら、柄沢がヴァイオリンをケースにしまうのを瑞恵は止めた。

「もう少し、試してみるわ。ムイエールのヴァイオリンね」

柄沢の顔が輝いた。瑞恵は楽器を受け取って再び弾く。

「いいでしょう、先生。あの値段でオールド探すのは、無理なんですよ」

瑞恵は、返事をしなかった。

良い楽器であることは間違いない。しかし若すぎることだけは、どうしようもない。名工ムイエールも「時」だけは、意のままにはできない。

この前のザクセンの歪んだ楽器のほうがましか、と思ったとき、柄沢が耳元に唇を近づけてきた。そして部屋には他にだれもいないというのに、きょろきょろと見回してささやいた。

「手数料なんですけどね……」

突き出した掌《てのひら》に電卓が載っている。文字盤を叩《たた》いて見せる。

「これで、どうですか」

液晶に、118と数字が並ぶ。続いて0が四つ。

百十八万。

何のことか、とっさにはわからなかった。が柄沢の意図が飲み込めたとたん、怒りとも嫌悪感ともつかぬものがこみあげてきた。

思わず顔を背けた。柄沢は背けた顔に向かい、なおもささやき続けた。

「何なら、弓をお付けしてもいいんですが」

お願いだからやめて、と耳をふさぎたかった。

見たくはなかった。自分が金に転ぶ女だと思われた事に腹が立つ。が、それ以上に背中を丸め、指先を丸め、手の中の電卓に数字を打ち込んで見せる柄沢の仕種《しぐさ》は、なんともいえず卑屈で下品で、こんな男に自分が心惹かれたのかと思うとやりきれなかった。

瑞恵は、ヴァイオリンを肩から下ろし、柄沢の正面に真っすぐに置いた。

柄沢はぎょっとしたように、瑞恵の顔を見た。半ば口を開けて、落ち着かない様子で視線を動かす。

「人の心をそんなことで、動かせると思って？」

低い声で尋ねる。

柄沢ははっとしたように、目を上げた。

とまどいを浮かべた視線が左右に動いた。

「僕は、ただ……」

「お金をちらつかせて、私に変な楽器を紹介させようというの」

「そんな……」

柄沢はかぶりを振った。

「変な楽器ではないです。僕は……」

「楽器の問題じゃありません。でも、わかったわ」

瑞恵は、柄沢を見つめた。

「それがあなたの仕事の仕方なのね」

柄沢の頬が、歪《ゆが》んだ。手にした電卓を引っ込め、視線を足元に落とし、唇を嚙《か》んでいる。

長い沈黙があった。やがて、柄沢はぼそりとつぶやくように言った。

「金って……汚いものですか？」

よく聞き取れなかった。しかしその悲痛な調子に胸をつかれた。

「僕の親父は、田舎では食っていかれなくて、東京に出稼ぎに来ていました。正月さえ帰って来られなくって、ビルの鉄骨の上でみぞれに打たれて、死にました。肺炎で。僕が小学校のときです。先生は、人の家を訪問するのに、勝手口から入ったことがありますか？　僕は、高校のときに御用聞きのバイトをしたことがあるんですがね、知らずに玄関から入って、そこのおっさんに、怒鳴られたんですよ。『ばかやろう、玄関から入るやつがあるか』ってね。先生は、金を軽蔑《けいべつ》しているけど、この暮らしだって、金があるからできるんじゃないんですか？　金があるから音楽ができるんでしょう。違いますか？　それとも自分で稼ぎ出す金は汚くて」

柄沢は、ちょっと言葉を切った。

「某企業の大物に貢がせる金は、きれいなんですか？」

「今、なんと」

瑞恵は小さな声で問い返したきり、言葉を失った。柄沢は、それ以上言わなかった。

「知っていたのね」

柄沢は首を振った。そして、哀しげな薄い笑みを口元に滲ませた。

「卑怯《ひきょう》だわ。そんなこと、持ち出して」

「はい」

柄沢は視線を自分の掌に落とした。

「軽蔑してる？」

柄沢はかぶりを振る。

「僕は人を軽蔑できるような人間じゃありません」

「心までは……売り渡していないわ」

やっとそこまで言った。語尾が震えた。毅然《きぜん》とした言い方はできなかった。詭弁《きべん》であることくらいわかっている。石橋に抱かれていることなどは、どうでもいい。しかし石橋の圧倒的な庇護《ひご》のもとで、自分の音楽が育《はぐく》まれていることだけは事実なのだ。

その自分と、札束を懐に体を張って仕事を取り、商品を仕入れてくる柄沢と、どちらが真剣なのか、そして自分が考えていた品性とは何なのか、瑞恵にはわからない。

柄沢はのろのろと、ヴァイオリンをしまい、瑞恵の方をちらりと振り向いた。

瑞恵は、腕を伸ばすと、両手を柄沢の頬に当てた。柄沢は応《こた》えるように、そっと瑞恵の手に触れ、わずかに眉根《まゆね》に皺《しわ》を寄せて微笑んだ。

伸びかけた髭《ひげ》のざらついた感触が、掌に伝わる。瑞恵は、目を閉じてため息をついた。

「嫌になった？」

「そんなことはありません」

柄沢は、首を振った。

「ヴァイオリニストと楽器屋の社員の関係に、嫌もなにもありませんよ」

柄沢は、冷めた声で言うと、瑞恵の手を丁寧にはずした。

「それじゃ、どうも。先生のお眼鏡にかなうもの、もう少し探してみます」

ドアのノブに手をかけて、玄関で一礼した柄沢は、営業用の笑顔を見せて出ていった。

苦い思いをかみしめながら瑞恵はしばらくその場に立っていた。

サイドボードに近づき、あの小さなヴィオラ・ダモーレを取り上げる。ヴィオラ・ダモーレ、愛のヴィオール。柄沢は、そんな意味をこめたのかもしれない。取り出して、キラキラ星変奏曲を弾く。涙がこぼれた。糸巻きが弛《ゆる》んだらしい。ひどい音程だ。

その後、いくら待っても柄沢から連絡はなかった。

小さな修理や弓の張り替えには、別の社員が来るようになった。

柄沢の言ったように、本当に顧客と営業マンという間柄なら、互いに傷つけ合う事などなかった。

それに、柄沢はとうに営業部にはいないのだ。資材部に移動した後も、気心が知れているから、という理由で瑞恵は柄沢を呼ぶ。そして相手が高額な商品を購入する瑞恵であるから、わがままを聞き入れ、マイヤーも彼をよこす。

いったい、気心というのは、何なのだろうか。ひどくあいまいで便利な言葉だ。少なくとも柄沢との関係を恋と呼ぶには抵抗があり、恋愛関係の果てにあるものに思いをめぐらすのは、さらに憂鬱《ゆううつ》だ。「気心の知れた」というあいまいな関係の中に、恋の高揚感だけを味わってみたかったのかもしれない。本当に気心が知れていたなら、あんな気持ちの行き違いなど、起こるはずはなかった。そして今、柄沢への思いは、苦い翳《かげ》りを帯びている。

「お眼鏡にかなうものを探してみます」と言い残して、柄沢は出ていった。それを信じて待つよりしかたなかった。

郷田淑美には、「弦楽器は良い品を見つけるには、時間がかかるものだ」と説明してある。


「先生、出物ですよ」と言う第一声はいかにも営業マンふうのものだった。

柄沢から電話がかかってきたのは、半年後、淑美に頼まれてから、七カ月が過ぎた翌年の六月のことだ。

なつかしく、ほっとした思いで、瑞恵はいくらか鼻にかかった柄沢の声を聞いた。

「今度こそ、気に入ってもらえますよ。きっと」

電話の向こうの柄沢の声は自信に満ちている。

「イタリア物？」

「見てのお楽しみです。用賀の教室にお持ちしましょう」

「そうね」

瑞恵は、とまどいながら答えた。

ずっと住まいに来ていた柄沢が、教室の方を指定してきた。やはり、この前のことが尾を引いているらしい。

用賀の3DKは、二間を一続きにして、レッスン室にしてある。狭い一部屋は、楽譜と書籍の置場になっているが、余分な家具や調度品はいっさいない。

柄沢は、時間どおりに現れた。お茶を入れようと瑞恵が腰を浮かせるのを止め、柄沢はすぐに用件に入った。その様子にわだかまりは感じられなかった。

彼のほうは、さほど気にしていなかったのかもしれないと思うと、瑞恵は、ここ半年ばかりなんとはなしに心がふさぎ、重苦しい気持ちをかかえていたことに、少しばかり自尊心を傷つけられたような感じがした。

柄沢は、もったいをつけながらヴァイオリンを取り出す。

今度こそ納得のいくものであってほしいと瑞恵は願った。

淑美はしびれを切らした様子もなく、あのベニヤで作ったような楽器で、よく練習している。目に見えて力がついてきているだけに一日も早く良い楽器で弾かせてやりたい。

「なんだと思います?」

柄沢は楽器を見せて尋ねた。

「わかりません」

瑞恵は素直に言った。

「ランドルフィですよ、ランドルフィ」

イタリアの銘器の名を口にすると、柄沢はネックを摑《つか》んで、得意げに差し出した。

「ランドルフィ、ですって？」

瑞恵は、瞬《まばた》きした。

「そう、正真正銘の」

手渡された楽器をじっと見る。赤味がかったニスの奥に、無数の傷が黒々と浮いて見える。古いものは大抵こうだ。

ランドルフィは、一七〇〇年代後半のミラノの銘器である。同年代に製作された、ストラディヴァリやグァルネリに比べると、はるかに繊細な作りだといわれる。

瑞恵は、楽器を電灯にかざした。

f字孔と呼ばれる表板の孔は細く、ネック先端の渦巻きもいかにも華奢《きやしや》で、確かにランドルフィの特徴がいくつも見てとれる。

「本物……」

「当然です」

柄沢は大きくうなずく。

待ったかいがあった。

「音、出してみて下さい。先生」

柄沢はささやいた。

肩にかかる髪をさっと一払いして瑞恵は弓を置いた。

その瞬間、首をひねった。その感触になんとなく、覚えがあるような気がした。

エチュードを二、三小節弾く。期待したほど厚みのある音ではない。

パガニーニの一節を弾いてみる。

期待したほどではないが、失望するようなものではない。柔らかな音で、よく鳴る。

そう、鳴りが良いのが、一番だ。

こんなものだろう、と瑞恵は思う。何といっても、ランドルフィだ。弾き込んでいくうちに、音が磨かれてくるに違いない。

「どうです？」

柄沢が、尋ねる。

「ええ」

瑞恵はうなずく。

「さすがね」

「そうでしょう」

言葉を切った後で、柄沢は躊躇《ちゅうちょ》しながら、つけ加えた。

「問題は、お値段です」

「高いのね」

「はい。オーバーします。予算を」

「どのくらい？」

柄沢は、人差し指と中指を立てて見せた。

「二百万。ぎりぎりお引きしても、お値段は、六百万なんです。わかって下さいよ。天下のランドルフィですよ」

瑞恵は、ヴァイオリンをみつめたまま、しばらく考えていた。自分の楽器であるなら二百万程度の上積みをためらうことはない。しかし、買うのは淑美だ。

こんな楽器が手に入る機会など、そうあるものではない。一生ものになることを考えれば、その程度の金額で、躊躇する必要はない。しかし……。

「わかりました」

瑞恵はきっぱり言った。

「話してみます。なんとかなるかもしれません」

「そうこなくちゃ」

柄沢は、片手でテーブルを叩《たた》いた。

瑞恵は、うなずいて柄沢を見上げた。そして小さな声で言った。

「ありがとう……」

「わかってくれたでしょう。これが僕の仕事のしかたです」

柄沢は、きれいな歯並びを見せて微笑んだ。

翌週、郷田淑美にランドルフィを見せるために、瑞恵は楽器を大学に持っていった。

講師控え室に入ると、ちょうど伊藤孝子がいた。

「あら、どうしたの？　神野さん、楽器二つも持って？」

彼女は、瑞恵の楽器ともう一つのランドルフィのケースを交互に眺めた。

「ええ、ちょっと……」

瑞恵はいちいち説明するのもめんどうなので、言葉を濁した。

「新しいケースね」

本体は、オールドでも売り物の楽器には、新しいケースをつける。孝子はピンときたようだ。

「まさか、学生に楽器を斡旋《あっせん》したの？」

「いえ」

とっさに、否定した。

「ここは教員養成校なの。わかる？　神野さん。彼らには、技術の習得以上に身につけることは、いろいろあるのよ」

「けれど私たちは実技の教師よ。その範囲で、できるかぎりのことをするのが当然じゃなくて？」

孝子は、首を振って、椅子にかけた。

「私たちがしなければならないのは、受け持った授業を責任持って行なうこと。それ以上のことも、それ以下のこともだめ。いかにも官学らしいめんどうな約束事が、ここにはたくさんあるの。言っておくけど、私学出身は、私たち二人だけよ。あなたが何かトラブルを起こしたとき、私も同じ目で見られるのよ」

孝子は、窓際に行くと、ちらっと下を見た。片側の眉《まゆ》だけ上げると、上目遣いに瑞恵を見る。

「いい車ね……」

「何のこと？」

瑞恵も下を覗《のぞ》き込む。

白いフェラーリが停めてあった。縦長なスタイルがやけに目立っている。

この日、瑞恵は楽器を二台抱えて電車を乗り継ぐ気にはなれず、躊躇しながらも石橋に買ってもらったフェラーリでやってきたのだ。

「あなたにぴったりの車だわ」

皮肉っぽい口調ではない。しかし瑞恵は居心地の悪さを覚え身じろぎした。孝子は、瑞恵の恰好《かっこう》を一瞥《いちべつ》した。

「そのピンヒールの靴で、だだっ広いキャンパスを横切ってくるのは大変だとは、思うわ。いつも魅力をアピールしていなければならないのは、演奏家なら当然だけど、ここの学生の前途はステージに続いているわけではないのよ」

「そうとはかぎらないんじゃなくて？　そうやって、あなたは学生の夢をつぶしていくの？」

瑞恵は、郷田淑美の顔を思い浮かべ、強い口調で反論した。

「希望はそれぞれにあるわ。そりゃ、わかってる。でもね、現実問題として、大半の学生は良い教師として巣立っていくわ。ここはそれを目的にしているの」

瑞恵を見つめたまま、孝子は静かに言った。

「それから、教授たちさえあまり車では来ないの。学生と同様、駅から二十分かけて歩いてくる人が多いわ」

瑞恵は立ち上がった。

「私が、目障りなの？」

「わからない人ね」

孝子はため息をついて、首を振った。

孝子を残して、瑞恵は控え室を出た。

教室の重たい防音ドアを開けると、ヴァイオリンの音が溢《あふ》れ出してきた。郷田淑美が来て、練習をしている。

楽器の実技指導は、基本的に一対一で行なわれる。時間を区切って、学生を一人一人部屋に入れていくのだが、この日は郷田が最初だった。

「弾いてみて」

取る。

瑞恵は、いきなりランドルフィを出して淑美に渡した。不思議そうな顔で、淑美は受け取る。

怪訝《けげん》な顔で弓を構え、いつもレッスンの冒頭に行なうとおり、Dの開放弦を全音符で弾いた。

音が立った。

はっとしたように弓を止める。

今まで、弾いていた楽器と違い、ごく楽に音が出るのに淑美は少し驚いたようだ。無言で瑞恵を見上げる。瑞恵はにっこり笑って、エチュードのページを指差した。

弾き終えてから、瑞恵は口を開いた。

「どうかしら、これは？」

「えっ」

「このヴァイオリンならどう？　ランドルフィよ」

「ランドルフィ？」

ミラノの銘器の名を聞いて、淑美は目を丸くした。

「一生ものになるわ」

「私には、そんな」

「イタリア物が欲しいって言ってたでしょう」

「ええ」

淑美はまだ信じられないような顔をした。

「本当に、こんなの、みつかったんですか？」

「ええ。目の前にあるでしょう。でも、少し高くなるの」

淑美の顔が、曇った。

「六百万」

「あんまり、私の腕で、贅沢《ぜいたく》できないですよね」

「そんなことはないけど、お父様が出して下さるかどうか。でも、もしもこれを買えたら、幸運ね。こんな機会はたぶんないと思うから」

セールストークなどではなかった。本当にこんな値段で、ランドルフィが手に入るチャンスは、普通はない。

「あと二百万ですよね」

淑美は、悲痛な顔で楽器に見入っている。

「アルバイトするには、高すぎるし、これ以上、父に負担をかけるのも悪いし……」

「あなたが、この楽器に負けない腕を持つかどうか、という問題なのよ。お父様だって、きっとわかって下さると思うわ」

励ますように瑞恵が言うと、

「そうですね」と淑美は決心したようにうなずき、その楽器のネックを握りしめて晴れやかに笑った。

「今夜、電話して父に頼んでみます」

ふと瑞恵は背中に視線を感じて振り返った。レッスン室のドアに小さなガラス窓が取り付けられている。まるで刑務所のようだと、瑞恵がいつも不快に思うこの窓に、孝子の顔があった。そして、瑞恵と視線が合うと、さっと背を向けて、向こうに行った。

「あ、そうか」

淑美は小さな声でつぶやいた。

「もう少し待って下さい」

「どうしたの？」

「父は、今、選挙で苛立《いらだ》っているから、落ち着いてから、機嫌のいいときに言おうと思ってるんです」

「選挙？」

淑美は、うなずいた。

「県議会議員選挙」

「お父様は、議員さん？」

「ええ……」

零細な町工場の親父さんだと思っていたら、どうやら町の有力者らしい。話を聞いてみると郷田の家は、元は代々続いた庄屋で、父は県議会議長だった。

それにしても、「火床の火入れから配達まで家族でやっている」という淑美の言葉と、県議会議長の一家、というのが、瑞恵には結びつかなかった。淑美は地方の町工場の苦しい経営状態や選挙の度に、金がかかることを説明したが、瑞恵にはピンとこない。何よりも、それほどの地位にある父親が、音楽科の娘に初心者の弾くような国産のヴァイオリンを与え、なおかつきちんとしたヴァイオリンを買ってやるのに、金を出し惜しみするというのが、理解できなかった。

「お願いしてみるといいわ。当選したら」

「落選することはないと思います。もう十五年もやってますから」

淑美は、当たり前のように言った。

音大にも議員の娘というのはずいぶんいたが、この一家は、少し違うようだ。少なくとも瑞恵の周りにいるタイプの人々ではない。

父のOKが取れた、と息をはずませて淑美が講師控え室にやってきたのは、一ヵ月あまり過ぎてからのことだった。

「毎日、電話したんですよ。教員免許を取るっていうのと、もし音楽やっていくことになっても、二十五までにちゃんと結婚するっていう約束をさせられちゃった」

瑞恵は苦笑した。

「結局、親戚《しんせき》の伯父《おじ》さんが、名のあるヴァイオリンは安物と違って、持ってれば値が出て儲《もう》かると言って説得してくれたんです」

「まあ……」

想像外の理由だ。ヴァイオリンをマンションやゴルフ場の会員権のように投機の対象と見なす発想に驚かされる。どういうセンスの持ち主かと首を傾げるが、とにかく買えると決まったのはよかった。

一旦《いったん》決めてしまうと、郷田の家は金払いが良かった。一週間後には、六百万はマイヤー商会に払い込まれ、マイヤーから郷田淑美宛にユーザーカードが送られてきた。

淑美は瑞恵にそれを見せた。ユーザーカードは、マイヤーが顧客の管理と売った楽器のアフターケアをするためのもので、購入者の住所、名前や楽器の経験年数、出身校などを書かせるようになっている。

住所は、実家を書くのか、アパートのほうでいいのか、と淑美は尋ねた。両方書いておくように、と瑞恵は指示した。

大きな角張った字で、住所と学校名を書くと淑美はそれを封筒に入れた。宛先はマイヤーの営業部だ。

二日後に、柄沢から電話があった。社内の電話らしく、他人行儀に丁重すぎるほどの礼を述べた後、これまた他人行儀に、彼は言った。

「お時間は取らせませんので、近いうちに、ぜひおうかがいしたいと思いますが」

用件は言わなくてもわかっていた。

瑞恵は躊躇《ちゆうちよ》した。少しくらいの時間ならある。柄沢がやって来て、いつもの白い封筒を置いていく。それくらいの時間がないわけではない。しかしそれだけですませたくないという気持ちがあった。

「二週間、待って下さる？」

「はい、もちろん」

歯切れ良い返事が戻ってきた。

その後の時間は慌ただしく過ぎた。十日後にコンサートがあった。瑞恵はヴィヴァルディとブラームスの協奏曲を弾いた。最近は、音楽会といえばベートーヴェン、という風潮が薄れているのがありがたい。おかげで鬼門を避けることはできた。

しかし決して満足のいく演奏ではなかった。

不出来というほどのものではないが、何かが欠けている。ベートーヴェンを弾くときほどの恐怖感がないだけで、自分の非力さを弾きながらもひしひしと感じ取った。

翌日の夕刊の批評を見ると、流麗にして典雅、女性らしい繊細な演奏、と手放しで誉《ほ》めてある。日本の女流ヴァイオリニストの最高峰とさえ言いきっている。

女流という言葉が、一般に比べ、低く甘い基準を示していることはわかっている。国際コンクール入賞の実績を持つ女性奏者を指して、女流とは言わない。

虚《むな》しい気持ちで瑞恵は記事を読んだ。別のページには、ロイヤルダイヤモンドの全面広告が載っていた。

無造作に折り畳み、ラックに入れたところに石橋がやってきた。例によって、高価なプレゼントとねぎらいの言葉を用意していた。

石橋から手渡された写譜用の万年筆に瑞恵は見入る。特別仕様らしく、宝石がはめこんである。

「よろしいんですか？」

瑞恵は独り言のように言った。石橋は、口元だけに笑みを浮かべる。

「つまらないことを言わないでいい。女に惚《ほ》れるのは、いくら惚れたところで、たかが知れている。しかし男が男に惚れたら、これは恐いと昔から言う。つまり相手の心意気や才能に惚れたら、飽きるということがないんだ。底無し沼にはまったようなものだな。ところが、僕の前に現れたのは、すばらしい才能と可能性を持った、しかも女だった……。底無し沼に、はまってもいい、という覚悟はあるよ」

言いながら、石橋は腰に手を回してくる。

瑞恵の視線は無意識のうちにマガジンラックの新聞に注がれる。目を閉じて石橋の首に両手を絡ませる。石橋のそんな言葉を聞くのは初めてで、瑞恵の心は柔らかく揺らいだ。しかしそれも束の間のことだ。

石橋は手慣れた仕種《しぐさ》で瑞恵を抱き、言葉少なに行為を終えて、嬉遊曲を一曲聴き終えたときと同じ笑みを浮かべて、「ありがとう」とささやく。

さばさばとした満足気な表情に、瑞恵は、恋や、ましてや底無し沼などという言葉とはかけ離れたものを見る。そして何事もなかったように彼が出ていく瞬間、いつもと変わらぬ、体の内を木枯らしが吹き抜けるような虚しさと不安に捕らえられた。

柄沢がやってきたのは、その二日後だ。暦は八月に替わって、ひどく蒸した一日が終わろうとしていた。ネクタイに上着まで、きっちりと着た柄沢は、冷房の利いた部屋に入った後も、しばらく額に汗を滲《にじ》ませていた。

「ご紹介いただきまして、どうもありがとうございました」

丁寧に一礼した後、柄沢は、封筒を取り出して手渡した。

「いえ、こんなことをしていただかなくても」といったん押しやる、といった儀式はない。さりげなく受け取る。何よりも、瑞恵にとっては、さりげなく受け取れる程度の金額であるからだ。六百万の一割だから、せいぜい六十万だった。

「お世話になりました……」

無造作に封筒をテーブルに置くと、瑞恵はいつになくあらたまって言った。

柄沢は驚いたように、顔を上げた。

「なんなんですか、その最後通牒《つうちょう》を突きつけるような言い方は？」

さきほどまで上気していた顔が、青ざめていた。

瑞恵はあっけに取られて、柄沢を見た。

「何度も足を運ばせて、無理を言ったからじゃありませんか」

柄沢は、ちょっと目を見開いて、青白い額を手の甲で拭《ぬぐ》った。

「それだけのことでしたか……失礼しました。この前のことがあるから」

胸をつかれた。

「わたしが、お世話になりました、なんて言うとおかしい？」

「おかしいです」

柄沢は生真面目な顔で答えた。

「演奏家は、傲慢《ごうまん》でいいんです。謙虚なのは、音楽に対してだけでいい。他の人間になど、特に、僕になど頭を下げてはいけません。それから……」

瑞恵から視線を外して、続けた。

「金を出してくれた人間に対しても、決して」

「金を出してくれた人……」

瑞恵は、唇を噛《か》んだ。

柄沢は、彼女のために苦労してヴァイオリンを探してくれた。その気持ちに少しでも応《こた》えたいと思って今日まで待った。なのになぜ、こんなことをむし返し、あげつらわれなければならないのだろう。

単なる演奏家と楽器屋の関係、と言いながら、柄沢の心に澱《おり》のように沈んでいる屈辱感や、痛切で屈折した思いが、向かい合っていると重苦しく伝わってくる。

柄沢は、視線を窓の外に漂わせていた。

瑞恵は窓辺に近寄りガラスに握りこぶしを押しつけた。こめかみが脈打つたびに鈍く痛む。

「本当なら音楽家は音楽を差し出せば足りるはず。それ以外に何かを差し出さなくてはならないのは、私の限界。あなた、わかっているんでしょう」

瑞恵はいきなり柄沢の方を振り返りスタンドカラーのブラウスの襟ボタンを外した。首筋に、細長く、萩の花のような、うっすらとした鬱血《うっけつ》が現れているはずだった。

柄沢は、瞬時に目を背けた。

「なぜ、そんなものを僕に見せるんですか？」

「コンサートの成功も、グァルネリも、こうして手に入れたものだから」

とたんに柄沢は、瑞恵に近づくと彼女の両腕を力一杯つかんだ。

「そんなこと思っちゃいないんでしょう。本当は」

激しい語気に瑞恵は後退《あとじさ》りした。

「それだけで、手に入れたとは、自分では思っていないんでしょう。違いますか？　世間で言うように、あなたは一流半だ」

瑞恵は息を呑《の》んだ。柄沢の口から、こんな言葉を聞くとは思ってもみなかった。

「自分でそれを認めて、逃げるつもりですか？　それ以上のレベルに這《は》い上がる努力をするより、しょせん自分はこの程度と言い切ってしまうほうが、楽ですからね。他の女なら、それも愛敬ですむ。けれどあなたの誇り高さは、わかっているんだ。いやらしいだけです。

誇り高い人間が、今みたいなことを口にするのは」

瑞恵は、柄沢をみつめた。語気に呑まれて、身動きもできなかった。

柄沢は、乱暴に瑞恵の襟をかき合わせた。

「二度とつまらないものを見せないで下さい」

「待って」

瑞恵は、柄沢の手首を握りしめた。

「あなた忘れているわ」

「何を?」

当惑したように柄沢は目を上げる。

「私が生身の女だっていうことを。音楽家が、何か崇高なものをめざして上っていくものだと思っているの? 好きな人に甘い言葉をささやかれ、いきなりキスされて、あげくに他の男とのことをなじられ、それでも平然と楽器を弾き続けられるものだと思っているの? 何を言っても、何をしても傷つかないと思っているの? あなたにとって、私は女でも男でもなくって、俗世間のことには何も関わりのない特殊な人間なの?」

柄沢は、驚いたように瑞恵の顔をみつめていた。

「僕は」

「人の心をこんなふうにかきまわして……」

涙が溢《あふ》れそうになって、柄沢の頬骨の高い顔が視野の真ん中でぼやけた。

言い終える前に、瑞恵の体は折れそうなくらい、激しく抱きしめられていた。

柄沢の鼓動が、熱く伝わってくる。スフォルツァンド……ふと脳裏をかすめた。

顔を上げると、目が合った。柄沢は、怒ったような生真面目な顔で、何か言いかけてやめた。

瑞恵は、口元だけで微笑んだ。柄沢は泣きそうな顔で、両手で瑞恵の頰を挟み、唇を重ねた。

「隣の部屋、行く?」

顔を離して柄沢が、ささやく。瑞恵はかぶりを振った。

「そこで……」

傍らの長椅子を視線で示す。石橋との記憶のしみついた部屋は使いたくない。

「落ちない?」

「あまり乱暴にしないで」

柄沢は手を緩めて、くすっと笑った。

「さっきは、怒っていたくせに、さっそく笑うのね」

「照れるよ。いや、照れるっていうか、正気じゃいられない」

瑞恵の体は抱き上げられ、そっとソファの上に下ろされる。襟元を押し広げ、スリップの薄い絹地をずらした柄沢の指先が、肌に冷たかった。

喉《のど》から胸元に指先が、滑っていく。瑞恵は顔を起こした。

「地図見るの好き?」

唐突な質問に瑞恵はあっけにとられた。

「地図?」

「川みたいに走ってるよ。静脈がさ。薄緑色をして。迷ってるんだ。どこにしようか……」

「何を?」

「キス・マーク。これ見よがしに首筋につけるのは、田舎者さ」

瑞恵は笑って柄沢の頭を抱いた。柔らかな髪を指にからませる。草いきれに似た青臭い体臭がした。ソファのスプリングが、体の下できしる。心と体が溶けていく。時が、一瞬の前の過去からも、わずかばかり後の未来からも、切り離された。

耳元で柄沢の荒い息遣いが、安らかな吐息に変わっていくのを瑞恵は、幸福な気分で聞いた。柄沢は長い間じっと動かなかった。

「ここを出ようかしら……」

瑞恵は、ふと浮かんだ考えを口にした。

「用賀にある教室にも、ちゃんと人が住めるのよ。私の家だもの。少し狭いけど、二人くらいなら十分に……」

柄沢はゆっくり体を起こす。瑞恵は続けた。

「弟子取って、ロイヤルダイヤモンドのネームの入らない会場でコンサートを開くの」

「自信はあるんですか？　石橋氏の援助無しにやっていくだけの」

柄沢は、遮った。少し前とは打って変わった冷静な口調だった。男というのは、どうしてこんなふうに、気分を鋭角的に変えることができるのかと、驚きとも失望ともつかぬ気持ちになった。

「反対するの？　さっきあんな言い方をしておきながら」

彼は表情を硬くした。

「怖いんですよ。『神野瑞恵』の演奏家としての人生を僕が、たったこれだけのことで左右するっていうことが」

「たったこれだけ？」

「いえ、そういう意味じゃなくて、僕のような一サラリーマンが、あなたの才能を、一人の音楽家の将来を奪い取るかもしれないとしたら、怖いですよ。僕が背負うには、重すぎる。石橋氏に比べたら、僕にはなんの力もない」

「私の人生を背負ってくれ、なんてだれが言ったの？」

「自分の人生を大切にしなくちゃいけない」

柄沢は言った。男の気持ちを測りかねたまま、瑞恵は不安な思いで、彼の肩に頭をもたせかけていた。

Ⅳ 秋霜

夏休みが明けてみると、ランドルフィを手に入れた淑美の上達ぶりは、目を見張るばかりになっていた。

いい楽器は無駄な力を入れなくても、楽々と音が出る。そのせいか、今までの淑美のいささか肩に力の入った弾き方は改善され、弓の動きはなめらかに、自然なものになっていた。

学生オーケストラで弾かせると、ユニゾンの部分でもはっきりとそれとわかるほど、淑美の楽器は、ひときわ柔らかく美しい音で鳴っていた。

よく鳴る。しかしいくらか、深みに欠けるようだ……。

初めて瑞恵が手にしたときのこんな感じは、その後も続いていた。

それでも気になるほどのことではない。仮に深みがないとしても、淑美の技術によるところのものである可能性が高い。

小さな疑問符は、しかし一カ月後には、瑞恵の聴覚に刺さった一本の棘《とげ》に変わった。気になるのだ。他の楽器の音色に比べ、どこといって遜色《そんしょく》はないが、どうも気に入らない。柔らかくよく鳴る音、それを表の音とすれば、それに奥行きをつけていく微妙な陰の音がない。ヴァイオリンはきちんと鳴っている。音が大きいというのではなく、しっかりと音が立って聞こえている。にもかかわらず、表現しがたい欠落感がある。

瑞恵は、気がつくと、淑美のヴァイオリンの弾き方よりも、その音色に耳を傾けている。この程度のことなら、どういうこともなかった。

いよいよおかしい、と思い始めたのは、それからさらに一ヵ月たったあたりからだ。何か異変が起きていると確実に感じ取れた。音が鈍くなってきた。今度は、表の音までも変わっている。

明るく澄みきった音は、汚れ曇ったグラスのように、透明度を落としてきた。朗々たる響きは、耳をすますと、ところどころに淀《よど》みが感じられる。

それでも、何が、どこがどうおかしいのか、と問われれば、はっきり答えられない。漠然とした違和感だ。

授業を終わりヴァイオリンを持って教室を出て行きかけた淑美を瑞恵は呼び止めた。

「あなた、その楽器を屋外で弾いたりしなかった？」

「いえ」

「エアコンの吹き出し口に置いたりしていない？」

淑美は不思議そうな顔をして首を横に振る。

「先生……」

淑美は、遠慮がちに言った。

「なんか変じゃないですか？」

「何が？」

とっさに、瑞恵はとぼけた。淑美も気づいている。

淑美は、不審そうな表情を浮かべて瑞恵をみつめた。

「コンディションの問題ね」

瑞恵は相手の疑惑を封じこめるように、鋭く答えた。

「弦楽器は、デリケートなものよ」

淑美が言うとおり、変だ。しかし何が変なのか瑞恵自身がはっきり摑《つか》めない以上、憶測でものを言って、淑美の不安をかきたてるのもどうかと思われた。

それに自分が紹介した楽器に瑕疵《かし》があるとは、考えたくなかった。しかもそれを持ってきたのが柄沢だと思うと、知りたくない最悪の事態を突きつけられるのが怖かった。できれば、淑美の扱いの悪さによって、音が変わったのであってほしい、と願った。

淑美は、不満そうな表情を隠さず、教室を出ていった。

淑美の扱いか、そうでなければ、奏法上の問題かもしれない。天下のランドルフィが、おかしな音を出すはずはない。瑞恵はそう自分に言い聞かせる。

もう少し様子を見ようと思った。とにかく今の段階では、どこかおかしいという程度で、何一つはっきりした異変は起きていない。それに輸入楽器は、日本に入ってからの二、三年、この高温多湿の気候に慣れるまで、非常に不安定な状態になるものなのだ。まもなく冬に入り、空気が乾いてきたら、再び澄明な響きを取り戻しているかもしれない。

瑞恵は、かすかな期待をかけた。

しかしその期待は、その二週間後に決定的な形で裏切られることになる。

実技試験の最中だった。

廊下には、数人の学生が、緊張した顔で自分の番を待っていた。一人が終わると、一人が教室に入る。教室内の椅子には、二、三人の学生が自分の順番を待っている。

淑美の番だった。

落ち着いた様子で、淑美は課題曲を弾いた。

練習の成果を表す、しっかりした演奏だった。しかし、瑞恵は淑美がD線のG音を弾いた瞬間、慄然《りつぜん》とした。

あってはならない音、吹きすさぶ木枯しにも似た、寒々しいきしみ音、ウォルフトーンと呼ばれる、明らかに楽器の欠陥による雑音が混じっていたのだ。

「そこまででいいわ」

瑞恵は、試験の課題曲を中断させて、二分音符の並んだエチュードを示した。

「これを弾いてみて」

傍らで、順番を待っていた学生が、ざわめいた。驚いたように事の成り行きを見守っている。

しかし、淑美は何も尋ねずに、瑞恵の指示に従った。

彼女が意図したことをわかっていたのだ。課題曲である技巧的なソナタを中断させて、ごく易しく、一つ一つの音の長い練習曲を弾かせる理由が。

瑞恵が、淑美の腕を試そうとしているのではなく、楽器を試そうとしていることを。

淑美の弾いているヴァイオリンは、確かに彼女が世話したランドルフィだった。間違いなかった。しかし単調なリズムを刻む練習曲は、ごうごうという雑音を含みながら、普及品を思わせる、鼻にかかったような音で綴《つづ》られていく。

ウォルフトーンだけではない。いつのまにか、音質は完全に変わっていた。

もう間違いない。瑞恵の全身から血の気が引いていく。

淑美から楽器を預かり、すぐにもマイヤー商会に説明させなければならない。

しかし……。

ヴァイオリンを弾く淑美の向こうの順番待ちの学生の姿が目に入った。

これが、自分の世話した楽器だということを彼らは知っているはずだ。あまりみっともないことはしたくない。つまらない見栄だということはわかっているが。

授業は来週もある。その時に淑美に話そうと思った。それまでに、マイヤーのほうに、どういうことなのか問い質《ただ》しておく。

淑美は、ずり落ちかけた大きな眼鏡を上げようともせず、上目遣いの不信感に満ちた視線を瑞恵に投げかけている。

「いいでしょう、合格ね」

瑞恵はつとめて平静に言った。しかし言い終わる間もなく、淑美はそそくさと教室を出ていった。

瑞恵は途方に暮れた。この人一倍熱心だが、あまり愛想《あいそ》のない学生が、急に得体の知れない相手に見えてきた。

控え室に戻ると、伊藤孝子がいた。自分の机で本を読んでいたが、瑞恵の顔を見るとゆっくり立ち上がった。

瑞恵は孝子の置いた本に視線を走らせる。シュタイナーだ。意外な気がした。孝子は、どうやら本気で教育者の道を選んだようだ。

「コーヒー飲む？　インスタントコーヒーでよけりゃね」

打ち解けた口調で孝子は言った。

インスタントコーヒーは好きではないが、断るのも失礼だと思い、「ありがとう、いただくわ」と答える。

「試験が終わると、教えるほうもほっとするわね」

孝子はそう言いながら、縁の欠けたマグカップを瑞恵の前に置いた。

「ええ……」

ランドルフィのことで頭が一杯だった瑞恵は、生返事をした。

コーヒーは、焦げついたような匂いがして、その上砂糖をたっぷり入れたらしく、舌がべとつくほど甘かった。瑞恵は一口すすって、顔をしかめそうになるのをこらえた。

「高級なお口には合わなかったかしら?」

皮肉をひとつ言ってから、孝子は急に真面目な顔になった。

「辛《つら》いのよね、本当に。採点をするのが。技術を見るのは簡単なことだけど、内面の音楽性までをどうやって測るのか。いろいろ考え始めるときりがないわ」

はっとして、瑞恵は顔を上げる。この学校に来て一年半近くが過ぎているが、そんなことは考えたこともなかった。

孝子は、腕組みをして窓ガラスに寄りかかった。ニット地のスカートを通して、たるんだ下腹が見えた。ため息をつくと、気を取りなおしたように節くれだった太い指でカップを掴み、甘ったるいコーヒーをうまそうに飲み干す。

「コンクールの採点なんて楽なものだわ。減点法でバンバン切ってきゃいいんだから。その後で、音楽性云々《うんぬん》と言ったところで、審査員もどこまで理解しているんだかわかったものじゃない。だけど、実際に自分の見た学生が弾いているのってね、違うじゃない。それぞれの子が、みんながんばって弾いてきたんだ、と思うとこっちのスケールで点数をつけるのが、傲慢《ごうまん》な気がしてくるのよね。だいたい私たち、専門家のつもりでいるけれど、本当にどこまでわかっているのだろうと悩むことがあるわ」

瑞恵は、窓から射し込む眩《まぶ》しい陽射しに、影のように黒々と映る孝子の姿から視線をそらせた。

今まで何度となく、瑞恵は孝子の姿にステージから引きずり降ろされた後の自分を重ね合わせてきた。その都度、背筋の寒くなるような思いに襲われたものだ。

しかし今の孝子の言葉には、教師としての彼女なりの見識と良心が滲《にじ》んでいて、彼女のその後の人生が、第一線からの撤退という否定形ばかりでは語れず、何か確実な物を得ているることを感じさせた。

居心地の悪さを覚えて、瑞恵は身じろぎした。

自分の傲慢さと狭量さを意識させられる。音楽的才能だけでなく、人間的力量という点でも、彼女と自分の間には大きな隔たりがあったのではないだろうかという気がしてくる。

挨拶《あいさつ》もそこそこに部屋を出ようとすると、孝子は引き止めた。

「忙《せわ》しない人ね。少しゆっくりしたら？　休んでいるうちに、今まで見えなかったものが見えることもあるのよ」

瑞恵は足を止めたが、微笑みかけただけで、そのまま廊下に出た。一人になりたかった。

淑美とすれ違ったのはそのときだ。淑美は表情を変えずに、軽く会釈した。瑞恵もいくらか強《こわ》ばった笑みを浮かべて、「さようなら」と声をかける。

二、三歩行って、ふと気になって振り返ると、講師控え室に入るところだった。自分は帰るところなのに、なんの用があるのだろう。中にいるのは、伊藤孝子だけだ。

いぶかしく思いながら、淑美の色のさめたトレーナーの背中を見守った。

その日、家に帰ってきてから、マイヤーに何度か電話をかけたのだが、柄沢はいなかった。

ランドルフィ斡旋《あっせん》の礼金を持って、柄沢が部屋にやってきた日から、四ヵ月余りが経っている。その後、二度ほど、用事があって彼を呼んだことがあったが、時間が取れずに、用件だけ済まして、慌ただしく別れた。

柄沢のほうも、忙しいらしい。自分からは連絡を取ってこない。遠慮しているのか、それとも瑞恵との関係に負担を感じているのかわからない。

柄沢からのコールバックはなかなか来なかった。たとえ忙しくても、瑞恵から電話のあったことが伝えられれば、すぐかけなおしてくるはずだ。

避けているのだろうか、と瑞恵は思った。それとも彼が売った楽器について後ろめたいところがあるのか？

何も手につかない、重苦しく不安な時間が過ぎていく。

彼の声を聞いたのは、夜も十時を回ってからのことだった。

「遅くなって、ごめん。なんだか慌ただしくて、今、家に帰ってきてかけているんだ」

ゆっくり話をしたかった……。そう言っているように聞こえた。こんなときに苦情を言わなければならないのは、気が重い。

「あの、柄沢さん」

瑞恵は、言葉を飲みこんだ。何から話そうかと迷った。

「どうしたの?」

柄沢の声は、少し湿りを帯びて、ささやくような密《ひそ》やかな響きがあった。心が揺らいだ。

なんでもないわ。ネオンがきれいよ。空気が澄んできたのね。おやすみなさい……。

こんなやりとりをして受話器を置きたかった。

少し間を置き、息を吸いこんでから瑞恵は尋ねた。

「あのランドルフィは、本物ですか?」

「えっ」

瑞恵は繰り返す。

「当然ですよ。先生だってご覧になったでしょう」

わずかの間、流れた甘やかな空気は、すっかり消えていた。

「音色が、おかしくなってきました」

「扱いの問題でしょう。オールドの楽器は特別にデリケートですから」

「それだけじゃありません。ウォルフトーンが出ています」

柄沢は沈黙した。

「とにかく一度、見にきて下さい」

瑞恵は畳みかける。

「わかりました」

少し間を置いてから、柄沢は答えた。

一週間後に見にくるという約束をして、瑞恵は受話器を置いた。

翌週の授業に、淑美は姿を見せなかった。彼女の楽器を借りて柄沢に見せるという予定は狂い、瑞恵は柄沢に事情を話して来るのを少し待ってもらうことにした。

さらに一週間経ったが、次の授業にも淑美は出てこなかった。

それに学生の様子が、どこかおかしい。今までも、彼らは華やかなソリストである瑞恵に、一定の距離を置いて接してはいた。しかしその視線には、憧《あこが》れの感情が感じられたのだが、いつのまにか、彼らの目は、瑞恵の一挙一動を探るような、不信感を伴ったものに変わっていた。

「あの、郷田さん、ずっと来てないの？」

たまりかねて、瑞恵は学生の一人に尋ねた。

「えっ、さあ」

学生は、にっこり笑って首を傾げたが、とぼけているのだと、一目でわかる。

その日、瑞恵は学内で、郷田淑美が偽ヴァイオリンをつかまされた、という噂が立っていることを、淑美の指導教官から聞かされた。

「あくまで、ここは国立の教員養成校であって音大とは違うんですから、カリキュラムにある以上のことは、しないのが原則なんですよ」

ここの大学の生え抜きの音楽教育学の教授は、咎《とが》めるともなく言ってから、例のランドルフィの話をした。

瑞恵は、聞くうちにしだいに自分の顔色が青ざめてくるのがわかった。今まで多くの弟子に、ヴァイオリンを紹介したが、こんなことは初めてだった。

どうやらあれは偽物らしい、というのだ。

偽ヴァイオリンと言っても、今回のケースでは、鑑定書があるわけではない。金額的にもさほど高いとは言えない。

現在出回っている銘器のほとんどが、実のところ一流の鑑定家さえ、見分けられないものがほとんどであることからしても、普通なら、それほど問題になることはない。

しかし、買ってから一年足らずのうちに、まともに音が出なくなり、高価な黒檀《こくたん》でできているはずの指板が剝《は》げて、下から何やら得体の知れない茶色の生地が出てきたとなれば、話は別だ。

瑞恵は震えていた。自分がとんでもない楽器を紹介してしまったという責任の大きさについてではない。それだけのことなら、マイヤーに掛け合い、返金させれば済むことだ。そうするつもりだった。

瑞恵に少なからず衝撃を与えたのは、柄沢が、自分にそういったものを持ってきたことだった。もしも知っていてやったことだとしたら……。

想像するのが怖かった。一応、楽器については、それなりの知識のある男が、そんなことにも気づかずに持ってくるだろうか。それに彼は、すでに営業担当から、資財部に異動しているのだ。楽器の素性については一番詳しいはずではないか。

すっと首筋のあたりが冷たくなった。

瑞恵は教授の言葉を遮って席を立ち、その部屋からマイヤーに電話をかけた。

柄沢は会議中だと言われたが、急用だと言って取り継がせた。

「どうしたんですか、先生？」

驚いたような口ぶりだったが、瑞恵はかまわず言った。

「今夜、いらして下さい」

この前約束した日より、二日早かった。柄沢は、困惑したように答えた。

「これ、会社の電話ですので……今、会議中ですし、その件につきましては、こちらから折り返しお電話させていただきますので」

柄沢が何を誤解したのか少し間をおいてから理解し、瑞恵はひどく自尊心を傷つけられた。

「この前のヴァイオリンの話です」

瑞恵は低い声で言った。

「すみません」

柄沢は気まずそうに言うと、低い声で尋ねた。

「何があったんですか？」

不安が胸をしめつけた。

何かあったのか、と尋ねるということは、柄沢はあの楽器で何かが起こりそうだ、と予想していたのだろうか？

「金って汚いですか？　ある企業の大物に貢がせた金なら、きれいなんですか」

そう言ったときの柄沢の暗い眼差し《まなざ》しを思い出した。そして、それから六ヵ月の音信不通の後、柄沢は偽ランドルフィを持って現れた……。

彼に、そんな底知れないものがあったのだろうか？

歌舞伎町の店まで、彼女を心配してかけつけてきたときの柄沢の姿を思い出した。ひたむきな表情で彼女のためにフォーレを弾く姿が、そして、彼女を抱きしめた胸の熱さが、あざやかによみがえる。

そのどれもが、彼女に偽楽器を摑《つか》ませる男の顔とはかけはなれていた。

騙《だま》された、とは思いたくなかった。

その夜遅く、柄沢はやってきた。いつもの愛想の良さはなく、無言のまま会釈して、上がり込んだ。

「ヴァイオリンはどこですか？」

急《せ》くように尋ねる。

それには答えず瑞恵は、ソファを指差す。

「お座りになって」

柄沢は、つい数ヵ月前、甘いひとときを過ごしたソファにぎごちない動作で腰を下ろした。

瑞恵は彼を正面から見据えた。

「本当のことをおっしゃって」

「なんのことなんです」

とぼけているのだろうかといぶかりながら、瑞恵は今日、学校で聞いたことを順序立てて話した。

「つまり、偽物だってことですか？」

「ええ」

「ただの噂ですよ」

柄沢は、さきほどの電話とはうってかわって、歯切れよく言った。

「いいえ、教授に連絡が入っていたわけですから」

「そんなばかなことがあるはずがない。いくらなんでも、僕だってちゃんと確認してから先生にお渡ししたんですよ」

「おかしな音に変わっていました。この前、私自身の耳で確かに聞いたんです。ウォルフトーンまで出ていました」

彼は信じられないという顔で、首を振った。

「とにかく、現物を見てみないことには、なんとも……」

瑞恵は、苛立《いらだ》った。

「彼女が、もう授業に出てこないのに、どうやって、楽器をここに持ってこい、と言うんですか？」

「授業？」

柄沢は怪訝《けげん》な顔をした。

「個人レッスンのお弟子さんではないんですか？」

「この前、お送りしたユーザーカードをご覧になってないの？」

「ええ、あれは別の部署で取りまとめていますから。僕はもう営業を外れていますので、すると音大の学生さんだったんですか」

音大ではないが、学生であることには違いない。それよりも肝心のことがあった。

「もう一度聞きます。あれは、ランドルフィではなかったのですか？」

それには答えず、柄沢は言った。

「鑑定書は、つけてなかったですよね」

瑞恵は驚いた。まさか開き直られるとは、思っていなかった。仮に悪意はなかったにせよ、彼は確信のないものを売ったのか？

「ランドルフィだと言われたのは、あなたじゃありませんか。あなたを信じて買ったんですよ」

「いや……そんなつもりで言ったわけではありません」

柄沢は、ポケットからぴっちりと四角くたたんだハンカチを取り出して、汗を拭《ぬぐ》う。

「あれは、確かにランドルフィです」

確信をこめた口調だ。

瑞恵は両手を握りしめて、腰を浮かせた。

「どうして？ 現に音が出なくなっているのに」

「だから、この前、言ったとおりです」

柄沢は、何度か短く息を吸い込んだ。

「オールドの名器ほど、デリケートなんです。ちょっとしたことで、鳴らなくなります」

「剝げた指板というのは？」

「わかりません」

「そんな……」

嘘をついているようには見えなかった。そのとき、瑞恵ははっとした。

「あなた、今、資材部にいらっしゃるのね。そうすると、楽器の買い付けの担当ね」

「はい、ただ、先生とは、今までの経緯がありますので、僕が来させてもらっています」

「いいえ、そういうことではなくて、あなたは、あの楽器の素性を、いちばんよくご存じのはず。そうじゃなくて？」

柄沢の頰が、強《こわ》ばった。

「教えて下さい」

柄沢は、身じろぎした。

「あなたに騙されたとは、思いたくないの」

瑞恵は彼から視線を外さずに、まっすぐに見つめていた。柄沢は少し眉《まゆ》をひそめて、目をそらし、早口で言った。

「あれは、ランドルフィなんです、本当に」

そして、少し間をあけて、「ただし……」とつけ加えた。

「ただし？」

「沈没船からの引き揚げ物です」

瑞恵は驚愕《きようがく》した。言葉もなかった。

ずいぶん前に、笑い話をしたあれだ。

ラゴスニッヒのヴァイオリン、柄沢が、保険会社から三百ドルで買い取ったもの。

「あなたって方は……」

「騙したつもりは、ありませんでした。信じて下さい、先生」

「あなたに先生なんて呼ばれたくありません」

瑞恵は、立ち上がって柄沢に背を向け、窓の外を見つめた。闇の中に、眉間《みけん》に皺《しわ》をよせ、尖《とが》った顎《あご》をきわだたせた自分の顔が映っていた。

「聞いて下さい。復元すれば、元どおりになるんです。本当のことなのです。素人さんには、信じられないことかもしれませんが」

「一年もたたないうちに、鳴らなくなったわ」

　柄沢は頭を抱えた。

「それがわからないんです。そんなはずないんです。ちゃんと鳴るはずですよ」

「三百ドルが、六百万円？　たいした錬金術ですこと」

「復元の技術と手間を考えて下さい」

「わかりました」

　瑞恵は、言葉を切って振り向き、柄沢を見た。柄沢は少し苦しそうに眉を寄せてうなずいた。切れ上がった奥二重の目が、濡《ぬ》れたように光っている。

「なぜ最初から、本当のことをおっしゃって下さらなかったの」

　瑞恵は尋ねた。

　柄沢は、少しの間沈黙したが、やがてぽつりと言った。

「先生の気質を知っていましたから……」

「気質？」

「沈没フェリーの引き揚げ物、そう聞いただけで、たぶん触ってもくれないと、思いました」

「当然じゃありませんか」

「楽器の命は、素性ではなく音色だと、僕は信じています。わかってくれない以上は、黙ってお渡しして、ご自分で聴いていただくしかないと思いました。それにランドルフィであることは確かでしたから」

「その結果が、あの音ですか？」

瑞恵は思わず声を震わせた。

「わかりました」

柄沢は、きっぱり言った。

「とにかく、現物を一度見せて下さい。いずれにしても必ず、こちらで引き取ります。どういう状態か調べます。お弟子さんに、伝えて下さい。現物を返していただきしだい、六百万はそちらの口座に振り込むように手続きすると」

瑞恵はうなずいた。

「それから、先生への謝礼ですが、お返しになる必要はありませんので」

「そんなことは、訊《き》いていません」

瑞恵は憮然《ぶぜん》として言った。

柄沢は、立ち上がり一礼すると、部屋を出て行きかけて振り返った。

「先生」

瑞恵は黙って柄沢を見つめる。

「僕は、偽物だけは売っていません」

生真面目な顔で、それだけ言った。

沈没船の引き揚げ物が、偽物とどう違うというのか？

瑞恵は唇を噛《か》んだ。そしてドアが閉められると同時に、内側からロックした。

一人になって、瑞恵はぐったりと椅子に座り込んだ。どこもかしこも疲れきっていた。しかし今日やることは、まだ残っている。いちばん大切なことが。

瑞恵はのろのろと自分のグァルネリに手を伸ばした。

煩《わずら》わしかった。なぜ、こんな煩わしい思いをしなければならないのか……。

そもそも非常勤講師などを始めたのが悪かった。音大の気心の知れた人々に教えているくらいにしておけばよかったのだ。

風が吹くと土埃《つちぼこり》の舞い上がるだだっ広いキャンパス、音の狂ったピアノ、がさつな学生、そして伊藤孝子。あの国立の教員養成校には、初めから瑞恵の馴染《なじ》めるものなど何もなかった。

十二階の部屋に住み、生活の垢《あか》など露ほども知らず、身綺麗《みぎれい》で礼儀正しい弟子のレッスンをときおり見て、自分の音楽を極める。それだけに留《とど》めておけばよかった。

マイヤーは、ランドルフィが海から引き揚げたものであることを認め、金は全額返すことを翌日、正式に連絡してきた。ここ数カ月、心を悩ませたことは、それで一応解決はつく。

しかし失った信頼は戻らない。淑美の瑞恵に対するものも、そして瑞恵の柄沢に対するものも。

心細かった。こんなことが起きてみると、自分は、音楽のこと以外何も知らないのだ、と思い知らされる。

「ばかだな、あなたは」

ずいぶん前、グァルネリを置き引きされたとも知らずに、その楽器を引き取りにいったとき、柄沢はそう言って笑った。たしかにその通りだ。今度はその柄沢にあっさり騙《だま》された。

電話のベルが鳴ったのは、そのときだ。

「ああ、私だ」

低音だが、よく響く声。石橋俊介だった。

「どうしたんだ？　元気がないな」

「わかります？」

無意識のうちに、甘えたような言い方をしていた。こんなとき、頼れるのは、本当は彼だったのかもしれない。

「練習中だったかな？」

「いえ、いいんです」

「明日、どうだろう。しばらく何もないだろう？」

瑞恵は、受話器を握りしめたまま押し黙っていた。彼の来訪を待っている自分に気づいた。何もかも話したい。彼なら、適切な指示をしてくれるに違いない。

「いえ、今夜」

こんなことを言うのは初めてだった。

「そうか……」

俊介は、かすかに笑った。

「すまない。今夜はまだ仕事が残っているんだ」

「そうですね」

わかっていた。時計は、十一時を指している。彼が、情事を終えて帰る時間だ。家のだれかに気がねしているわけではない。石橋は、相手の都合、それも愛人の都合などで、自分の予定を変える男でない。そんなことは、わかっている。

「何か、話したいことがあるようだね……」

不意に石橋は言った。瑞恵は、涙ぐみそうになった。

「いえ……明日、お待ちしています」

気を取りなおして言った。

翌日、石橋は少し早めにやってきた。

「何かあったのかね？」

尋ねる口調が温かかった。それだけで十分だった。

「少し淋《さび》しかっただけです」

瑞恵は答えた。石橋は、微笑むと黙って肩を抱いた。

昨夜感じた心細さは、偽物事件そのものに関係したことではなく、柄沢への不信感と、苦い恋の思いだった。楽器そのものについては、マイヤーで返金するというのだから、問題はない。落ち着いて考えてみれば、石橋に相談するようなことは何もなかった。

瑞恵が早急にしなければならないのは、淑美に連絡をとることだ。

とにかく問題のランドルフィさえマイヤーに返せば、決着はつく。

しかし翌週も淑美は授業に出てこなかった。

まもなく冬休みに入る。住所録を見て、淑美のアパートに電話をかけたが、だれも出ない。胸騒ぎがした。どこかに出かけているのだ、と自分に言い聞かせ、さらに待ったが、淑美は現れなかった。

こうなるとヴァイオリンのことも心配だが、授業に出てこない淑美が、器楽実技の単位を落とすほうが気がかりだった。悪くすれば留年ということもある。

瑞恵は、その日授業を始める前に、学生名簿を確認して驚いた。

受け持ち学生数が一名減って、郷田淑美の名前が二本線で消されていた。最後に瑞恵の授業に出た日から、一ヵ月が経っていた。

瑞恵は、名簿を片手に、淑美の指導教官の研究室にかけ込んだ。

研究室にはだれもいない。しばらく待っていると、指導教官が入ってきた。いっしょにいた助手が先に瑞恵に気づき、振り返って指導教官に目配せする。いやな感じだった。

「申し訳ない。神野さんに、連絡するのを忘れていて」

瑞恵の手にしている名簿を一瞥《いちべつ》すると、教官は言った。

「郷田さんは、器楽実技の単位を、伊藤先生の授業で取ることになったもので」

瑞恵は、とっさに腰を浮かせた。

「どういうことですか?」

教官は、鈍重そうな目を上げてゆっくりと言った。

「いや、本人が他に取らなければならない科目がありましてね。それが、神野先生の授業の時間と重なるんですよ」

嘘であることくらい、すぐにわかった。淑美は瑞恵を避けている。はたして、それが淑美の意志によるものか、それとも伊藤孝子のさしがねによるものか見当もつかない。

とにかく、一刻も早く淑美と直接話し、誤解を解かなければならない。

学内では会えず、瑞恵はその夜彼女のアパートに電話をした。不在だった。

翌日、瑞恵は自宅から大学に電話を入れた。音楽科の研究室に回った電話には、ちょうど伊藤孝子が出た。

少し迷ったが、瑞恵は淑美の消息を孝子に尋ねた。

「顔を見てないわね。どうなってるのかしらね、まったく」

孝子は、言った。

「彼女の実技指導、受け持っていらっしゃるんでしょう」

詰め寄るように瑞恵は尋ねる。

「ええ、事情は指導教官から聞いたと思うけど、あの彼女、教育原論の単位を落としたのよ。それであなたの授業に出られなくなったの」

「私が知りたいのは、郷田さんの所在です」

いらいらしながら瑞恵は言う。

「ああ、休みのことね」

落ち着き払った口調で孝子は答える。

「他の講義はどうか知らないけど、私の授業には出てきていないわ。ここの大学って、小学校みたいに出席を取るのよね。あたしは、そういうやり方は大嫌い。二、三回休んでも、後でちゃんと弾いてくれれば、落とさないつもりよ。心配はいらないわ」

瑞恵は、躊躇《ちゅうちょ》しながら尋ねた。

「あのヴァイオリンのことは、ご存じなのでしょう」

「ええ。ただ、つまらないことでショックを受けて授業に出てこられないようじゃ、この先が思いやられるわね。少なくとも、演奏家になろうというなら、そんな根性じゃやっていけない。それであなたにはなんと言ってるの、彼女？」

瑞恵はとまどった。

「あれ以来会ってません」

「なんですって」

孝子は驚いたように言った。

「てっきりあなたに相談に行ったと思ったら、何も言ってないの？」

「ええ」

「もしかすると、郷里に戻っているかもしれないわ。そうとしたら大変」

「大変？」

「とにかく、早く連絡取りなさい。彼女の電話番号言うからね。メモして」

机の上の書類をひっくり返しているらしく、がさがさと紙の擦れ合う音がして、孝子は高松の実家の電話番号を伝えた。

礼を言って電話を切り、何が大変なのか、孝子の言う意味がよくわからないまま、瑞恵は言われた番号を押した。

何回か呼び出し音がして、女が出た。

「神野と申しますが」

「はい」

愛想のない声だ。

「淑美さん、いらっしゃいます？」

「淑美です」

瑞恵は、少しの間、言葉が出なかった。まるで面識のない者に言うような調子に驚いたのだ。

「神野ですが」

瑞恵は、自分の名前を繰り返した。

「はい」

瑞恵は、淑美のあまりに素っ気ない受け答えに呆《あき》れると同時に、何から話していいものか迷った。

「ヴァイオリンのこと、心配なさったと思うけど、実は、ちょっと楽器屋さんのほうで、手違いがあったの」

返事はない。

「でも、大丈夫です。あの楽器は、返すことになりましたから、すぐにお金は戻ります。他の楽器と交換なんてことはさせません。私が、責任持って、返金させます」

淑美は答えない。瑞恵は続けた。

「私が、偽物を紹介したと、思われたのでしょうね。でも、偽物ではありません。ランドルフィなのです、本物の。けれど、私に目がないばかりに、とんでもないランドルフィをあなたに買わせてしまったの。謝らなければいけないわね。あれは……」

紹介したランドルフィの素性に話が及んだとき、淑美は、「あの楽器は、父に渡しましたから」といきなり話の腰を折った。

「父が、人に頼んで調べてもらっているから、もういいんです」

沈んだ口調で言う。瑞恵は慌てた。

「調べる必要など、ありません。楽器屋さんのほうで、返金すると言っているのですから」

「とにかく父が持っていきましたから」

淑美は、そう言うだけで、すぐに現金を返すから、という瑞恵の言葉には何も答えない。

「お父様にかわって下さる?」

埒《らち》があかないので、瑞恵はそう言った。すぐに淑美の父親が出た。そばでやりとりを聞いていたらしい。

「娘が大変お世話になりまして」

丁寧な物の言い方だが、すごみのある声が耳を打った。県議会議長、そして代々続く庄屋の家柄。地方の町を取り仕切っているボスの自信と傲慢《ごうまん》さが、たった一言の挨拶《あいさつ》から感じられた。

瑞恵は、先程と同じことを説明した。何もかも正直に話した。

ランドルフィが実は、海から引き上げられたものだという話になったとき、彼は、電話の向こうでかすかに笑った。「へっ」、という人を見下したような笑い方に、瑞恵はひどく傷つけられた。

話を聞き終えると、彼は言った。

「これは、楽器屋とうちの問題ですから、あんたはいいです」

あんたはいいです……。

瑞恵は、絶句した。親が我が子の師に向かって言う言葉だろうか。

「あの、淑美さんとお話できますか？」

怒りを飲み込んで、瑞恵は言った。

「いいですよ」

そう言って、淑美と代わった。

「どうして、偽物だなんて思ったの？」

「見てくれた人がいたんです。なんだかおかしいと思っていたら、見てくれて、偽物かもしれないって言ったんです」

「なぜ、私に相談してくれなかったの？」

瑞恵は我知らず、咎《とが》めるような口調になっていた。

「言いました」

ぼそりと淑美は言う。

そうだった。たしかにそのとおりだ。相談されて、瑞恵が躊躇している間に、事態は思わぬ方向に進んだのだ。

「お金のことがあるから、父に言ったら、そういう楽器って、楽器屋さんと斡旋《あっせん》した先生がくっついている場合があるから、すぐに持って、こっちに帰って来いって言われて……」

楽器屋とくっついている……なんという失礼な言い方。しかし、柄沢との関係を考えると、瑞恵に弁解の余地はない。

そのとき、瑞恵は思い出した。瑞恵が家に帰ろうと講師控え室を出たとき、廊下ですれ違った淑美は入れかわりに入っていった。あのとき、部屋にいたのは……。

「あなたが、相談なさったというその人は？」

「…………」

瑞恵は、ちょっと息を吸いこんで言った。

「伊藤孝子さん……伊藤先生なのね」

淑美は答えない。

「とにかく無条件にお金を返してもらいますから、楽器を持ってきて下さい」

瑞恵は、懇願するように言った。

「私、今、あの楽器を持ってませんし、もう、そのことは、考えたくないです」

暗く悲痛な響きに、瑞恵は息を飲んだ。

親の反対を押し切って買った楽器が、偽物だった。そのとき立たされた彼女の立場が、どのようなものだったのか容易に想像できた。

周囲の理解を得られないまま、情熱だけを頼りに進んできた音楽の道。そこでようやく出会った導き手に裏切られたとき、日一日と音の潰《つぶ》れていく楽器を弾きながら、淑美はどれほどの不安と不信感に苛《さいな》まれたことだろうか。

「とにかく責任は持ちます」とそれだけ言って、瑞恵は電話を切った。

伊藤孝子の探るような視線を思い出す。親切ごかしの忠告がよみがえる。何もかもが、あの大学に行ったときから、張りめぐらされていた罠《わな》のような気がした。

とにかく、あのランドルフィは、もう瑞恵には取り返せないところに渡った。

両肘《りょうひじ》をテーブルにつき、指を髪の中に突っ込んだまま、瑞恵は長い間座っていた。同じ考えが頭の中を巡り、何一つ解決法は見つからなかった。

やがてのろのろと受話器を取り上げ、マイヤーの柄沢を呼び出した。今度は柄沢はすぐに出た。

瑞恵は淑美の父のことを話した。柄沢は憤慨したように言った。

「何を考えているんでしょうかね。こっちは楽器を返しさえすれば、六百万円を返すと言っているのに」

「お金の問題じゃないのよ」

瑞恵は低い声で言った。

「ま、気分的なものもあると思いますし、こちらだって原因を調べてからしかるべき対応をするつもりですよ」

金を戻してもらっても、失われた信頼感や音楽への思いは元に戻らない。こんなことは、いくら説明しても、柄沢には伝わらないのだろう。瑞恵は、薄寒い失望感を覚えていた。

柄沢は続けた。

「とにかく、金だけは早急に返せるように、こちらもなんとか交渉してみますから」

金……。結局、解決は金のやりとりか？

「通常は、モノを見てから、確かに問題のあるもの売ってしまったということになって、現物と引き替えに金を返すものなんですが、今回は、モノを見られないというのが辛いんですよね。でも、このままでは、先生の信用に関わりますからね。異例のことですが、なんとか掛け合ってみます」

「掛け合う？」

「営業のほうにね。一応」

組織であればごく当たり前の事情が、瑞恵にはよくわからなかった。

翌日、柄沢が電話をしてきた。返金については、原因を問わず無条件に応じる、ということだった。しかし今度は、郷田家のほうが、どうやらそれでは済まさない、という様子らしい。

「営業部長の織田島が連絡したんですが、向こうは、ヘソを曲げているようなんですよ。こちらとしては、精一杯の譲歩なんですがね」

誠意というのが、所詮《しょせん》は金である以上、そういうこともある、と瑞恵は思う。

「先生には、これ以上迷惑はかけませんので、後はマイヤーのほうに任せて下さい」

「待って下さい」

瑞恵は言った。元はと言えば、弾き手の淑美と、選んだ瑞恵の問題だ。いつのまにか、当人たちが外され、すべては金のやりとりをめぐって回転し始めた。

「いったい、郷田さんのほうでは、どのように言ってきているのですか？　ちゃんとおっしゃって下さい」

「実は、僕は郷田さんのほうとは接触していないんで、営業の織田島部長と代わります」

切り替える音がして、受話器は営業部に回された。

織田島はすぐに出た。

「これだけは言えますが、うちではやましいものは売っていません」

開口一番、そう言った。

「鑑定書はついていません。しかし、あれが本物のランドルフィであることは間違いありません」

「海から引き揚げたものでもですか？」

相手のあまりに高飛車な出方に、瑞恵は腹を立てた。

織田島は動じなかった。

「問題には、なりませんね。こちらは、ランドルフィを売ったんで、どういうランドルフィか、その楽器が、どういう歴史を持っていたかまで明らかにする義務はありませんよ」

「歴史ということにはなりませんわ。海に沈んでばらばらになったということでは」

「あの、神野先生ね……、一つ、知っておいていただきたいのは、いわゆるオールドヴァイオリンが無傷で保管されていたなんてケースのほうがまれなんです。二百年も三百年もたっていれば、戦争にだって巻き込まれれば、火事にも遭う。捨てられることだってある。本当に燃えてしまえば、一巻の終わりですが、多くの場合は、瀕死《ひんし》の重傷をおったり、ばらばらになったりして、それこそ、裏板一枚から復元したりしているわけです。引き揚げ船のランドルフィなんて、良いほうです。それで、音が悪くなることはありません。保証しますよ。ただ、キズ物というレッテルがつくだけです。こんなことは常識ですから、変なものを売ったということにはなりません。六百万円という値段も妥当です。無傷のものは、何千万すると思っているんですか。音はちゃんと出ているでしょう」

「そうでないから、問題なんじゃありませんか」

「何かあるとしたら、持ち主の管理の仕方です。乱暴に扱ったり、変な弾き方をすれば、それだけで音は悪くなります」

「現に、私がその音を聞いたのです」

「漠然と音が悪いというのでは、本来、こちらが、返却に応じる義務はないんですよ。それに、悪い音と、海から引き揚げたという因果関係がはっきりしないわけですし。向こうは、イタリアのオールドを欲しいということで、こちらはランドルフィを売ったのです。お互い納得しているはずじゃありませんか。買った後で、自分で音が気に入らないから、変なものを売られたなどと言われたのでは、商売になりません。それでも、こちらとしては、現金でお返ししようと言っているんです。実のところ、昨夜、柄沢にねばられましてね。なんとか誠意を見せてくれ、と彼が言うわけですわ。それじゃ、戻ってきた楽器の状態によっては、おまえの首が飛ぶぞ、と言ったのですが、それでも、と言うから、ま、しかたない、無条件で全額返金に応じよう、ということになったわけです。それにあのランドルフィなら他にいくらでも買い手はいますからね。ところが、あちらさんは、それでは不満なようでしてね。県議会議長だかなんだか知りませんがね、この上は、うちの社長が直々、菓子折りを持って四国の田舎まで謝りに来い、と言わんばかりなわけで。娘に音楽やらせるような家は、このあたりの常識はわきまえているはずですがね。先生の顔もあるし、子供の将来のことを考えたら、あんなことは言えませんよ」

「お金だけで、解決しようという態度が納得できないのです」

「結構なことです」

織田島は、昂然《こうぜん》と答えた。

「納得できない、と言うなら、出るところに出ますよ。こちらとしてはやましいところはありませんから」

開き直りという感じではない。織田島は、本当に自分たちはおかしなものは売っていない、と確信しているらしい。

それから織田島は、今後、事態がどうこじれても、瑞恵には売買契約上の責任はないから安心するように、と付け加えた。うるさいからこれ以上首を突っ込むな、というニュアンスがこめられていた。

数日後、室内楽合奏の練習を終えた帰りに瑞恵は途中の駅でメンバーと別れ、地下鉄に乗った。背広姿の中年の男が、前に立って夕刊紙を広げている。その一面に大きな写真があった。

肩を大きく開けたドレスの左脇に楽器を挟み、首にダイヤのネックレスを巻きつけて、挑戦的な視線をカメラに向けているのは彼女自身だった。少し前のコンサートでポスターに使ったものだ。

タブロイド版の夕刊紙には、一緒にヴァイオリンの写真も載っていた。

「六百万の名器、実は、五万円のおもちゃ!?」という見出しが躍っている。

茫然《ぼうぜん》として瑞恵は目を凝らした。何も聞いていなかった。自分の知らないところでまた何かが動いている。

「すみません、その新聞、譲って下さい」

彼女は、新聞を手にしている見知らぬ男に、声をかけていた。

男は、ちょっと怪訝《けげん》な顔をしたが、目の前の女がちょっと前に読んだ記事の当人だと納得したらしい。驚いたように写真と実物を見比べた。

「あげますよ」

そう言うと、にやりと笑って瑞恵に差し出した。周囲の視線が自分に集まっているのもかまわず、瑞恵は新聞を受け取り、記事を読んだ。

「六百万のイタリアの名器が、実は五万もしない偽物だったことが、このほどわかった。

持ち主、Aさんの話によると、このヴァイオリンは、半年前にヴァイオリニスト、神野瑞恵氏の紹介で大手楽器販売会社『マイヤー商会』から購入したもので、購入直後から鳴りが悪くなった。不審に思ったAさんが、知人の鑑定家に鑑定を頼んだところ、偽物と判明した」

偽物と判明……。やはり偽物なのか。

本物のランドルフィであることは間違いない、柄沢はそう言ったはずではないか。こちらにやましいことは一切ない、と織田島が胸を張ってから、まだ四日しか経っていない。

混乱した気持ちのまま部屋に戻ると、靴を脱ぐ間もなく電話のベルが鳴った。

柄沢からかと思い、急いで受話器を取る。

「新聞を見たよ」

いくらか、ざらついた鷹揚《おうよう》な言い方……。

石橋俊介だった。

瑞恵は急にほっとして、受話器を握ったまま、崩れるようにその場に座りこんだ。

「いやなものだろう」

「ええ」

余裕と落ち着きを漂わせた石橋の笑顔を思い浮かべると、すがりつきたいような気持ちになる。

「とかく、あることとないこと、書きたてられるものだ。有名税というところかな」

「…………」

「本当なのか、あれは」

「紹介は……確かにいたしました」

「何かとわずらわしいだろう。運が悪かったな。つまらないことに巻き込まれて」

「私に、楽器を見る目がなかったということです……」

「有名になったのはいいが、出すぎて叩《たた》かれたのかもしれないな。少しの間、CMなどはひかえたほうがいいだろう」

「はい」

「しかし、楽器がおかしいからといって、君に言わずに、いきなり鑑定に持ち込み、被害届けを出すとは、常識を疑うな。君のところに来て長いのかね、その弟子は？」

「弟子ではありません。学生です。非常勤講師に行っている大学の」

「例の教員養成校……」

そう言ったきり、石橋は絶句した。

沈黙の意味をはかりかねて、瑞恵は受話器を握ったまま、小首を傾げた。

「瑞恵」

石橋は、呼びかけた。普段はそんなふうに、名前で呼ぶことはない。どちらかというと、情事の匂いのする呼び方だ。しかし、石橋は今、慎重に、しかし威圧的に、そう呼びかけた。

「新聞に書きたてられては、辛《つら》いだろう。演奏にも身が入らないだろう」

涙が滲《にじ》みそうになった。はい、と答えて泣きたかった。しかし、瑞恵にもプライドがあった。微笑しながら毅然《きぜん》として答えた。

「そんなことで、気を散らされていては、プロとは言えません」

「そうだな……確かに」

石橋は否定しなかった。

「しかし、どうだ？　心機一転、しばらく外国に行くっていうのは」

「待って下さい」

瑞恵は遮った。

「いったい、どういうことですか？」

石橋は少し間を置いてから、穏やかな口調で言った。

「ひとつ、このあたりで勉強の機会を持つのもいいかもしれないと思ったのだが」

「演奏家としての身の振り方は、私が判断することです」

ロイヤルダイヤモンドとは、仕事上の契約を結び、石橋俊介は経済的な援助をしてくれている。だからといって、他人の人生や音楽まで、思いどおりにできるというものではない。

「無理にとは、言っていないよ。私も」

奇妙に冷めた口調だ。

「お気を悪くなさいました？」

瑞恵は少し後悔しながら、尋ねる。

「いや。いずれまた連絡するが、体に気をつけてな。あまり無理はしないことだ」

「はい」

瑞恵は受話器を握りしめたまま、頭《こうべ》を垂れた。石橋の言葉には気を張りつめていないと、その腕の中に、心までも投げ出してしまいそうに、温かな響きがあった。


柄沢が顔色を変えて飛び込んできたのは、その数時間後だった。

事前の電話もなく現れた柄沢は、肩で息をしながら立っていた。

「申し訳ありません」

瑞恵の顔を見るなり言った。片手には、例の夕刊紙が握られている。

「ちょっと待ってて下さい」と言い残し、瑞恵は隣の部屋に入る。

ドアを閉め、ドレッサーに向かう。

顔色が悪い。髪をひっつめたせいか、ここ数日の心労がたたったのか、険のある表情が浮かび、いっぺんに十も老け込んだように見える。

手早く髪に櫛《くし》を入れ、口紅を一刷《ひとは》きしてリビングルームに戻る。

「なんと言ったらいいのか」

柄沢は、かぶりを振った。

「持ち主がもう被害届けを出してしまったんです。こんなことで被害届けなんて、聞いたこともありませんよ、金を返すと言えば、普通、納得するはずなのに。こっちだって、それなりの詫《わ》びを入れるつもりだったし」

「そういうことで解決できない気持ちだったんでしょうね、きっと」

なんとなく郷田の家の忿懣《ふんまん》もわかるような気がした。

「まあ、織田島の応対も悪かったのでしょう。もっと下手に出ていればいいものを。だけど、自分の娘の今後のことや、先生の立場を考えたら、警察にかけ込むなんてこと、考えられますか？　中古車を買ったのとは違うんですよ」

問題は、被害届け云々《うんぬん》ではない。

「もう少し早くわかっていれば、手の打ちようもあったのですが」

うめくように言った柄沢に、瑞恵は尋ねた。

「この前、ランドルフィであることは間違いない、っておっしゃったわね」

「はい」

「どうして？」

「本当にそう思ったからです」

「それなら、大騒ぎする必要はないはずじゃなくて？」

「ところが、向こうで鑑定させたら、そうじゃなかったんですよ」

柄沢は苦しげに言うと、両手で頭を抱えた。

淑美の父は、ある著名な鑑定家のもとにその楽器を持ち込んだのだ、という。

結果は、とんでもない偽物であった。一般に、偽物とはいっても、名匠の弟子が、材質、寸法などを正確にコピーしたもの、あるいは、同時代のあまり売れない職人が作ったものが、ほとんどである。

だからそうした楽器は見た目も本物とよく似通っているし、音質も優れているので、ブランドという点で、不満は残るにしても、演奏上さして問題はない。

しかし、郷田淑美の買ったものは、そうではなかった。見た目は古く、ランドルフィのあらゆる特徴を備えていたが、レーザー鑑定機にかけたところ本体の木もニスも、何もかも新しく、それがつい最近作られたものだということが判明したのだ。

「どういうこと?」

柄沢は、黙って瑞恵を見上げた。目の下に、紫色の隈《くま》が滲んでいる。

「あれは、もともと名もない楽器だったのね。たんにラゴスニッヒが持っていたというだけで、ランドルフィというのは、嘘だったのね」

「いえ」

「それじゃ、ラゴスニッヒが、安物の楽器をランドルフィだと偽ったの? 保険金を取るために」

「そういうことはありません」

柄沢は、即座に否定した。なぜ、そう断言できるのだろう、と瑞恵は首を傾げた。

「では、保険会社の方で、ちゃんとランドルフィの価値を知っていて、安物の板とすりかえた」

「いえ、違います」

瑞恵は、柄沢の顔をみつめた。

「柄沢さん、なぜ、ここに来られたの？」

柄沢は視線をそらした。

「このことは、織田島部長の手に委《ゆだ》ねられたはずじゃなくて？」

「責任は僕にありますから……こういう形で、先生のお名前が表に出たとなると」

「少しは考えてくれたのね」

柄沢はうなずいた。瑞恵は、救われたような気がした。

「私だって、郷田さんに紹介する前に、手に取って弾いたわ」

瑞恵は思い出した。あの軽さ、柔らかな音。木の感触。

新聞記事にあるような、ごく最近作られた偽物楽器が、あんなに軽いはずがない。あんな柔らかく鳴るわけがない。

それに、少なくともあの楽器は、柄沢が彼女に持ってくる前に点検しているはずだ。

すると、淑美の手に渡った後に、何者かがすりかえたのか。

一瞬、伊藤孝子の顔が浮かんだ。しかし、と瑞恵は否定した。今の彼女には、そこまでする理由もエネルギーもない。

最初からあの楽器は、瑞恵と、そして柄沢までも欺いたのだ。

軽い本体、柔らかなよく鳴る音。

そんなものを作れるのは……。

塩水を吸ってばらばらになった楽器。板から注意深く塩分を抜いて乾かし、補強し、再び組み立てる。そんな技術をもっているのは？

製作に匹敵する、いや、製作以上の技術を要求される、そんな仕事をマイヤーは、だれに依頼するのか。

一人しかいない……。

瑞恵は、目を上げた。

「だれが、引き受けたの、だれが、そんな楽器を復元したのですか？」

「それは……」

「言えないの？　知っているんでしょう。あなたがさせたことなのね。だからきょう来たのね、ここへ」

瑞恵は詰め寄った。柄沢は苦しそうに目を細めると、視線をそらした。

「あんなことをする人ではないんです」

小さな声でそう言いわけしてから、瑞恵の予想したとおりの名前を口にした。

「あなたって方は……」

体が震えた。

「うまくやって下さいよ。どうにか恰好《かっこう》つけてしまえば、これだって、ランドルフィに変わりないんですから、あの先生は名前で買いますよ」

そう言って、バラバラになった焚《た》きつけのような木片を保坂に手渡したのだろうか？

瑞恵は窓の外をみつめた。遠くの空が、ネオンでうっすらと明るい。明滅するオレンジ色のネオンがぼんやり曇ってくる。瞬《まばた》きしたら、大粒の涙がこぼれ落ちそうだった。

「僕は偽物を渡してはいません。ちゃんと出来上がれば、絶対気に入ってもらえると思ったのです。初めは、保坂さんは断ってきたんです。それが、神野先生のところに納めるといったら、それでは、と引き受けてくれて。まさか、こんなことになるとは思ってもいませんでした」

瑞恵は両手を握りしめたまま、柄沢をみつめていた。

あのとき、もう一本作るといったのは、このことだったのか。あの老職人は、こういう報復の機会を待ちながら暮らしてきたのか？

「わからないんです。なぜ、保坂さんが、あんなことをしたのか？　偽物にすりかえたって、なんの得にもならないはずなのに」

柄沢は、かぶりを振った。二年前、保坂と瑞恵の間に何があったのか、瑞恵は柄沢に話していないし、保坂も言わなかったのだろう。

「とにかくこちらとしては、ご迷惑をかけた償いは、必ずさせていただくということで……」

柄沢は両手を膝《ひざ》に置き、体を折って頭を下げた。彼のそんな姿を見たくはなかった。瑞恵は目を背けた。

「償い？　どうやって償うというの？」

瑞恵はつぶやいた。

「お金とモノで、どうにかするのね。わかっているわ。でも、郷田さんの気持ちは、元に戻らない。彼女の音楽への情熱、人への信頼。彼女は、ずっと大学のほうに来ていないのよ」

「大学？」

柄沢は、ぎくりとしたように顔を上げた。

「あの……音大の学生さんでしたよね」

「いえ、今、講師をしている教員養成大学の学生です」

柄沢は信じられない、という顔で腰を浮かせた。

「嘘でしょう。なぜ教員志望の学生が、六百万もするヴァイオリンなんか買うんです？」

額に汗がしたたり、言葉が震えている。

「音楽に対する気持ちは、音大生と変わりありません」

「本当なんですね、先生。買ったのは、その国立大学の学生なんですね」

瑞恵はうなずいた。

柄沢は後退《あとじさ》った。そしてテーブルの上に置いてある電話の受話器を摑《つか》んだ。

「営業の織田島部長、お願いします」

瑞恵は柄沢の慌てぶりが理解できないまま、柄沢の動作をぼんやりとみつめていた。

二言、三言、言葉を交わして柄沢は受話器を置いた。

「先生、本当にご存じないんですか？」

「何をですか？」

「賄賂《わいろ》になるんですよ」

「賄賂？」

瑞恵は、意味がわからなかった。

「被害届けを出されると、当然、売買経路が調べられます。もちろん保坂さんは詐欺罪で告訴されますが、次は僕たちの番です。贈収賄です」

「あの謝礼が、ですか？　あんなわずかなお金が？」

「額の大小の問題じゃないんです。自分の弟子に斡旋《あっせん》するのなら、リベートを三割取ろうが、四割取ろうが、道義上の問題にすぎません。しかし公立大学の先生が自分が受け持った学生にやると、犯罪になってしまう」

瑞恵は激しくかぶりを振った。

「授業は、ヴァイオリンの実技指導よ。楽器を選んであげたのは、好意でやったことだわ。大学の授業とは何の関係もないの。それに私は、教授でも何でもなくて、ただの非常勤講師、アルバイトのようなものよ」

「関係ないんです。非常勤でもなんでも、実技の先生が、自分の教え子に対してヴァイオリンを斡旋することは、職務行為とみなされます」

瑞恵は、まだ事の重大さをはっきり理解しかねていた。ただ、得体の知れない恐ろしさが、足元からゆっくり這《は》い昇ってきた。

石橋俊介が「楽器を買ったのは、教員養成大学の学生だ」と聞いたとたん絶句した理由がわかった。

「私は、一度だって、お金を要求したことはないわ」

瑞恵は、震える声で言った。

「あなたが勝手に持ってきたのよ」

言った後で、自分の言葉に嫌悪を感じた。

柄沢は、何か言いたげに口を開いたが、首を振ると無言のまま席を立った。

帰ろうとして玄関先で足を止め、瑞恵の手を握りしめ、じっと瑞恵の目をみつめた。

「なんとかします」

それだけ言った。

瑞恵は汚らしいものに触られたように、その手を振り払った。彼はそのまま、廊下に飛び出していった。

一人になると、瑞恵は崩れるように床に座り込んだ。

あの日、柄沢の携えてきた白い封筒が、それほどいかがわしいものだったのか。

いつもと変わらぬ封筒、いつもと変わらぬ厚みだった。それが、今、罪に問われるということなのか？

さりげなく差し出す柄沢。当然のことのように、なんのうしろめたさもなく受け取る瑞恵。何回となく繰り返されてきた儀式。いつだって、弟子に少しでも、良いものを選んでやろうとしてきた。その熱意に対しての、ほんの気持ちばかりの礼ではないのか。

それが、罪になるのか？

教員養成大学の学生も、自分の弟子も、少しの分け隔てもなく指導した。自分にとっては同じように大切な生徒だった。今回受け取った金が、汚れた金だというなら、いままで受け取ったのも、同じものではないのか？

それともヴァイオリンをあやつる同じ手で、自分は、何年来、汚れた金を受け取ってきたというのか。

じっと自分の手を見る。遠目にどれほど美しく見えようと、弓が当たる親指の先は皮が厚くなって、醜く盛り上がっている。弦を押さえる左手の指先は、もっとひどい。手の甲は、筋ばって、荒れていた。

不意に、柄沢の手の感触が生々しくよみがえってきた。ささくれ立った心を柔らかく温かく包み込んでくれる掌《てのひら》だった。なめらかで少し湿っていて、すらりと伸びた指が、きれいだった。

そのきれいな手で、汚れた金を握らせた……。

優しい顔で近づいてきて、彼は、何度心の中でつぶやいていたことだろうか？　「ばかだな……あなたは」と。見ぬけない自分が愚かだった。

長い夜が明けようとしていた。瑞恵は、目を開けたまま、薄明かりにくっきりと刻まれたカーテンの襞《ひだ》を眺めていた。

分厚いカーテンは黒く、重たく垂れている。

あれは、夏の盛りだった。

初めて一人でここを訪れた石橋は、きちんと上着をつけていたが、暑苦しそうな顔もせず、玄関先に端然と立っていた。

覚悟はしていたが、まさか、午後の二時にやって来るとは思わなかった。

部屋に上がった石橋は、瑞恵を抱きかかえるようにして、寝室のドアを開けた。

白いベッドカバーが、午後の陽光に眩《まぶ》しかった。

石橋は何かささやいたが、覚えてはいない。スリップの肩紐《かたひも》が滑り落ちたとき、瑞恵は窓から射し込む光に顔を背けた。

それが、与えられたものに対する代償であることは、わかっていた。悪くない取り引きであることも知っていた。だからこそ、心の中で何かが風化していくような、ひどく不安で、虚《むな》しい思いに捕らえられたのだ。孤独だった……。

石橋は、つと体を離すと、立っていってカーテンを閉めた。人工的な夜の帳《とばり》が降りた。

闇の中にヴァイオリンの音が響いたのは、その瞬間だった。流れるような四連符の下降。スプリングソナタだった。

無造作にCDをかけた石橋に、悪意があろうはずもない。ちょっとしたムードミュージックのつもりだったのだろう。

「消して」

瑞恵は、低い声で言った。

「どうして？　美しい曲じゃないか」

石橋は手を伸ばし、闇の中で、CDのスイッチをまさぐった。ごく低い音で響いていたヴァイオリンが、いきなり張りのある音で鳴った。ヴォリュームを上げたのだ。石橋はそのまま、瑞恵に覆いかぶさってきた。彼が見せた、唯一紳士らしからぬふるまいだった。CDプレーヤーのスイッチランプの光に、石橋の顔が浮かび上がった。緑色の光の中に、汗の粒を浮かべた額が、驚くほど無邪気な笑みを浮かべた目が、あった。瑞恵は嫌悪感を覚え、首をねじ曲げるようにして、自分の上にいる男から顔を背けた。

窓辺のカーテンの裾《すそ》が、空調機のわずかな風にゆらゆらとそよいでいるのが、視野いっぱいに広がっていた。

何もかも失うのだろうか？

瑞恵は寝返りを打った。

と、そのときインターホンが鳴った。息が詰まった。

警察だ、と思った。体を起こしたとたんに、目眩《めまい》がした。

「犯罪なんですよ先生」と言った柄沢の声が、耳の奥で、こだましている。震える手で、かたわらのカーディガンを引き寄せ、羽織る。

激しい動悸《どうき》を抑えながら手早く髪をとかしつけ、ドアを開けた。

柄沢が立っていた。拍子抜けした。

彼は何も言わないうちに、上がりこんだ。そしてアタッシェケースから書類をいくつか出して、テーブルの上に置く。

「確認して下さい」

短く言った。

「なぜ？」

「朝までに社に戻らなければならないんです。急いで」

「何をするの？」

「売買契約書です。架空取引の。たまたま社内に浮いている楽器がある。それを使って、先生があの偽ランドルフィを斡旋したのと同じ時期に別の楽器も紹介したことにするんです。つまり、先生に渡した金は、そちらの楽器に対して支払われたことにする。説明したでしょう。国立大学で教えている学生でなければいいんです。別の弟子に、同じ時期に斡旋したことにすれば、問題はない。僕の言っている意味はわかりますね。口裏を合わせて下さいよ」

瑞恵は黙って、書類とそれにそえられた柄沢の、男にしては白くほっそりした指をみつめていた。

この上どうしろというのか。偽楽器の次は、偽契約書……。

ごまかしを重ねて逃れようとする柄沢のやり方に嫌悪を覚えた。

「いいですか、先生。だれかお弟子さん、いるでしょう。わけを話せば協力してくれるような子が……」

「やめて下さい」

瑞恵は鋭く遮って、立ち上がった。

「もういいわ」

「もういいって、先生、ご自分のためなんですよ。もし、収賄がばれたら」

「断ると言ったのよ。私の収賄ではないわ。自分自身の身が危ないからでしょう。罪を覆うために、これ以上、私を汚すのはやめて」

「違います、これは、先生のためなんです」

柄沢は、テーブルの上の書類を手にすると、瑞恵に突き付けた。

「はっきり言いましょう。うちのほうでは、国立大学の先生に金を送るのも、接待するのも、営業活動のひとつにすぎないんです。挙げられたときは、挙げられたとき。そんなことを心配していては、商売はできません。けれど、先生は違うでしょう。自分の立場を考えてみて下さい」

柄沢の言っている意味は、わからなかった。ただ、何かずいぶん卑劣なことをしているのだ、ということだけは漠然と感じた。

瑞恵は、長い息を吐いた。それから抑揚のない口調で言った。

「わざわざ来て下さってありがとう。でもいらっしゃるのは、これを最後にして下さい」

「先生……」

柄沢は、うろたえた。

瑞恵は、サイドボードの引き出しを開けた。いつか柄沢が持ってきた白い封筒が、そのまま在った。取り出して、テーブルの上に置く。

「だめなんです。今から返してもらっても。しまって下さい」

瑞恵はかぶりを振った。

「これが、ここにあるというのが、いやなの。持ち帰って。こんなお金をあなたから受け取ったというのが、耐えられない。何もかもわかりました、あなたという人が。持ち帰って下さい」

柄沢は手を組んだまま、テーブルの上の封筒に視線を落とした。

瑞恵は、傍らの小箱を引き寄せた。中には金の鎖が入っていた。柄沢から送られたブレスレットだった。取り出し、黙って封筒の上に載せた。

柄沢の顔に、一瞬、驚きの表情が浮かび、すぐ凍りついたような無表情になった。

「これも、同じものだと？」

「持ち帰って下さい」

瑞恵は静かに言った。

柄沢の視線は、きらきらと光るブレスレットと瑞恵の顔の間を忙《せわ》しなく往復した。

次の瞬間、柄沢は封筒をひっつかみ、内ポケットに入れた。そのとたん、指に金の鎖がからまったのを払い、テーブルの上に叩《たた》きつけた。

そして瑞恵の方を一瞬見た。黒々とした瞳《ひとみ》の底に、憎しみとも哀しみとも言いがたい感情の揺らぎが見えた。そのまま丁寧に一礼すると、部屋を出ていった。


国立府中のインターを下りてしばらくすると、多摩川の北側に並ぶ、古びた二階建て住宅が見えてきた。同じドアが並んでいるので、しばらく来ないと見迷うが、幸い保坂の家だけは、見分けがついた。庭一杯に違法建築のプレハブが建ち、玄関脇には物置があるからだ。中にはあちこちから保坂が掻《か》き集めてきた、偽楽器の材料が積み重ねてあるはずだ。

玄関前に車を停めたまま、瑞恵は少しの間目を閉じていた。昨夜は、ほとんど眠っていないせいか、軽い目眩がした。

あの老獪《ろうかい》な職人相手に、何をどう切り出したらいいものか、彼の家の前まで来ても皆目見当がつかなかった。

いささか目立つ車のせいだろう。瑞恵が車から降りるより先に、住宅のドアが開いて、保坂の娘が、化粧気のない顔を覗《のぞ》かせた。しばらく見ない間に老けこんで、くぼんだ頰のあたりに中年じみた疲れがうかがえる。

「神野でございます」

車から降りた瑞恵は丁寧に言ったが、すぐに顔が強《こわ》ばってくるのがわかった。娘は、瑞恵のただならぬ様子にすぐに気づいたのだろう。無言で中に招き入れた。ほどなく老職人が、足音を響かせて、二階から下りてきた。

「ああ、先生でしたか。よく来てくださった」

保坂は、乱杭歯《らんぐいば》をむきだして、にっこりと笑った。

「そろそろ、いらっしゃる頃かと、思っていました。どうぞ」

彼は風呂《ふろ》から上がったばかりらしく、濡《ぬ》れた白い髪をぴったりと後ろに撫《な》でつけ、髭《ひげ》もきれいに剃《そ》っている。

仕事場に通されて、瑞恵は思わず足を止めた。

雑然と重ねてあったヴァイオリン材や、塗料の類《たぐい》がない。床には一片の木屑《きくず》もなく、きれいに掃き清められている。傷だらけの作業台に据え付けられた万力だけが、みごとに黒光りして、ここが、楽器職人の仕事場だということを示していた。

「しばらく、休むつもりです。さすがにこたえました。いや大変なことになっちまいました」

保坂は他人事《ひとごと》のように言った。

瑞恵はそれには答えず、憮然《ぶぜん》として立っていた。

保坂は、棚からケースを下ろし、中から古びたヴァイオリンを取り出した。

「本物のランドルフィです。ここまで復元するには苦労しましたよ」

保坂は、ネックを摑《つか》んで、瑞恵の目の前にぶらさげて見せた。

瑞恵は、息を飲んだ。保坂の目にいたずらっぽい笑いが浮かんだ。

「マイヤー商会から渡されたときには、塩をふいてましたからね。こんぶみたいな匂いまでしてまして」

赤味の勝ったニスの色、細く繊細な渦巻き、どことなく華奢《きやしゃ》な作り。郷田淑美の買ったものとよく似ていた。

「実にいいランドルフィです。どこに出してもひけをとらない。音の張りといい、艶《つや》といい、六百万どころか、一千万の価値は十分にある」

保坂は満足気に、表板を撫でた。

瑞恵は、唇を嚙《か》んだ。

マイヤーから預かったものをこうして秘匿《ひとく》して、わざわざ瑞恵に偽物を渡したのだ。人を陥れるために、こんな手間をかけて。

できることなら、保坂の手からもぎ取って、それを作業台の上に叩きつけてやりたかった。自分は、そんな楽器一つでは贖《あがな》えないほど多くのものを失った。

保坂はそんな瑞恵の目の色をうかがうと、ちらりと笑った。

「先生のところへいったあの楽器ですがね」

そう言いかけて、彼は、作業台の上の缶の蓋《ふた》を開けた。

「何だか、わかりますかな?」

ぷんと、樹脂の匂いがした。

「混ぜ物をしたニスですよ。昔から、職人は、ニスに、いろいろなものを混ぜてきた。ストラディヴァリのニスには、処女の血が入っている、などという伝説があるくらいです。しかし、これは、そんなものじゃない。塗った楽器を古く見せるために、混ぜ物をしたんですよ。成分は、言えませんな。私なりに研究した成果ですから。こいつを使って、本物のランドルフィに最も近い、なんともいえない赤い色、年月を経た深い色合いを出していくわけです。それに」

彼は、引き出しの中から、白木の木片を取り出した。

「楓《かえで》です。あなたのために、こしらえたやつは、柳でしたがね、これは、楓。正直正銘のヨーロッパの楓です。ただし、新しいものだ。あれみたいに、二百年も経った木じゃない。まだ十分に乾いてさえいない。こんな切り出したばかりの木じゃ、ろくなものは、できません」

彼は、木片を瑞恵の前に投げてよこした。瑞恵はびくりとして、それを手で受けた。

「ただし、あんたは、こんなものでも、ヨーロッパの楓材なら、お気に召すんでしょうな」

茫然《ぼうぜん》と手元の白木に見入っている瑞恵をよそに、老人は引き出しを開けた。おびただしい数のフィルムが詰まっている。その一枚を取り出すと、蛍光灯にかざして見せた。

ヴァイオリンのネックの渦巻き部分が写っていた。

「スライドです。本物をあらゆる角度から写して拡大するんですよ。こうすると、名匠のちょっとした癖まで、はっきりと現れてくるんですな。おや、ごらんにならんのですか」

保坂は、顔をそむけ、片手で額を支えている瑞恵を一瞥《いちべつ》した。

「それから、これは、贋作《がんさく》の古典的な手法ですが」

彼は、押し入れから、石油ランプのようなものを取り出した。

「ちょっとしたコンロですがね。昔作ったものなんです」

言いながら、つまみを回して火をつけた。薄い煙が吐き出され、ゆっくりと立ち上った。

瑞恵は、それを吸いこんで少しむせた。

保坂は、笑いながら手ごろな楽器を押し入れから取り出し、その煙がまともに当たる天井の一角に吊《つ》るした。

「いぶすわけですよ。これをやれば、何だって古く見える」

保坂は、火を消した。瑞恵は、くらくらと目眩《めまい》を感じた。

「さて、肝心なことをお教えしましょう。見てくれはともかくとして、問題は音です。オールドかどうかというのは、アマチュアでさえ判断がつくことですからね」

彼は、台の上から、削りかけの表板を取ってきて、瑞恵の前に、差し出した。

かさかさと乾いて、ほどよく湾曲したそれの中央を保坂は指差した。裏板と表板をつなぐ、根柱と呼ばれる棒が内部に立つ、もっとも重要な箇所だ。

「いろいろ、小細工はしますがね、特にここを徹底的に削っちまうんです。柔らかな、いい音が出ますよ。素人なら、簡単に騙《だま》されます。ところが……」

彼は、唇を嚙《か》んでうつむいている瑞恵の顔を上目遣いに見た。

「せいぜい、一年の命なんですよ。やがて、大事なところを削られた表板が、圧力に耐え切れず悲鳴を上げ始める。そりゃそうでしょう。たわみ始めるんです。もともとヴァイオリンは、緊張度の高い楽器ですからね。弱いところに無理がかかるようにできている。しかしね、先生、所詮《しょせん》、偽物は、偽物です。そうなる前だって、注意深く聞いてみれば、ぼろが出るんですよ。なんと言っても、表現に奥行きがない。ぼんやり弾いたのでは、わからないかもしれませんが。まあ、いずれにしても先生の耳は欺けたわけだ」

瑞恵は、顔を上げ、かっと目を見開いて保坂をみつめた。

瑞恵だって決してあの音をいいと思ったわけではなかった。

良く鳴る楽器だ、と思った。そして、その音色にわずかな不満を持ったのだ。しかし、それ以上にランドルフィという名前は魅力的であり、一生懸命探してくれた柄沢の好意がうれしかった。

信ずるべき自分の耳をないがしろにしたのは、しかし彼女自身だった。

保坂は、傍らの椅子を引き寄せ、腰を下ろした。

「けっこうな腕でしょうが。見直してくれましたかな。それにしても、虚《むな》しい技術ですよ。妻を失った後の、すさんだ日々に考え出したものです。小さな子供を二人、抱えていたんですよ、先生。家の中は、めちゃくちゃだった。金を作らないことには、子供たちが、干上がっちまうし。いい金になりましたよ。こういうのは。今ごろになって、またやるなんて、思ってもいませんでしたよ」

彼は、皺《しわ》だらけの口元に笑みを浮かべると、自分の頭を撫で上げた。

「立派な詐欺ですよ」

瑞恵は、うめくように言った。

「そう、この保坂善次郎《ぜんじろう》は、詐欺師だ。贋作者は、ヨーロッパにいくらでもいるが、偽物を作らせれば、日本人にかなうものはいない」

保坂は言葉を切ると、ちらりと瑞恵の顔を覗き込んだ。

「ところで、あんたは、あの偽ランドルフィをまともに、聴かなかったのかね、それとも聴けなかったのかね？」

瑞恵は、保坂をみつめた。言い返す言葉はなかった。

「あたしの腕が良すぎたのか、それとも、あんたの耳が、節穴なのか？　前に作ったあの楽器が、ヨーロッパのオールドでないことを知ったとたん、蔑《さげす》んだような目をして、出ていったあんたのことだ。技術だけあっても、楽器の奏でる本当の歌を聴いてやる心は、持っていないのかもしれない」

心？　楽器の奏でる音を聴いてやる心？

音楽については素人の老人に、なぜこんなことを言われなければならないのか、そして、自分がいったい何をしたというのか、なぜ、ここまで手のこんだ真似をしなければならなかったのか？　混乱した気持ちのまま瑞恵は唇を嚙んだ。

「あの楽器にとっては、あんたの手の中にあった数ヵ月が、いちばん幸せなときだったに違いない。自分の性格に合った弾き手の元で、存分に歌えたのだから。おっしゃるとおりあたしは、詐欺師だが、あんたは、楽器の音も聴き分けられないヘボ音楽家だ」

瑞恵は、顔を起こした。頰がかっと熱くなった。

保坂は、続けた。

「あの、偽ランドルフィは、あんたのために作った最初の楽器とは違う。みてくれだけのものだ。あんたなら、一発で、見抜くと思った。耳を澄ませてみれば、おかしいと気づくはずだ。そう思いたかったのだ。実際のところ、そう願った。自分のしかけた罠《わな》が無駄になってくれることを祈っていた。なぜ、マイヤー商会から、あれが売れたと聞いたとき、私は耳を疑った。なぜ、気づいてくれなかったのだ。あんたは、どうして、楽器の音を聴いてやることが、できなかったのだ？」

しぼり出すような悲痛な声だった。乾いた唇が、ぶるぶると震える。分厚いレンズの下の目が、赤っぽく濁って、瑞恵を見つめていた。

「負けたわ……。完璧《かんぺき》な手口ですこと」

瑞恵は肩を落とすと、唇の端を上げて微笑んだ。

老人は、悲しげに首を振った。

「ここまでする気はなかったんですよ。近いうちに、本物をマイヤー商会に届けるつもりでした。以後、あたしは二度と仕事をもらえず、あんたは恥をかく。それだけで済むつもりだった。信じて下さい、先生。まさか、いきなり被害届けを出されるとは思ってもいなかったんです。新聞記事については、申し訳ないことをしました。しかし先生が叩《たた》かれることはありますまい。ご心配なく。マイヤーのほうは、代金は全額、お弟子さんに戻すそうです。まもなくあたしは、先生のおっしゃるとおり、詐欺罪でパクられることになりましょう。あたしが仕掛けて、マイヤーとそのお弟子さんと先生を陥れたんです。すべては、この老いぼれ職人が、功名心からやったこと。ついでにランドルフィを自分のものにして、一儲《ひともう》けを企んだ、と警察ではそう申すことにします」

「そんなことでは、済みません」

瑞恵は低い声で言った。

「あなたは、人の信頼を裏切ったのよ。彼女、偽楽器を買わされたあの子は、一生懸命だったわ。音楽をやりたくても、音大に行かせてもらえず、もちろん専門教育も受けていなくて、それで国立の教員養成校の音楽科に来たの。でも演奏家になりたい、という夢は捨てていなかった。その彼女に、私は偽楽器を斡旋《あっせん》したのよ。楽器屋の営業マンと結託して、偽楽器を買わせ、楽器商からリベートをもらったわ」

「なんですって？」

保坂は、驚いたように顔を上げた。

「まさか、先生は、その学生さんの個人レッスンをみたんじゃなくて、大学で教えておられた？」

瑞恵はうなずいた。

「賄賂《わいろ》になるんです。私が受け取ったお金は」

保坂は、目を閉じてかぶりを振った。

「すると先生が挙げられる……。そんなばかな。まさか」

「愚劣なことをやってきたんです、今まで。ごく当たり前のことだと思ってました。お礼のお金くらい」

「ごく当たり前のことなんですよ。この世界では」

老人は、椅子からずり落ちそうな恰好《かっこう》で、頭を抱えている。

瑞恵は、ぼんやりと保坂をみつめていた。憎しみも不安も後悔も、何もない。感情がこうしている自分から離れ、何もかもが、ブラウン管の中で起きていることのように思えた。

「一つ、教えて下さい」

しばらくして、瑞恵は尋ねた。

保坂は、顔を上げて、眼鏡をかけなおした。

「こんなことをして、なんになるんですか？　苦労してランドルフィを組み立て、偽楽器を作り、それほどまでして、私を試してみたかったのですか？」

老人は、老眼鏡越しに瑞恵とランドルフィを見比べていた。そして、押し殺したようにぼそりと言った。

「あの楽器、あなたに貸したあの楽器は、あたしのすべてだったのですよ。いや、あの楽器を先生に弾いてもらうことが、と言ったほうがいいかもしれん。何かに執着したまま、一生暮らす者がいるんです。歳を取れば、枯れてくると思われるかもしれんが、ますます執着することもあるんですよ。それを笑う者は、趣味人で、所詮は人生の傍観者にすぎんのです」

「なぜ？　なぜそんなに執着されるのですか」

老人はそれには答えず、長い息を吐き出した。

瑞恵は立ち上がると、玄関に向かった。軽い目眩《めまい》がして立ち止まると、横から手が伸びてきて、瑞恵の体を支えた。保坂の娘だった。眉間《みけん》に少し皺を寄せて、心配そうに覗《のぞ》き込んだ顔には、歳に似合わぬ生活の疲れが見えた。

瑞恵が車を発進させるまで、保坂は玄関先に立って頭を下げていた。バックミラーに映る姿に、瑞恵は衝撃を受けた。その最敬礼は、謝っているようにも、彼の口にした「執着」の重さにじっと耐えているようにも、見受けられたからだ。

マンションに戻って、瑞恵は倒れこむようにソファに体を横たえた。

いったいなぜこんなことになったのか、この先どうなるのか、考える気力もなかった。

ほどなく起き上がると、のろのろと楽器に手を伸ばした。二弦を一緒に弾く。かすかなうなりを聴き取り、糸巻きを回し、完璧な調弦をする。そして改めて、開放弦を弾き始める……。

習慣というよりは、本能に近く、ほとんど生理的レベルで行なっているような行為。

ふと、虚しい思いに捕らえられた。

ステージに立つこと自体にどれほどの意味があったのか。たかが音楽、それがどれほどのものなのか。わずかの間だったが、郷田淑美という生徒から多くのことを教えられたような気がする。

伊藤孝子の生き方を、ステージから滑り落ちていったものの挫折《ざせつ》の人生だと思っていた。しかし今思えば、彼女はそこに彼女なりの充実感を見いだしたのだ。

「試験を受けるほうも大変だけど、採点するほうはもっと辛《つら》いわね。みんなそれぞれ努力しているんですもの」と孝子は言った。その辛さこそ、ある意味では、孝子の背負った責任であり、彼女の得た重たい生の実感なのかもしれない。

瑞恵はヴァイオリンを下ろした。松脂《まつやに》を拭《ふ》き取ると丁寧にケースにしまった。練習を途中で打ち切るということは、今までほとんどないことだった。

瑞恵はあらためて三十二という自分の年齢を考えた。ステージ以上のものがあるのではないか、地味でありながら、充実した生き方が……。

柄沢の言った「普通」という意味が、わかってきた。彼は自嘲《じちょう》的に、しかし生活者としての誇りをこめて、その言葉を使った。

瑞恵は、もどかしかった彼との距離を思い出していた。離れ、すれ違った、互いの気持ちが、今、罪を通して皮肉にも接点を得たような気がする。

汚れた金を受け取った手も渡した手も、やがて同じように裁かれていく。この先の試練に思いをはせたとき、柄沢が、罪の上に罪を重ねるような真似をしようとした意図が、ようやく理解できた。

時計を見ると、十一時を過ぎている。長い一日だった。眠ってしまう前に、柄沢と話したかった。きょう保坂と会ったことと、そして彼女なりの覚悟も。

自宅に電話をしたが、出ない。不安になった。

こんな時間にまさか会社にはいないだろう、と思いながら、柄沢の席への直通電話をかけたがだれも出なかった。

半信半疑のまま、営業部に電話をする。瑞恵が名乗ると、何も言わないうちに、織田島部長に代わった。

「このたびは、ご迷惑を」

丁寧な言葉遣いと裏腹に、冷ややかな口調だった。

「柄沢さんは、いらっしゃいます?」と尋ねると「いません」と短く答えた。

「出張してらっしゃるのですか?」

「いえ」

「みなさんこんな遅くまで、会社にいらっしゃるのですか?」

「事件が、持ち上がってくれましたからね」

ぎくりとした。

「もしや柄沢さんは、逮捕されたのでは」

織田島は、かすかに笑った。

「今のところは、大丈夫ですよ」

「どういうことですか?」

「余計な操作をしてくれましたよ」

「操作?」

「夜中に忍びこんで、帳簿の書き替えと、契約書の偽造をやってくれたんです。今回のことは、話は簡単。単純な贈賄ですがね、これがばれたんですから、悪質だっていうんで、大いに心証を悪くするでしょうね。まあ、悪いのは、保坂さんで、先生にご迷惑をかけたことは謝ります。しかしね、起きちまったことはしかたないんで、こういう事件のもみ消しをうちの若いのにさせようとしても、無理なんですわ」

「もみ消し? 私にもみ消しをさせられた、と柄沢さんが、そう言ったのですか?」

「見てりゃわかりますよ。そんなことをする必要は、こちらにはまったくないんですからね。彼は藪《やぶ》をつついて、蛇を出してしまったわけです」

「教えて下さい、柄沢さんは、今、どこにいるんですか？」

「わかりません」

「社内にいらっしゃるんですね」

「わかりませんな。なんなら資材部のほうに電話を回しましょうか」

瑞恵は断って、受話器を置いた。

柄沢から電話があったのは、その直後だった。

「どこにいるの？」

「社内の公衆電話です。何か、御用だったんですか」

冷淡な言葉の響きに、瑞恵は戸惑った。

「きょう、保坂さんに会ってきました」

「そうですか」

「柄沢さん」

瑞恵は、少し迷った後、言った。

「私、今さら逃れる気はありません。覚悟はできています。何もかも捨てるつもりです」

「捨てるって？」

「やりなおそうと思っているんです」

「…………」

「それで、あなたとお話ししたくて……」

「なぜ、僕に？」

「来て、いただけますか？」

少し押し黙った後、彼は素っ気なく答えた。

「申し訳ありません。すでにそちらへ行かれる立場ではないので」

「この後の人生を考え直してみたいのです」

「それで？」

瑞恵は押し黙った。なんと言っていいかわからなかった。

「先生」

柄沢は、少し言葉を切った。

「もともと、我々は、住んでる世界が違うんですよ」

瑞恵は息を飲んだ。僕たちではなく、我々という言葉に、突き放した響きがあった。

「僕は、普通の男です。この先もあちらこちらで頭を下げ、愛想を言い、札束を懐に、モノを買い漁《あさ》り、売り付けて歩くでしょう。そうして、結婚し、女房子供を養っていくんです。軽蔑《けいべつ》するなら、どうぞ軽蔑して下さい。好きでした。今でも、好きです。しかし、あなたほどの方とつきあっていく自信は、僕にはありません」

言葉を失ったまま、瑞恵は受話器を握りしめていた。

沈黙の底に、ピーという機械音が聞こえた。

「失礼、カードの度数がなくなってしまいました。すみませんが、これで」

受話器を置く音が、耳の奥に痛みを残して長く尾を引いていた。

翌日の朝から瑞恵の部屋の電話は鳴り続けた。演奏家仲間や、音楽事務所からの問い合わせ、そして雑誌や新聞の取材だった。贈収賄「疑惑」は、すでに多くのところでささやかれているようだ。

数回のぶしつけな取材電話の後、瑞恵はなつかしい声を聞いた。

白川だった。

謝罪の言葉もみつからず、受話器を握りしめた彼女を白川は、咎《とが》めることもなく、「私があらかじめ注意しておかなかったのが悪かった」と、しわがれた声で言った。

「いえ……」と答えたきり、瑞恵は、電話の向こうにいる相手に、深々と頭を下げていた。

それから白川は、メモを取るようにと言うと、彼の知り合いの弁護士事務所の電話番号を教えてくれた。

「とにかく、余計なことは考えず、この先生のおっしゃるとおりにすればいい」

白川は言い残して電話を切った。

午前十一時を回った頃、一人の男が訪ねてきた。数年前、ロイヤルダイヤモンドのイメージキャラクターの話があったとき、初めに接触してきた男だ。とっさに名前を思い出せなかった。

男の名刺を見て、瑞恵はうなずいた。ロイヤルダイヤモンド営業企画部次長とあった。

「お久しぶりです。どうぞ」

瑞恵は、男を上げた。

「失礼しました。お電話が通じないものですから」

「何か、お急ぎのことで？」

「ええ」

男は、ひどく気がねしている様子で、椅子にかける。そのとき、再び電話が鳴った。

「出ないでよろしいんですか？」

「ええ、いいんです」

瑞恵は、薄い笑みを唇に浮かべた。

「それで……」

男は口ごもった。

「うちの会社との契約書、お持ちですね」

「はい。どこかにしまってあるはずですけれど」

「その中に、契約解除の条項があるんですが」

「ええ」

「申し上げにくいことなのですが……」

「はい」

予想はついていた。

「今回のことが、いわゆる信用失墜行為に当たるんですね。解除条件の」

「わかりました」

「このたび、役員会で」

「いいです、わかっております」

瑞恵は遮った。当然のことだ。イメージキャラクターが、スキャンダルの主役を演じたのだ。本当なら、契約解除くらいでは済まないことだろう。たしか、契約書には損害賠償の規定もあったはずだ。

しかしまだ、裁判で有罪判決が出たわけではない。それどころか取り調べもされていない。疑わしきは排除ということだ。

しかたない、という気がした。十年も続けたロイヤルの仕事には、ふしぎと執着を感じていない。

「つきましては……」

男は再び、口ごもった。

「一応、こちらのマンションも会社名義のもので、今すぐ、とは申しませんが、できれば早急に明け渡していただきたいと」

瑞恵は、茫然《ぼうぜん》とした。会社名義と言っても、それは石橋の個人的な問題ではないか。

「それも役員会で決定したことなのでしょうか」

男は返事をしない。

マンションに愛人を囲うなどということが、公にされているはずはないから、役員会の議題にのぼることはない。

「石橋副社長の御意思ですか？　それともどなたかの」

「あの方が、こういうことを他の者の指示で行なうとお思いになられますか？」

男は低い声で言った。

「なぜ、ご自分の口から言って下さらないのでしょうか？」

「私の申し上げたことが、石橋の言葉とご理解なさって下さい。サンフランシスコか、ニューヨーク、いずれかに代わりの住まいを用意できますので、ほとぼりが冷めるまで、そちらにいらっしゃったらどうか、ということです」

瑞恵は、ぼんやりと代理の男の顔をみつめた。

「戻ってきたら？」

「さあ、そこまでは……」

自分はもう三十二だ。数年間外国暮らしをということは……。

追い払ってしまおう、ということだろう。

「立退くのはいやだと、申し上げたら？」

瑞恵は、尋ねた。そんな気はもとよりなかったが。

「このとおりでございます」

男は深々と頭を下げた。やりきれない気分になった。部下にこういうことをさせる石橋俊介という男に深い失望感を覚えた。

「わかりました。すぐ、ここを出ます」

「いえ、すぐでなくても、一応、向こうにお住まいをご用意させていただいてからでけっこうです」

「いいえ」

瑞恵は、首を振った。

「私自身の住まいがあります。用賀の方に」

そこが本当の私の家なのだ、と心の中でつぶやいた。

ロイヤルダイヤモンドのアクセサリーは、派手な加工をほどこしただけで財産価値のない屑《くず》ダイヤなのだという。瑞恵の存在が、それに高級品のイメージを植えつけてきた。同時に瑞恵が、作られた高級品イメージの上に乗った。そして石橋は、その高級な女を自分のものにした。

いったいどこまでが、石橋の意図したことだったのか、今となってはわからない。とにかく石橋という男は、瑞恵の演奏活動を後押しし、月に一度現れ、短い時をともにし、ときには思いもよらぬ優しい言葉で、彼女の心をほぐし力づけてくれた。

そして瑞恵が屑ダイヤを化けさせる光を失い、美貌《びぼう》にも翳《かげ》りが出てきたこのとき、事務的と言っていいほどの冷静さで見捨てた。

当然のことなのだ、と瑞恵は自分に言い聞かせていた。

腰を折って丁寧に挨拶《あいさつ》すると、男は帰っていった。

男を玄関先で見送った後、寝室に入ってベッドに体を投げ出した。窓から射し込む陽が、眩《まぶ》しい。それでも目を閉じると深い眠りに引き込まれそうだった。ここ数日、ほとんど眠っていない。

瑞恵は無造作にカーテンを引いた。部屋に薄闇が訪れた。瑞恵は再び横になって、黒々としたカーテンの裾《すそ》が、揺らぐのをみつめた。しっかりと目を開けてみつめていた。

これでいい、という気がした。

何もかも、失った。

彼女は目を細めた。失ったものは、本当にすべてなのか？

ぜいたくな生活、広告料に裏打ちされた賛辞、実力を上回る人気、そして恋の幻……。

彼女は起き上がると、ケースからグァルネリを取り出した。

肩に構えると、自然に背筋が伸びた。目を閉じて、静かにGの開放弦を弾いた。

二回ほど弓を往復させて、途中で弓を止めた。

そして、なつかしい小品を弾いた。

習い始めたばかりのごく幼い子供が、おさらい会で弾く曲だった。ト長調のメヌエット、ベートーヴェンの愛らしく、美しい曲。

数小節過ぎたところで、彼女はおぼろげな記憶に突き当たった。

黒いマント……、いやマントではない。床に座りこみ、楽器を投げ出した彼女の目の高さで揺れていた、母親のコートの裾。

幼い瑞恵は、頑として弾こうとしなかったのだ。何のために、なぜ、自分だけが、弾かされなければならないのか？　他に魅力的な遊びがたくさんあるのに。

「あなたは、普通の子とは違うの。みんなができないことをできる子なの。いつかわかるわ。あなたは、神様に大きなプレゼントをされて生まれてきたのよ」

母親は、いつもそう言った。大きなプレゼントは、おそらくは、才能、ということだったのだろう。それが、普通の人よりも少しだけ大きいにすぎない、もっと大きなプレゼントをもらって生まれてきた者が、たくさんいるのだ、と知ったのは、ずいぶん後のことだ。

そしてささやかなプレゼントの代わりに彼女の失ったものは、大きすぎた。

母親は、瑞恵に無理やり弓を握らせた。そして、途中、間違えるところを繰り返させたのだ。何度も何度も。ト長調のメヌエットの中の一節だった。

かんしゃくを起こした瑞恵は、楽器を床に放り投げたらしい。そのあたりの記憶ははっきりしていない。母親の黒いコートの裾が捩《ねじ》れて、彼女の視野いっぱいに広がっていたことだけが、思い出される。

友達もできず、部屋でヴァイオリンばかり弾いていた彼女が、心を通わせられるただ一人の人間、その母親が、出ていこうとした。

自分を見捨てて、どこかへ行ってしまう。五つになったばかりの瑞恵にとっては、恐ろしい想像だった。

しかし、彼女は意地を張った。それでも、弾きたくなかった。ゆらゆら揺れる黒い裾をみつめたまま、瑞恵は投げ出した四分の一サイズのヴァイオリンを拾おうとはしなかった。

母は、出ていった。ドアが閉じられると同時に彼女は、火がついたように泣きだした。記憶は、そこで途切れている。母親は、ちょっとした用足しに外へ出ただけだったらしく、まもなく帰ってきたのだろう。

本当に出ていったのは、それから五年近くたってからのことだ。父親と言い争ったあげくに家を出た。原因は、瑞恵の進路をめぐってのことだった。

ヴァイオリンで頭角を現してきた瑞恵を母は、留学させると主張して、音楽は趣味程度でいいと言う父親と、対立したのだ。

自分のピアニストとしての芽が、結婚によって摘み取られたと信じている母親にとっては、瑞恵こそ失われた自分の人生そのものだった。

家を出ていった母親は、一カ月後に瑞恵を迎えに来た。季節は晩秋だった。

母親はフレアーのかかったコートの裾を木枯らしに揺らせながら、彼女の通っていた学校の校門に立っていた。

まもなく両親は、離婚した。彼女は母に引き取られ、弟は父が引き取った。

彼女が、バーゼルに住んでいる高名なヴァイオリニストの元に連れていかれたのは、その直後だった。そこで弾かされたベートーヴェンのクロイツェルソナタこそ最悪のものだった。

「この少女の技術は、驚くべきものがある。しかし、決定的な欠点がある。彼女は、音楽に対し、まったく喜びを持っていないのだ。音楽は曲芸ではない。喜びのないところに音楽は成立しない。彼女のヴァイオリンには、単に、何かを弾かなければならないという義務感しか感じられない」

そのオーストリア人ヴァイオリニストは言ったらしい。金属的に光る灰白色の髪に縁取られた厳しい顔は、皮膚に血の色が鮮やかに透けて朱色をしていた。瑞恵は、語尾を叩《たた》きつけるようなドイツ語の響きを聞いているだけで、身がすくむような気がした。

結局、彼女は入門を断られた。

毎晩のように父の怒号と母の恨みをこめた罵《のの》り声、それに幼い弟の啜《すす》り泣きを聞かされたあげく、家庭を失った瑞恵にとって、ヴァイオリンを弾くことが喜びであるはずもなかった。母の口にした「神様からのプレゼント」さえ、呪わしいものに思われた。

しかし今、その言葉に真実味を感じ、かすかな希望さえ抱いている。

瑞恵は楽器を肩から下ろしかけ、再び構えた。

クロイツェルの冒頭を弾いた。

淀《よど》んだような部屋の空気を切り裂くように、いつになく鋭く、グァルネリは鳴った。

目を閉じた。広い客席が見える。正面の二階席の奥から、ゆっくりと黒々とした、マントの裾のような緞帳《どんちょう》のようなものが、降りてくる。

瑞恵は、それを見据えた。弓を大きくダウンさせた。後方で鳴っている幻のピアノの音が大きくなった。

黒い影は、さらに大きくなって揺らぎながら、近づいてきた。しかし瑞恵は両足を開いて立ったまま、それに向かって弾いていた。そして、クロイツェルの旋律とリズムの中に、彼女を叩き込んでいた。もはや一歩も後に引かなかった。

怖がることはない。何もかも失った後、彼女自身の音楽、彼女の歌い方、彼女の音だけが残された……。

唯一、失っていないもの、そしてこれから先も決して失わないものが。彼女の生を裏打ちするなにものかを彼女はしっかりと捕らえていた。

神様からのプレゼント、それが真に祝福されるべきものに変わる予感を今、彼女は得ている。

そのとき電話が鳴った、と思った。違う。インターホンだ。

瑞恵は我に返り、楽器を置く。

「はい、どなた？」

答えがない。やにわに、ドアをノックする音が聞こえた。

瑞恵は体を硬くした。さらに激しいノックの音。

「どなたですか？」

ただならぬ気配に立ち尽くしたまま、瑞恵はドアのむこうに向かって叫んだ。

「警察です。ドアを開けて下さい」

まさか、という気がした。柄沢から聞かされたときから、とうに覚悟はしていたというのに、現実感はまるでなかった。

サイドボードの上のカレンダーに目をやった。翌日の予定が書き込まれている。カルテットの合わせだ。

明日はスタジオに行かなければ、とぼんやり思った。いつものメンバーと、ここ二カ月ばかり練習しているモーツァルトを弾く。スケルツォのところで、ヴィオラ奏者が落ちて、チェリストがすかさずからかうのも、いつもと同じ……そうに違いないような気がする。

再びノック。

のろのろとロックを外す。勢いよくドアが開かれた。

スーツ姿の男が二人立っていた。

「神野瑞恵、さんですね。収賄の容疑で逮捕します」

初老の男が言って、手にした令状を見せた。

体の力が抜けた。何もかもが、夢の中の世界のような気がした。明け方、目覚めぎわに見る生々しい夢……。

目眩《めまい》を感じて、目を閉じる。体の周りにあるもの、鉄の扉や壁や、床が、頼りなく溶け流れ出して、足元をすくっていく。

たくましい腕が、瑞恵の体を支えた。

目を開けると、皺《しわ》深い男の目が、瑞恵の顔を覗《のぞ》き込み、軽くうなずいた。平穏な表情だった。

「わかりました」

瑞恵はそう言うと、居間に戻りヴァイオリンをケースに収めた後、男に従った。

「あの……」

若いほうの男が耳打ちした。

「手錠はかけませんから」

「かけてかまいません」

瑞恵は、背筋を伸ばすと昂然《こうぜん》と言った。

V　巨匠《マエストロ》の時代

「本物のランドルフィをどうするつもりだったか、ですか？」

保坂は、刑事の顔を見上げて、ちらりと唇をなめた。取り調べ室は、空気が乾いているらしく、唇がかさついてくる。

「考えておりませんでしたな、そこまでは」

「考えてなかった？」

相手は、首をひねって、調書を書く手を止める。こちらを凝視した視線の中に、見下したような表情が見えた。

保坂は少し顔をしかめて、自分の息子ほどの歳の刑事を見る。

「あたしは、自分の作った楽器が、ランドルフィとして通用するのを見たかったんですよ。見分けがつくはずはありませんな。楽器商だって、演奏家の先生だって、あそこまで完璧《かんぺき》なレプリカを作られたら本物と区別などできませんよ。満足でした。みんなあっさり騙《だま》されました。本物のほうは、裏市場でも探して、高く売れれば儲《もう》け物ですが、そこまで考えちゃいません。名のある楽器なんか、すぐにアシがついて、簡単には売れるものじゃありません」

と、そのとき男が一人、取り調べ室に入ってくると、保坂に一通の書類を見せた。眼鏡を家に置いてきてしまったので、文字は見えなかった。

「保坂善次郎、お前に対して業務上横領の容疑で逮捕状を執行する」

男は事務的に言った。

なんだ、今頃やっと逮捕されたのか、と保坂は薄笑いを浮かべた。考えてみれば任意同行ということで、ここに連れてこられたのだ。起訴されることは覚悟の上だったから、二人の男に挟まれてここに着いたときには、とうに捕まった気分でいた。

年配の刑事が、低い声で言う。

「何かおかしいかね?」

「いえ。別に」

罪状が瑞恵の言った立派な「詐欺」ではなく、業務上横領であったことも少し意外だった。確かに、マイヤー商会から渡されたランドルフィを復元し、それを自宅に置いて、代わりに、自分で作った偽物を渡したのだから、横領かもしれない。

しかし、と保坂はつぶやいた。あの塩を吹いたばらばらの板、復元される前のあんな板切れをだれがランドルフィだと認めるだろう。

大方、マイヤーの社員は、信じがたいような安値で買い叩いてきたに違いない。そして自分がもらった手間賃は、たしか八十万円くらいだった。それでも、六百万の楽器を横領したことになるのだろう。まあ、それはどうでもいい……。

逮捕状が執行されると、年配のほうの刑事が弁解録取書を作る。保坂は、取り調べのときと、さほど変わらない内容を話した。

「弁護人の選任は、どうするかね？」

書き終えると刑事は尋ねる。

「起訴後で、国選でけっこうです」

保坂は答えた。

私選は金がかかる。今、長男が家を出て別所帯を持った今、行き遅れた娘に、これ以上迷惑をかけたくはなかった。

身体チェックと所持品検査を終え、保坂は一人用の留置場に入れられた。

首吊り防止ということで、ベルトを取り上げられてしまったので、ゆるめのズボンは手で押さえないとずり落ちてくる。なるほど、こんなときに首を吊りたくなる者もいるのか、と保坂はむきだしの便器に目をやる。心は落ち着いていた。

偽のランドルフィをマイヤーに渡したときからの、ひりつくような不安と迷いから、ようやく解放された。

冷めてはいるが、夕食の味は、まずくない。娘が作るものよりもましなくらいだ。焦躁感も罪悪感も何もない。

気になるのは、神野瑞恵のことだった。あの誇り高い女が、これと同じ扱いを受けているとしたら、ずいぶんこたえているだろうと胸が痛む。

横になると、たちまち眠気が襲ってきた。保坂は安らいだ気分で、四肢を伸ばした。

奇妙な夢を見た。

憑《つ》かれたように板を削っている。裏板の中央をぎりぎりまで削っている。削っても削っても、薄くならない。保坂は力をこめる。削りかすが、部屋を埋めつくしていく。が、少しも薄くならない。

薄くなれ。

呪うように、保坂は削る。薄く、薄く、紙のように薄くなるまで。

薄くなれ。作りたてだけ、ストラディヴァリのように晴れやかに鳴るがいい……。

薄くなれ。ラ・トラビアータの絶唱のように、まもなく消えていく命を惜しみながら、声を張り上げるがいい。

削りかすが、舞い上がる。

苦しい。

はめたのね……。

震えている瑞恵の蒼白《そうはく》の顔がある。

手を止める。台の上の裏板は、中央を削り取られ、はじいただけで穴が開きそうだ。

薄笑いを浮かべて、手に取ったとたん、保坂は悲鳴を上げた。それは、安物のヴァイオリン材ではなかった。よく枯れた、彼が苦労してようやく手に入れた、柳だったのだ。

保坂は、震える手でその板を持ち、彼を先程からじっとみつめている女に渡す。

女、と辛うじてわかる。金茶に輝いていた髪は灰色に変わって、顔の輪郭は、顎《あご》の骨がずれたように歪《ゆが》んでいる。女は車椅子に座っていた。

「ありがとう、私のために作ってくれたの？　うれしいわ」

女は、口元だけでそう言い、その棒のように痩《や》せた手をゆるゆると保坂に差しのべた。

保坂は片手に板切れを下げたまま、茫然《ぼうぜん》と立ちつくしていた。

心の中で何かが弾《はじ》けた。そのまま前のめりに崩れ号泣した。

いつのまにか、彼は四十代の、髪も黒々とした男に戻っていた。

自分のうめき声で、保坂は目覚めた。

薄い闇があたりを包んでいる。ぼんやりした裸電球に、洋式便器が、白く浮かび上がっている。

なぜ、あんな昔のことを夢に見るのだろう、と思いながら起き上がり、しばらく闇をみつめていた。

「ありがとう」

ヴィクトリア・ファーガソンは言った。英語だったはずなのに、記憶の中ではきれいな日本語の響きとなって残っている。

ヴィクトリア、あなたのために、私の半生があった……。

あなたほどのヴァイオリニストは、後百年は現れまい。少し前までは、そう信じていた。保坂の耳に、戦後まもなくSP盤で聴いた、ヴァイオリンの音がよみがえってきた。穏やかで、不思議な美しさをたたえた音のうねりが、針音の中に聞こえた。その瞬間、当時二十七歳の青年だった保坂の全身は、ざわざわと鳥肌立った。感動というよりは、衝撃に近いものだった。

ハイフェッツの鋭く、緊張感に満ちた演奏が全盛だった時代に、その音は柔らかく、緩やかに、切々と胸に迫ってきた。

曲目も、ヴァイオリン曲といえば、チゴイネルワイゼンか、あるいはチャイコフスキーかベートーヴェンの協奏曲しかない時代に、聴いたことのない不思議なものだった。

「こんな弾き方は、邪道だな、そう思わんか?」

成瀬富士雄は言った。彼が、そのSP盤の持ち主だった。

「思わんな」

保坂は首を振った。

「そうか? ぜんぜんダイナミズムがなくて、これで音楽と言えるのか」

「ダイナミズムがすべてじゃあるまいよ」

保坂が言うと、成瀬は不満そうに黙りこくった。

成瀬富士雄とは、旧制中学時代、一緒にヴァイオリンを習わされた仲だ。

レッスンの帰り道に、ダンスホールに立ち寄り、その楽団に入ってタンゴを弾くという、後ろめたい楽しみを共有した友人同士でもある。

秘密めいた楽しみは、たまたまそこに若い男と踊りに来ていた母親を保坂が発見するまで、半年近く続いた。若い男に抱かれてワルツを踊っている母親の姿に、彼の方が、気恥ずかしさを覚え、以来、ぴたりとホール通いは止めた。

いい時代はそこまでだった。

それからまもなく保坂の父が事業に失敗した。

彼は学校を中退し、母の故郷にある仏具屋に職人の見習いとして上がることになった。そのままいけば、彼と楽器との縁は、そこで途絶えたはずだった。

仏具屋の親方は、つい昨日まで、坊っちゃん坊っちゃんと甘やかされて育ってきた少年に、生きることの厳しさと、日本の木工技術の粋《すい》を徹底的に叩《たた》きこんだ。

成瀬と再会したのは、それから十二年あまりしてからだった。

バラックの中に、ぽつぽつとビルが建ち始めた戦後の銀座でのことだ。

「何をやっているんだ?」

流行のスーツをりゅうと着こなした紳士然とした成瀬の姿を見て、保坂は尋ねた。

「楽器製作だ」と成瀬は胸を張った。

「職人か」

拍子抜けして、保坂は言った。作業ズボンに半纏《はんてん》姿の自分と、やっていることは変わらない。保坂のほうは、当時、各地の寺院を回っては仏壇を直していた。

成瀬は憮然《ぶぜん》とした。

「大学で、楽器分類学の学位を取ったあと、ドイツに渡って、向こうで技術をマスターして戻ってきた」

「へえ」

感心するでもなく、保坂は聞いていた。

成瀬はむきになって、楽器製作の話を続けた。保坂が気のない相槌《あいづち》を打っているうちに、自分の工房に来いということになった。

目黒の駅からしばらく行った住宅地に、あたりの景観と不釣り合いなコンクリートのモダンな建物が建っていて、数人の若い男が木を削っていた。成瀬の弟子ということだった。

その工房の二階で、保坂はあのSP版、ヴィクトリア・ファーガソンの弾くコレルリに出会った。

階下に下りて行く間も、いましがた耳にしたファーガソンの音が、ずっと耳の底で響いていた。

「ヴァイオリン製作もいいものだな。なんだか、俺にもできそうな気がする」

階下の工房を見回して、保坂はつぶやくともなく言った。成瀬は笑った。

「仏壇の手摺《てす》りを彫ってるようなわけにはいかないんだぜ」

「そうか……」

成瀬は、口元だけで微笑すると、手元のヴァイオリン材を手に取り、拝むように掲げると台に置いた。そして静かにカンナをかけて見せた。ヴァイオリン用の小型カンナの刃は驚くほど滑らかに滑った。

「こんなこと一つにしても、大工仕事とは違うんだ」

体を起こすと、成瀬は微笑した。

「貸してみろ」

保坂は、成瀬の手から、カンナを取り上げた。そして、カンナに紐《ひも》をかけ、成瀬を振り返り、にやりと笑ってみせた。成瀬は、怪訝《けげん》な顔をした。保坂はそれを板材の上に置くと、紐を手前に引いた。カンナは、ゆるやかに滑り、紙よりも薄く、切りくずが刃の上から、切れ目もなくひらひらと舞い上がった。周りにいた成瀬とその弟子たちは、息を呑んで、その光景を見守った。

「ヴァイオリン製作に必要なものは」

立ちつくしていた成瀬は、しばらくして口を開いた。

「手先の器用さだけじゃない。耳であり、センスであり、楽器への造詣《ぞうけい》の深さだ」

「俺は、品物を見ればできちまう、と思うがね」

保坂は肩をすくめて、出ていこうとした。

「待て」

成瀬は呼び止めた。

「お前の大工仕事の腕もたいしたものだ。どうだい、しばらく来てみないか？　ここに。

ヴァイオリンの基本を教えてやろう」

ごめんだね、と保坂は言おうとしたが、ふと、思いなおした。針音の中に鳴り響いていたヴァイオリンの音が、まだ彼を心地よい興奮状態に引き込んでいた。

少し迷った後、保坂は答えた。

「いいな。やってみよう」

その年の秋から、彼は仏壇の仕事のかたわら成瀬の工房に出入りするようになった。

しかし彼は、成瀬の言うことなど、少しも聞いてはいなかった。

ときおり、修理のために名器が運び込まれてくると、そのときこそヴァイオリン作りを覚える絶好の機会だった。

全体のバランスを注意深くとらえ、細かい部分を食い入るように見て、構造をしっかりと頭に叩き込む。そして丹念に弾いて、その音を覚える。

そうやって保坂が、極めて精巧なものを作り上げたのは、二カ月後のことだ。

「ヴァイオリン製作の技術自体は、日本の伝統工芸と同じだが、様式と精神性が違う」

そう言い続けた成瀬も、音を聴くと、それ以上何も言えなくなった。

やがて、その音にも保坂は不満を持ち始めた。

何かが違う。それは彼のヴァイオリンではなかった。

彼にとってのヴァイオリンは、ハイフェッツの鋭く響くチゴイネルワイゼンでもなければ、オイストラフの太く、悠然と流れるベートーヴェンでもなかったのである。

耳から、心の奥深くに沈んだあの音、この上なく夢幻的で優しい響きを持ったヴィクトリア・ファーガソンの弾くコレルリのソナタだった。

「彼女のヴァイオリンは、邪道だ。あれは、ヴァイオリン属の亜目だ」

あるとき成瀬は言った。

「まあ美人だから、変な弾き方しても世間は許してくれるんだろうが。大体、あんなにピカピカ、キラキラと下品に装飾音だらけにしなきゃ弾けない、というのは、基本的に音がしっかりしていないってことさ」

「ピカピカ、キラキラとはどういうことだ？」

「もっとも一概に、腕のせいとは言えないがね。というのも、使っているヴァイオリンの限界があるからさ」

「使っているヴァイオリン？」

保坂は驚いて尋ねた。

「ああ、おそろしく原始的なヤツを使ってる」

保坂は、膝《ひざ》を乗り出した。彼がいくつか作ったヴァイオリンと、ファーガソンの持っている楽器は、どうやら構造的に別の物らしい。

「サイズやバランスがだいぶ違うんだ。全体的に張りが弱い。ダイナミズムが出ないし、音も小さい。だから、伴奏にピアノが使えないんだ。ピアノのようなゴージャスな楽器を使ったら、音をかき消されてしまうからな」

伴奏という成瀬の無神経な言い方に、保坂は少しいらついた。あれは、通奏低音だ。そして通奏低音に用いる楽器は特に指定されていない。ピアノで弾く必要などない。それにヴァイオリンが即興の装飾音を入れるのも、コレルリの時代の演奏では普通のことだ。

成瀬の言っているのは、十九世紀、ロマン派の時代に確立された技法でしかない。それでコレルリを弾こうとするほうが間違っている、と保坂は思った。

ファーガソンは、スイスのベルンに住む古楽の権威、ティンバーゲン教授の秘蔵っ子と言われている。成瀬の言うダイナミズムなど、古楽では問題にされない。

とにかく、保坂はファーガソンのソナタというよりは、ファンタジーに近い弾き方、そして通奏低音としてピアノでもチェンバロでもなく、リュートを用いた演奏に心酔していた。

しかし問題は、ファーガソンの使っている楽器が、普通のものとは違う、ということだ。いったいそれはどんなものなのか？

品物を見れば、作ることができる。それは、保坂の信念であり、自信であった。

彼女の使っているヴァイオリンをじっくり見たい。

こんな保坂の願いが実現したのは、昭和二十八年のことだ。まもなく日本の高度成長が始まろうかというこの年ハイフェッツやオイストラフに先がけて、ファーガソンの来日が決定した。

保坂は、ファーガソンの楽器を一目でいいから見せてくれるように、と彼女を招いた音楽事務所に手紙を書いた。しかし、一週間たっても、二週間たっても返事はこなかった。一介の仏壇職人の悲しさで相手にされなかったのだ。あるいは、金髪の女流ヴァイオリニストの偏執的なファンだと思われたのかもしれない。

落胆している保坂に、成瀬が音楽事務所宛の一通の封筒を手渡したのは公演の数週間前のことだった。中を見ると紹介状が入っている。

保坂は、成瀬の工房で修業している楽器職人で、バロック期のヴァイオリンの復元を試みている。参考のためにヴァイオリンを見ることと、できれば試奏を許可してほしい、といった内容だった。

保坂は、成瀬に深々と頭を下げた。彼は肝心なところでは親友であった。

コンサートの日、保坂は生まれて初めて、花束を買った。赤い薔薇《ばら》を十本ほどだっただろうか、なけなしの金をはたいて支払うと、店員は、頭を下げながらも、この色男といった揶揄《やゆ》とも軽蔑《けいべつ》ともつかない視線で彼を見た。

SP盤でしか知らなかったファーガソンは、舞台で見ると、輝くようなブロンドと明るいブルーの目に、首から肩にかけての線がたくましい、いかにも陽気なイングリッシュビューティーだった。

演奏会終了後に楽屋を訪れた保坂は、緊張のあまり、うつむいたまま花束を渡した。そしてファーガソンは、少し大げさなくらい喜んで、さっそく楽器を見せてくれた。そして、明るい色の目で、保坂の顔を熱心に覗《のぞ》き込みながら、滑らかなクイーンズイングリッシュで、ひっきりなしに、楽器製作に関する質問を浴びせかけた。

保坂は、全身が萎縮《いしゅく》するのを感じた。ファーガソンは、保坂よりも十センチあまり背が高く、その腕は太く、桜色に輝いていた。体を揺すって朗らかに笑うと、無造作に垂らした髪が巻き上がるように揺れて躍り、かたわらにかしこまっている保坂の頰を撫《な》でた。演奏後で、汗をしたたらせているせいか、保坂は、立ち上るファーガソンの強い体臭に包まれた。目がくらみそうだった。視線を上げることもできずに、じっと彼女のヴァイオリンをみつめていた。

このときのファーガソンの言葉を今でもはっきりと思い出すことができる。しかし、それを歯切れのいい日本語として記憶しているのは、なぜだろう。

「いいヴァイオリンでしょう。もの心ついたときには、もうそれを持っていたわ。私は、言葉を話す前に、歌を歌っていたんですって。玩具《おもちゃ》の代わりにそれを母が持たせてくれたの。祖母のまたその母が持っていたものなのよ。でも、本当に習うときになったら、それを取り上げられて、八分の一のものを与えられたの。悲しかったわ。やっと体が大きくなったら、こんどは別の楽器を弾かされたの。この楽器は、古いタイプのヴァイオリンで奏法が特殊だからだめだって、先生に言われたの。でも私はあきらめなかった。だって、これは私の分身だもの」

保坂は、ファーガソンの黒ずんだ楽器を手に取って、なめるように見た。*f*字孔から中を覗いた。

「でも、残念なことに」

ファーガソンは、悲しそうな顔をした。

「この楽器はもう疲れきっているの。古すぎて、人間でいえばお爺《じい》さん。もう寿命がきてしまって。無理やり鳴らせているけれど、もうじきダメになってしまうわ」

保坂は、はっとして顔を上げた。

「もうじき？」

「十年くらいかしら」

彼女は顔を曇らせた。

「十年ですね」

保坂は、ファーガソンの目をみつめた。あまりに間近で見ると、いくつか斑点《はんてん》を浮かべたブルーが鮮やかすぎて、妖怪《ようかい》じみて見えた。一瞬の内に彼の魂を奪っていった、美しい妖怪だった。

「そのあいだに、これ以上のものを作ってさしあげましょう」

保坂は言った。無意識のうちに出た自分の言葉に、保坂は驚いた。

「本当？」

ファーガソンは、大きく目を見開いた後、顔をくしゃくしゃにして微笑んだ。

「うれしいわ」

そう言って、保坂の手を握った。体はふっくらとしているのに、ファーガソンの手は、見事に鍛えぬかれてがっしりと骨張り、指先は弦を押さえるために、プラスティックのように硬くなっていた。

再び、頰を長い金髪が撫でた。甘酸っぱい体臭がつんと鼻を突いた。保坂は気が遠くなった。後退《あとじさ》りしながらようやくのことで言った。

「ええ、ええ、必ず、これ以上のものを作ります。必ず……」

何度も繰り返した。

その日から、保坂は仏壇作りの仕事をやめて、楽器製作に専念した。成瀬富士雄も、簡単な仕事を保坂に回してくれるような男気を見せた。

保坂が、十代の頃に身につけたずばぬけた木工技術は、彼の修理職人としての信用を高めていった。しかし彼の目的はヴァイオリン製作にあった。それもモダンヴァイオリンではなく、古いタイプのガット弦のものだったのだ。

気にいったものはできなかった。初めの年にできたのは、作りこそバロックだったが、出た音はモダンヴァイオリンのそれだった。

しかも、売れなかった。当時、バロックヴァイオリンを弾く者などいなかったのだから当然ではある。その形を見ただけで、だれも買わない。

三年目を過ぎるあたりから、バロックらしい音が出はじめた。

ちょうど、この頃から、第一次のバロックブームが始まった。ヴィオラ・ダ・ガンバをはじめとする古楽器の需要がぼつぼつ出てきた。

成瀬富士雄の対応は、素早かった。彼の工房では、さっそく古楽器のサンプルを備え、せっせとルネッサンス、バロック期の楽器のコピーを作り始めた。

久しぶりに成瀬の工房を訪ねた保坂は、弟子たちが削っている板が、瓢簞《ひょうたん》形をしているのを見て度胆《どぎも》を抜かれた。

「今、みんなが弾いているバッハやコレルリってのは、十九世紀のロマン主義の悪影響を受けた弾き方なんだよ。やはりルネッサンス音楽ならルネッサンス、バロック音楽ならバロックと、その時代の奏法で演奏しないと、本当の美しさは出ないものなんだ。そして、その時代の奏法で弾くには、やはり、その時代の楽器が必要になるってわけさ」

成瀬は、数年前の言葉を撤回し、照れもせずに語った。

「宗旨変えってところかい？」

保坂は冷やかした。

「僕の信念は昔から変ってないよ。どうだ。うちの工房に来るか」

成瀬に言われて保坂は、少し迷った。

その頃、成瀬の権威は、学者以上のものがあった。古楽器に関する博物館などの資料の閲覧一つにしても、成瀬の名前があるかどうかで許可のされ方が違ってくる。

「いくつか作ったのだが、弾いてみるか？」

成瀬は、一台のヴァイオリンを手渡した。一見、普通のヴァイオリンだが、保坂には、それが何なのか、すぐにわかった。バロックヴァイオリンだった。

全体のプロポーションが微妙に違う。指板が表板から浮かずに、べたりと貼りついている。しかも棹《さお》の部分がわずかにアーチ型をしていた。

「また、ずいぶん、忠実に復元したものだね」

保坂は苦笑した。

「当時の様式の徹底的な研究の成果さ」

成瀬は、胸を張った。

「目に見えないところまで、そのとおりに作ってある。たとえば、指板だが、これは松に黒檀《こくたん》の張りになっているんだ。当時のものは、重量を軽くするためにこんな処理をしたわけだ」

保坂は笑って、こともなげに言った。

「こんなもの、弾きにくくってしかたないさ」

成瀬は、ぎょっとした顔をした。

「だから、当時の奏法があるんじゃないか」

「だからって、わざわざ、こういう原始的なまねをして、演奏者に苦労させることもあるまいよ。せっかく後世の演奏家が合理的な弾き方を工夫したというのに」

成瀬は、自分の耳を疑うように、首を振ると保坂の顔を見《ほ》た。

「おまえ、あのファーガソンのバロック期のスタイルに惚れ込んで、バロックヴァイオリンの復元をしたがっていたんじゃないのか？」

保坂は、にやりとして、そのヴァイオリンを手に取ると、少し音を出してみた。そして、すぐに台に置くと、「こりゃ、音はバロックじゃないな」と言ってくすりと笑った。

「どういう意味だ？」

成瀬は、立ち上がった。

「つまり、なんだ、これはただの、弾きにくいモダンヴァイオリンだよ」

成瀬の頬が、ひくひくと動いた。

「思い上がるのもいいかげんにしろ」

傍らの万力を握りしめて、成瀬は怒鳴った。弟子たちが一斉に、こちらの方を見た。

「だれが、ヴァイオリン製作のイロハを教えてやったんだ。おまえの腕なんか所詮《しょせん》は仏壇屋のそれじゃないか」

保坂は、首をすくめた。

「二度と来るな」

成瀬は怒鳴った。一緒にダンスホールに通いつめた時代の、傲慢《ごうまん》な悪童ぶりが、その怒号の中に顔を覗かせていた。

自分の部屋に戻って、彼は板を削り始めた。

小さな文化住宅の一部屋に工房を持ったのは少し前だ。ファーガソンが来日した年に生まれた長男は四つになっていた。

修理と弓張りの仕事がコンスタントにあったおかげで、生活は安定していたが、楽ではない。むしろ貧しい水準に安定している、と言ったほうがいい。

修理の合間に、金にならないバロックヴァイオリンを作る。しかし、このころの保坂は、もうバロック楽器の忠実な復元をするところから、脱却しつつあった。

バロックヴァイオリンがモダンヴァイオリンにとってかわった理由は、弾きにくいからである。そこでいくつも加えられた改良の成果は、バロックヴァイオリンに採り入れていい、と考えていた。

わざわざ演奏者を技術的にてこずらせたいとは思わなかった。あのヴィクトリア・ファーガソンに、無駄な苦労をさせたくはなかった。音が、バロック期の独特の馥郁《ふくいく》たる香気をたたえていればそれでいい。

だから、成瀬のバロックヴァイオリンはダメなのだ。彼は何かをはき違えている、彼は、はやりの古楽器のスタイルをまねただけで、精神をどこかに置き忘れている、と保坂は考えていた。

にもかかわらず、その後成瀬の楽器はあちらこちらで使われ、もてはやされていった。

彼の楽器を用いた演奏は、保坂にはすぐにわかった。

成瀬の音を確立している、という点では、彼は立派ではあった。ただし、その音はバロックヴァイオリンとは似ても似つかぬ、鳴りの悪いモダンヴァイオリンにすぎなかった。

張りが弱く、音が小さいのは、バロック楽器の特色である。

しかし、それは、音が通らない、鳴らないということではない。

問題は、音量ではなく音質だ。輝かしく、張りのあるモダンの音に対し、バロック楽器に要求されるのは、柔らかく透明な、水のような音なのである。

しばらくして、小さなニュースが流れた。成瀬富士雄が、ファーガソンにバロックヴァイオリンを献呈した、というのである。

保坂は、先を越された悔しさに震えた。しかし焦ったところで、理想的なヴァイオリンが一朝一夕にできるものではない。

もっとも、ヴァイオリンを贈ったことはニュースになったが、ファーガソンがそれを演奏会で使ったという話は聞かなかった。

保坂の心からは、妻のことも、まもなく生まれる二人目の子供のことも消えた。ファーガソンのヴァイオリン、それだけが彼の関心事になった。

イタリアから輸入された理想的な松材がある、と聞いたとき、彼はそれを買うために上野の下町にあった、小さな家を売り払った。身重の妻と小さな男の子は、住みなれた家を離れ、当時は、とてつもない田舎であった府中に移り住んだ。

妻はあきらめたように、保坂のやることに口を挟まなかったが、当時七歳になったばかりの長男の父を見る眼差《まなざ》しには、早くも非難の色があった。

いつかきっと楽させてやるから、という一時しのぎの言葉を妻にささやきながら、彼は、修理も弓の毛張りも断り、ヴァイオリン製作に没頭した。

バロックブームに乗って、彼のヴァイオリンが売れることもあった。しかし、その金の大半は、材料費と研究用資料の購入費に消えた。

やがて、バラックのような一軒家さえ手放さなければならなくなった。府中に引っ越して三年後、今度は、近所にできた都営住宅の借家住まいが始まった。

ようやく一挺《ちょう》のバロックヴァイオリンを作り上げたときには、ファーガソンとの約束の十年の最後の年になっていた。保坂は、まもなく四十三に、そして、ファーガソンは四十歳、演奏家として一番脂の乗った時期を迎えようとしていた。

どういうものか、その頃、ファーガソンの演奏活動は、あまり伝えられなかった。第二次バロックブームの中で、クイケンその他の次世代のアーティストが活躍し始めていた。

装飾音を入れて、情緒たっぷりに歌うきらびやかなバロックは、新しい世代の、より学究的で厳格な演奏スタイルに押され始めていた。ファーガソンは、もはや時代後れになりつつあった。

しかし、保坂にとってのバロック音楽は、いやヴァイオリン音楽は、十年変わらず、あのファーガソンの妖《あや》しい華を持った演奏以外にはなかった。

その年の晩秋、保坂はニュージーランドに向かった。クライストチャーチがファーガソンの故郷だった。身体不調を理由に、この頃、彼女は、住みなれたロンドンから、そちらに帰っていたのだった。

さほど裕福とはいえない身の上では、渡航費用もままならなかったが、楽器を郵送するのはいささか心配であったし、何よりもファーガソンの手によって彼の楽器が演奏されるのを見るのは、たとえ、戯れに一小節、奏でられるだけであっても、彼の半生をかけた夢であった。

百万の金を知人からかき集め、狭苦しい住宅に家族を残して彼は日本を後にした。

南半球のニュージーランドは、遅い春を迎えていた。桜、桃、さんざしなどの花々が同時に咲き乱れる南島の都市には、陽光がはじけ、空気はのどかだった。

町なかの雑踏の独特の匂いに保坂は気づいた。それが羊の脂がこげる匂いなのか、大柄のアングロサクソン系の人々の体臭なのか、わからなかったが、彼にとっては、あの桜色の肌と陽気なブルーの目をしたヴィクトリア・ファーガソンとの出会いを鮮烈に思い出させるものだった。

ファーガソンが居るという療養所は、クライストチャーチの市街から、バスで三十分ほど行った海岸の近くにあった。

公園のような敷地は陽光に金色に輝くさんざしの花に囲まれ、広々とした庭には、語り合う家族連れや、車椅子で散策する人々の姿があった。

そこが、終末医療施設であることを保坂が知ったのは、事務所から係員に連れられて、ファーガソンの部屋に向かう途中だった。

保坂は、ファーガソンは体調を崩したので、少しの間、演奏活動から遠ざかって療養しているだけだと思っていた。それが、人生の終わりを生まれ育った土地で迎えるために戻ってきたということを知らされ驚愕《きょうがく》した。

「人間としての尊厳を保ちながら、人生の最後まで充実した気持ちで過ごせるように」、彼を案内しながら、担当の係員は、祈るような口調でこの施設について説明した。

ファーガソンの部屋まで、長い廊下を渡り、桜の花びらの舞い散る中庭を抜け、青空に十字架を屹立《きつりつ》させた白亜の教会の中を歩き、十五分近くの遠回りをさせて、保坂を案内した係員は、何も知らないでやって来たこの東洋人に、ファーガソンを引き合わせるための心の準備をさせたものらしかった。

ドアの前に立ったとき、保坂は悲しみのうちにも、覚悟を決めていた。そして、彼の作ったヴァイオリンが、彼女の残された日々を喜びで満たしてくれることを願った。死への恐れや、苦しみを、彼のヴァイオリンを手に取り、弾いた瞬間に、忘れさせてくれることを祈った。

病室に入ったとき、彼はファーガソンの姿を探した。

車椅子の老女が一人、横皺《よこじわ》に埋もれた灰色の目で彼に笑いかけていた。

かたわらの看護師が、オーストラリアなまりの英語で、何か保坂に説明した。その場にそぐわない、あまりにも朗らかな口調だった。

そのとき初めて、目の前にいるのが老女などではなくて、かつての桜色の頰をした女性ヴァイオリニストであることを知った。

保坂は、茫然《ぼうぜん》として後退《あとじさ》った。

目の前のすっかり肉が落ちて、顎《あご》の関節のひしゃげた骸骨《がいこつ》のような顔が、ファーガソンであることは、にわかには、信じがたかった。しかしグレーに色褪《あ》せた瞳《ひとみ》は、今でも見覚えのあるいくつかの斑点《はんてん》を残していて、そこにたたえられている陽気な笑みは、まぎれもなくファーガソンのものだった。

首まできっちりとピンクのガウンに包まれたファーガソンは、低く聞き取りにくい声で、何か言った。

聞き取れないまま、保坂はゆるゆるとその場に両膝《りょうひざ》をついた。骨にビニールを巻きつけたような、茶色に変色した手に触れた。そして途切れ途切れに言った。

「約束のヴァイオリンを届けに来ました……」

それから震える手で荷物を解き、ヴァイオリンを取り出し、彼女の膝に置いた。

「ありがとう、うれしいわ」

ファーガソンの乾いた唇が動いた。灰色の瞳は、さらに生き生きと輝いた。

看護師は、保坂に椅子をすすめた。ファーガソンは不明瞭《ふめいりょう》な言葉で、彼女に何か指示した。彼女はうなずくと、壁ぎわに据え付けたテープデッキのスイッチを入れて、カセット架から一本のテープを取り出してかけた。

流れ出した音を聞いたとき、彼は凍りついたようになった。バッハのヴァイオリンコンチェルト二番、全盛期の彼女のライブ録音だった。バッハらしくない、異様なまでに明るく雅《みやび》やかなヴァイオリンの音だった。

開け放した窓から、春風に乗って、桃の花びらが数片吹き込んできた。一瞬、ファーガソンの白っぽいベージュの髪がそよぎ、保坂は逆光になったその姿の向こうに、頬にかかる見事な金髪を振り払い、桜色の腕で弓を滑らせる彼女の姿をはっきり見、その音を聴いた。

その後の数年間に何が起こったのか、彼はほとんど覚えてはいない。

脱け殻《がら》のようになって日本に戻ってきてまもなく、今度は妻が子供を二人残して、糖尿病による低血糖症で急死した。

途方にくれていた彼のもとに、ある楽器屋がうさん臭い仕事を持ってきた。うさん臭いが、金になる仕事だった。

彼は初めて家族のために働いた。一本作って百万のガダニーニが、彼と彼の子供にようやく人間らしい生活を保障してくれた。

ファーガソンに贈った楽器が、彼女の遺族を通じて、あるアメリカの古楽器の演奏団体に寄附され、そちらで高く評価されて、年鑑に記録されたということを知ったのは、彼が、すでに五、六台目の偽ガダニーニを作り上げたときだった。

彼にとっては、年鑑に掲載されたことなど何の意味もなかった。弾き手を失った楽器など、ただの物体にすぎない。

彼の前には、母親を失って、長い間無責任な父親に放擲《ほうてき》されてきた子供たちがいるだけだった。

一台のガダニーニの素性がバレそうになって、うま味はあっても、危険なその商売から楽器屋が手を引くまで、その仕事は続けられた。

彼の作った楽器は、今でもどこかの音大生や演奏家の間を当時の二十倍以上の価格で回っているはずである。もちろん本物という触れ込みで。なぜなら偽楽器は、トランプのジョーカーのようなものだからだ。おかしいと気づいた持ち主は、普通なら鑑定などさせない。買ったときと同じか、あるいはそれ以上の値段で他人に売ってしまう。もちろん本物のガダニーニだ、ということにして。

偽楽器の仕事をやめた保坂は、真面目に修理と弓の毛張りの仕事に精出し、もともとの腕の良さを買われ、修理職人としての名を高めていったのである。

いくつかの伝説が生まれたのは、この時期だ。

二枚の板を削り、削り目同士を合わせたら、接着剤なしでぴったりついて離れなかった。子供に飛び込まれて、微塵《みじん》に砕けたチェロの表板を膠《にかわ》で付けて、紐《ひも》をかけたら、元どおりにくっついてしまった。

実際のところ、裏側から削って板で補強したのだが、前と寸分変わらない音が出たのは、奇跡のようなことだった。

「致命傷を負った楽器は、保坂のところへ」という評判は、急速に広まっていった。そのまま行けば、称号なきマイスターとして、彼は、成瀬富士雄以上の地位に君臨し続けたはずだった。最後まで修理屋に徹することができれば、そして神野瑞恵を知ることさえなければ。

五、六年も前のことになる。

テレビを背にニスをブレンドしていた保坂は、思わず振り返った。

繊細でなつかしい、甘やかな音が耳を打った。まさか、と思った。しかしブラウン管の中にいたのは、金髪の大柄な女ではない。

プラチナ糸で織り上げた銀色のドレスに身を包み、大きく開いた胸元に数百の小粒ダイヤモンドを編み込んだチョーカーをきらめかせてヴィヴァルディの「春」を弾いていたのは、日本人だった。ヴィクトリア・ファーガソンとはまったく異質の、繊細で、滑らかで、危うい美しさに彩られた若い女だった。

しかし大衆的なそのヴァイオリンコンチェルトの冒頭を弾いたその歌い方こそ、二十五年もの間、一度として忘れたこともない、あの雅やかで、艶《つや》っぽく、装飾音を多用した、ファーガソンの演奏そのものだった。

次の瞬間、彼は再び夢を追っていた。六十七という自分の年齢を考えれば、最後のチャンスになるはずだった。

そしてそのチャンスは、まもなく来た……。

ただし彼が昔、楽器製作を手がけた頃とは事情が変わってしまっていた。

良い材料がないのだ。古く、十分に枯れた板が手に入らない。ジャンクとよばれるばらばらになったオールドも、すっかり使いはたされたようで、この頃にはもうどこにもなかった。

迷ったあげく彼が決意したのは、ヨーロッパ物の松や楓《かえで》以外のもので作る、ということだった。深みのある音さえ出せればいいのだ。弦の響きを十分に広げることができればいい……。深く、美しい音を響かせる木質で、十分に枯れていればいいのだ。

彼は四十年近くも前に、須弥壇《しゅみだん》を直しに回ったいくつかの寺を思い出していた。

突飛な考えが浮かんだ。突飛ながら、確信はあった。

身の回りのものだけ持って、初めに行ったのは、東北だった。福島を振り出しに、宮城、岩手を経て、下北半島まで行ったが、理想的な板には当たらなかった。

寺院というのは、たいてい古い。ヴァイオリンに仕立てたときの理想的な古さ、二百五十年を経た板が見つかるとすれば、現在の日本では寺社建築以外には考えられない。

しかし多くの寺は、建て替えられているか、そうでなければ、国の文化財に指定されていて、手を出せなかった。

もちろんはめ板をはずして売ってくれ、という彼の申し出に激怒する住職も少なくなかった。

その後、保坂は東北から一転して、紀伊半島に移った。

それをみつけたのは、板を求めて府中の自宅を出てから、二カ月ばかり経ったときだ。

熊野の山中にある小さな寺だった。

荒れ果てた本堂の中央に、金箔《きんぱく》の剝《は》げ落ちた大日如来《にょらい》が立っていた。そしてちょうどその真後ろの板壁に保坂の視線は釘《くぎ》づけになった。ほどよい細かさの柾目《まさめ》の真っすぐに通った板は、年月に磨かれ、独特の乾いた艶を放っていた。

柳だ、と保坂はとっさに思った。近寄り、木の目にそって指を滑らせた瞬間、彼の耳は、それで作った楽器の奏でる柔らかく、深い音のうねりを感じ取っていた。

もちろん住職が、首を縦に振るはずはない。

保坂は家に電話を入れて、娘に金を送らせた。さらにあちらこちら壊れた祭壇を直した後、保坂は、半ば強引に、はめ板を剝がした。

数ヵ月ぶりに自宅に戻った保坂は、憑《つ》かれたようにそれを楽器に仕立て上げはじめた。

白内障が進んだ目の視野は赤茶色にかすみ、陽が翳《かげ》ると何もかもがひどく不鮮明になる。それまでは、夕方以降は作業をやめたものだが、このときは強烈なライトを作業台に据え付け、深夜まで板を削り続けた。

無理をしたせいか、ものがさらに見えにくくなった。ものにつまずいて倒れることは、日常茶飯事だった。それでもなぜか、ヴァイオリンの板だけは見えた。ノミをふるう瞬間、その刃の食い込む板のあたりだけは、表面の細かなささくれまで鮮明に見えるのだ。

一年も、そんな暮らしが続いただろうか。弓の張り替えや修理の仕事を一切断ったせいで収入はなくなり、そんなことには頓着《とんちゃく》しない父に代わって、娘は別に所帯を持っている兄に金を借り、近所の工場にパートに出て生活を支えた。

ようやく楽器が仕上がったときには、保坂は歩くことさえおぼつかなくなっていた。しばらくの間、彼は放心したように、日がな一日、作業台の前に座ったまま、庭の木に来るひよどりを眺めて暮らした。

ほどなく、彼の元を瑞恵が訪れ、彼からその楽器を受け取っていったとき、保坂の試みは完遂したかに見えた。

しかしその結果が屈辱と失望という形で終わったとき、彼の心に住みついた鬼が、彼にさらにもう一度、今度は途方もなく無益な製作を強いたのである。


保坂の裁判は、一月ももうじき終わろうという日にあった。

傍聴人もなく、開廷から二時間ほどで終わり、その一週間後、業務上横領の罪で懲役一年六カ月、執行猶予三年という判決が言い渡された。

みぞれの降る中を、保坂は久しぶりに家に戻った。

帰ってきた父を娘は無言で迎えた。勾留《こうりゅう》中のことを尋ねるでもなく、非難するでもなく、ねぎらうでもなく、黙々と風呂《ふろ》を沸かし、夕飯を作った。

保坂は、ここ三カ月分の雑誌に目を通した。

偽ランドルフィ事件は、センセーショナルに報道されていた。しかし主役は、保坂善次郎でもなければ、マイヤー商会でもない。音楽界の腐敗の構造も、銘器と呼ばれる物の閉鎖的な流通システムも問題にされてはいなかった。

神野瑞恵という、最も華やかだったヴァイオリニストの転落の物語ばかりが、誌面を賑《にぎ》わせていた。

「墜《お》ちた偶像」「賄賂《わいろ》で買った⁉ 億ション、フェラーリ、毛皮のコート」「ガラス玉だった？ ダイヤモンドの神野瑞恵」

保坂は、重苦しい気分で、それらの記事を読んだ。

はずみだった。ここまでおとしめるつもりはなかった。

この先、瑞恵の演奏家としての生命が絶たれてしまうのではないか？

あのすばらしいコレルリが、スキャンダルとともに、葬り去られてしまうのか？

たとえいつか世間がこの事件を忘れることがあったにしても、こんな思いをした若い女が、音楽を捨てないという保障があろうか。いや、平然とヴァイオリンを弾き続けられるほうがおかしい。

取り調べにも、留置場の生活にも動じなかった保坂は、このとき、心底、自分のしたことの重大さを思い知らされ悄然《しょうぜん》とした。

瑞恵の犯した罪は、この世界では、だれでもやっていることだった。しかも報道によると、リベートはわずか一割。瑞恵ほどの演奏家にしては、少なすぎる額だ。こんな理由で、排除されるとしたら、音楽界全体の損失ではないか。

しばらく外国にでも行って、向こうでいくつか演奏会を開いて、戻ってくるつもりだろうか？　そうあってほしい。何年後でもいい。頼むからもう一度、あのコレルリを聴かせて欲しい。自分が生きている間に……。

保坂は祈った。

と、そのとき、電話がかかった。知り合いの音楽家からだった。

「おっと、保坂さん、出てきましたかね。いや、ちょいと、いたずらが過ぎたようですな」

帯金《おびがね》というこの男は、世間では古楽の研究家として知られているが、一方では古楽器の斡旋《あっせん》などに手を染め、そちらの方面で、相当の金を稼ぎ出している。

「いや、七十過ぎての留置場暮らしってのは、やはりこたえますわ」

保坂は苦笑した。

「もう一人のほうは、ひとまず出てきましたよ」

「はあ？」

「ダイヤモンドの神野瑞恵ですよ。裁判は、もうじきだって話ですがね。フェラーリでも売って、保釈金作ったのかな。まさかグァルネリじゃないでしょうから」

保坂にとっては、笑える冗談ではなかった。帯金は続けた。

「まあ、事故ですな。普通なら見逃されるのが、たまたま派手に売り出していたのが仇《あだ》になった。かわいこちゃん歌手の大麻みたいなもので」

「いや、追突事故です。あたしがぶつけちまったんだから」

絞り出すような声で、保坂は言った。

「それを言ったら、私なんか何度捕まっているかわかりませんよ。なにせ、わざわざおたくに、偽楽器の類《たぐい》を作らせたんですからな。はっきりランドルフィなんて、言っちまうから問題になるんで、私のように『なんだか知らないが、由緒正しい楽器らしい。ひょっとするとグァルネリかもしれない。もしそうなら、すごい買い得ですよ』って、こうやらなきゃいけませんよ」

「ところで」

保坂は尋ねた。

「神野さんの、今後の演奏会はどうなるんですかね？」

「ああ、事務所じゃ、慌てて前売りチケットの払い戻しをしとるね」

「やはり」

「舞台に立てばマスコミ関係者は喜ぶだろうが、市民感情ってものがあるからね」

「市民、ね」

苦々しい思いで保坂はつぶやく。自分たちの常識が通用しない世界がある。あらためて保坂は思い知らされた。世間は常に、スケープゴートを求めている。昨日まで美貌《びぼう》の天才ヴァイオリニストなどと持ち上げておいて、だれかが攻撃を始めると、一斉に石つぶてを投げつけ始める。

帯金は続けた。

「今後、彼女と契約を結ぶ事務所はないだろうね。いちばん動きが早かったのは、ロイヤルダイヤモンドだ。どこから情報を仕入れたのか、表沙汰《おもてざた》になる前に、さっさとキャラクターを替えたよ。テレビ見たかい？　一昨年のミス日本が、音大のピアノ科でね、それがダイヤの耳輪をぶらさげてショパン弾いてるさ。そりゃ腕のほうは、あちらの足元にも及ばない。神野瑞恵が一流半なら、彼女は三流半だ。しかし神野先生と違って、薹《とう》がたってないし、今のところは、クリーンだ」

保坂はため息をついた。

「それだけじゃない。神野瑞恵は、あっちこっちでホールの貸し出し拒否にあってるよ」

「それも市民感情ってやつかね」

「まあ、公営のホールには、貸し出し規定ってのがあるし、私営のところじゃ、イメージダウンが恐い。まあ、日本じゃ無理だな、しばらくの間。それにあのプライドの高い先生のことだから、田舎の公民館あたりじゃ弾くまいよ」

「あのまま弾かなくなっちまうんじゃないかと、それだけが心配だ」

帯金は、少し沈黙してから、ぼそりと答えた。

「足を折ったサラブレッドか……」

保坂は暗澹《あんたん》とした思いで、その言葉を聞いた。

「ところで、マイヤーのほうは、営業課長とそれから若いのが一人引っ張られているようだ」

帯金は言った。

「ああ、若いのというと、柄沢って色男か」

「そう、あの先生のところに出入りしていた……。なんでも、すべて自分の独断でやった、と言いとおしているそうだよ」

「ばかな」

保坂は吐き捨てるように言った。

「あんな若造が、一人で何ができる」

帯金は、電話の向こうで、乾いた笑い声を立てた。

「事が起きて、バカを見るのは、いつもペーペーだけだね。リクルートみたいに役員が挙げられるなんてのは、万に一つさ」

「警察で全部ぶちまけちまえば、よさそうなものだが、どうも勤め人の感覚ってのは、あたしらにはわからんね」

保坂はため息をついた。

「社員のしつけが行き届いているおかげで、マイヤーは安泰ってわけだ。もっともどうせ執行猶予つきだろうから、口を割らなきゃ、後のめんどうはマイヤーが見るんだろう」

「飼い殺しってところか」

帯金はかすかに笑った。

受話器を置くと同時に、再びベルが鳴った。

今度は、織田島だ。

保坂は、気まずい思いで、「どうも、このたびは」と言いかけた。

「いや」

織田島は遮った。

「贈賄なんていうのは、駐車違反と同じで、確率の問題ですからね。先生を抱き込まないことには、この商売はできません。挙げられるときは挙げられる。何年に一度かは仕方ないことです」

平然とそう言った後、鋭い口調でつけ加えた。

「しかし、今後は、ああいう手の込んだいたずらはやめてもらいますよ」

「はいはい、わかってますよ」

「と、いうわけで、一つやってほしい仕事があるんですがね」

「仕事？」

保坂は唖然《あぜん》とした。あんな事件を起こした本人に、仕事とは？

「なんだって、あたしなんかに……」

「他にできる人が、どこにいるっていうんですか？　とにかく急ぎでお願いします。めんどうな修理です」

織田島は抑揚のない口調で続ける。

「今、来日しているコントラバス奏者のカーソンの楽器が、調子悪くなりましてね、あさってのコンサートに間に合うよう直してほしいんですよ」

「申し訳ないんですが、あたしはもう……。成瀬さんあたりに頼んだらどうです」

「成瀬さん？　彼はだめですよ。ちょっと天狗《てんぐ》になってってね、腕がついていってない。コントラバスのような大型楽器は直せません。その上、カーソンの気難しさときたら有名ですから。うちの店の信用にかかわるんです」

被害届けを出した相手に平然と仕事を依頼してくるその神経に呆《あき》れながら保坂は、なお断る。

「悪いんですが、あたしはもう」

「保坂さん」

織田島は、遮った。

「うちは、普通の企業とは違います。償いはしてもらいましょう。只とは言いませんよ、工賃はちゃんと払います。今日中に、そちらに楽器が届きますから、すぐかかってください。とにかく急いでいるんですから」

なんということだ、とため息をつきながら、保坂は電話を切った。

あの程度の横領事件は、普通なら警察沙汰にはならない。こんなことは保坂も承知している。彼がマイヤーに本物を返し、いくばくかの賠償金を払えば済むことだった。保坂が刑事法廷に立つことになったのは、偽楽器の一件がマスコミに取り上げられ、付随して贈収賄事件が起きたからだ。

こうしてみると、マイヤーと自分との関係が、ふっつり切れてしまわないのは当然であると納得がいく。マイヤーは、横領事件の被害者であると同時に贈賄事件の被告人であった。

何が罪で、何が罪でないのか、だれがそれを贖《あがな》うのか。そんなことは問題にされない。あるのは利害関係だけだ。

二日後の夕方のことだった。

朝から娘は出かけており、保坂がぼんやりと仕事部屋に座っていると、表で車の止まる音がした。何気なく覗《のぞ》くと、白いフェラーリが停まっている。ドアがゆっくり開き、シルバーグレーのニットスーツの胸にピンクパールのネックレスを垂らした瑞恵が降りてくるところだった。

冬枯れの景色が、彼女の回りだけ、切り取られたように鮮やかだった。

いったい何をしに来たものか、保坂はとまどいながら瑞恵を玄関に迎えた。

「このたびは、えらい迷惑をおかけしました」

保坂は深々と頭を下げた。

「で、お裁きは、もう出たんですか？」

瑞恵は、首を振った。

「明後日の午後一時です」

「いいんですか、こんなところに来ていて？」

「何も隠しだてすることはありません」

低い声で、瑞恵は答えた。

普段よりいくらか化粧が濃い。先程車から降りてきたときの、華やかな感じは、この化粧のせいらしい。しかし薄くピンクを滲《にじ》ませた頰にかかる髪に数本の白髪が交じっているのを発見し、保坂は衝撃を受けた。

「きょうは、いったいどうなすったんですか？」

おそるおそる尋ねると瑞恵は目を上げて、保坂をみつめた。瑞恵がいくらか外斜視気味であることに、保坂は初めて気付いた。わずかに焦点のずれる視線は、ぞくりとするほど扇情的だ。

瑞恵はゆっくりと口を開いた。

「あの楽器を見せて下さい」

保坂はしばらく意味がわからなかった。少し考えてから、自信がないまま彼は問いなおした。

「あの楽器って、あの柳で作ったやつのことですか？」

瑞恵はうなずいた。

保坂は当惑したまま、押し入れの手前に吊《つ》るした二、三本の楽器を横に押しやる。奥にしまってあるケースを取り出し、蓋《ふた》を開けた。

琥珀《こはく》色に輝くニスの下で、木の性が息づいていた。

保坂はネックを握って取り出し、瑞恵に渡す。

瑞恵は、受け取ると、両手に抱えてしばらくの間それに視線を落としていた。そして、不意に目を上げると言った。

「お譲りいただけますか？」

「これを？」

保坂は、目をしばたたかせた。

「譲って下さいますね」

瑞恵の声は低いが、有無を言わせぬ響きがあった。

保坂は驚きと、戸惑いで、しばらく返事ができなかった。

「どうぞ……」

保坂は、しばらくしてようやくそれだけ言った。瑞恵がどういうつもりなのか、考えをめぐらせる余裕はない。

「音色からして二千万、確かそうおっしゃいましたね」

間を置かず、瑞恵は言った。

「いえ、それは……」

保坂はかぶりを振った。

「さしあげますよ。あなたに。これはあなたに弾いてもらうために、作ったものなのです。

存分に弾いて下さい。こんなことで、あたしのやったことが、贖えるとは思っちゃいませんが。身辺が落ち着いたら、あのすばらしいコレルリをもう一度、聴かせて下さい」

瑞恵はヴァイオリンを膝《ひざ》に載せたまま、無言で駒のあたりをみつめていた。

真剣な眼差《まなざ》しに、何か決意めいたものが感じられた。保坂は唾《つば》を飲み込んだ。それから躊躇《ちゅうちょ》しながら、つけ加えた。

「ただし……、ただしなんですが、先生、お願いですから、それでベートーヴェンなんか弾かないで下さいよ。派手で劇的な効果は出ませんから。楽器にも性格はあるんです。わかって下さいよ。あたしはね、神野先生の音楽性にぴったりの性格をこの楽器に持たせたんですよ」

そのとたん、瑞恵は背筋を伸ばして、保坂を正面から見据えた。

「楽器の特性や、品格を引き出すのは、弾き手のほうです」

昂然《こうぜん》としてそう言うと、瑞恵は楽器をケースに収めて小脇に抱えた。そして呆気《あっけ》に取られている保坂を残して、老朽化した都営住宅を出ていった。

Ⅵ　挽歌

「被告人、前へ」

判事の声に促され、瑞恵は立ち上がって陳述台の前に立つ。なるべくみすぼらしい恰好《かっこう》で、化粧もしないほうが、裁判官の心証が良いと拘置所の係官に教えられたにもかかわらず、瑞恵は、髪こそひっつめてはいたが、暗赤色の口紅を引いていた。

傍聴席の数は、三十あまりだろう。マスコミ関係者が詰めかけている。

被告人席にいる柄沢のうつむいた姿が、視野の端に入った。この日、贈賄と収賄の二つの事件は併合して審理された。

贈った側の二人、柄沢と金の直接の出所である営業部の課長、それを受け取った瑞恵は、被告人席に揃って座ることになった。

「神野被告」

はっとして、裁判官の顔を見る。

「名前はなんと言いますか」

「神野瑞恵です」

　傍聴席のかすかなざわめきが伝わってきた。つい数ヵ月前まで、クラシック界きっての名花といわれていた女性ヴァイオリニストが、刑事法廷に被告人として立っている。人定質問に瑞恵が答えたこのとき、見ている者はあらためて奇妙な感慨と違和感を抱いたようだった。

「本籍は？」と尋ねられ、瑞恵は、生まれ育った公務員住宅でも、母と暮らした用賀でも、ましてや石橋に提供された文京区のマンションでもない所、母の実家である神戸の地番を言った。

　淀《よど》みなく答えながら、ここに至るまでのことを思い返していた。

　十日余りにわたる取り調べは、消耗するものだった。椅子を蹴倒《けたお》す、罵声《ばせい》を浴びせるといった、噂に聞いた密室の蛮行は、幸い経験しないで済んだ。しかし一日わずか二、三十分の弁護人との接見に比べ、検察側の取り調べは、ゆうに九時間を超していた。

　それに耐えられたのは、一見、繊細でひ弱に見える瑞恵が、実は演奏家として、激しい緊張にさらされることや、長時間の練習に耐える体力をつちかっていたからかもしれない。

　しかし何よりも彼女を打ちのめしたのは、取り調べに当たった警察官の言葉だ。

「あなたは、再三にわたって、柄沢に賄賂《わいろ》を要求していますね」

　事務的に、昨夜の食事内容を尋ねるよりもさりげなく、彼は訊《き》いた。

　瑞恵は、驚いて目を上げた。

「私から、要求したことなど、ありません」

体を震わせて叫んでいた。

「柄沢は、何度もおたくに足を運んでいる。あなたはそのたびに断り、手数料をつり上げようとしていた」

「違います」

瑞恵は、かぶりを振った。そんなはずはない。瑞恵は何度も柄沢の持ってきた楽器を返している。しかしそれは、彼女の意に添う楽器でなかったからだ。すなわち彼女の生徒に紹介するにふさわしい楽器とは判断できなかったからだ。しかしあの白い封筒は、確実に受け取っている。その事実を思い起こすと、自分の弁解の無意味さが思いやられた。

言葉遣いと物腰の異様なくらい丁寧な若い警察官は、ちらりと笑みを浮かべた。一瞬、彼女を覗《のぞ》き込んだ警察官の知性的な瞳《ひとみ》とその笑みに、瑞恵は、なんとなく、背筋の冷たくなるものを感じた。

「柄沢は、ちゃんとそう証言しているんですがね」

「嘘です」

瑞恵は、遮るように言った。

言いながら、体を浮かせた。いくらなんでも、柄沢がそんなことを証言するはずがない。

もしや、と思うのは、苦しかった。

と、そのとき下腹部から流れ出て、下着の中にとどまっていた生温かいものが溢《あふ》れて、内腿《うちまた》を伝い下りるのを感じた。たまたま逮捕の翌日から生理が始まり、手洗いに行くことを許されぬまま、経血が、下着を汚していたのだ。

不信感と屈辱感に、瑞恵は震えが止まらなかった。


検察官による冒頭陳述が始まっている。

瑞恵は、事実経過が読み上げられていくのを聞いていた。意外なほど穏やかで事務的なものだった。

瑞恵と柄沢、保坂、それぞれの間にあった、自尊心と野心と憎しみ、そして愛情といったものを完全に漉《こ》し去った後の事件の実体そのものは、あっけないほど単純だ。

瑞恵は隣に立っている柄沢の呼吸を感じていた。法廷に入ってきたときから、瑞恵と視線を合わせないように顔を背けている。

あれは、本当なのだろうか？

瑞恵は拘置所で、弁護人と接見したときのことを思い出していた。

「あなたは、何度も柄沢の持ってきたヴァイオリンを断ってますよね」

白川の紹介してきた弁護士は、書類を見ながら確認した。

「はい」

「それは、賄賂の額をつり上げるという意図だったんですか？」

取り調べに当たった警察官と同じことを彼は、尋ねた。

「つまり、あなたの受け取る手数料が、大きくなるように単価の高い楽器を紹介するように要求したという内容のことがここに書かれているわけです」

彼が手にしているのは、柄沢の供述調書の写しだった。

「すみません。それ、読んでいただけます？」

瑞恵はとっさに言った。信じられない思いだった。

「長いですから、必要だと思われるところだけ読み上げますが、いいですね」

うなずくと、彼は早口で読み始めた。プラスティックの通話孔から聞こえてくる低い声に耳を傾けているうちに、瑞恵の全身から血の気が引いていった。

「平成元年の十月の終わり頃、神野先生からヴァイオリンを世話して欲しいと言われました。たしか五、六百万で、オールドヴァイオリンをということでした。

ヴァイオリンは『弟子』に世話するものだと先生は言われました。大学で教えている学生さんとは、伺っておりませんでした。それでこちらから見つくろって持っていく約束をしました。

先生からの話のあった翌日、たしか十月の三十日頃、ザクセンの無名の楽器をお持ちして、二百万でどうかと申しましたところ、先生はもっと高いものがいいと言われました。そのとき私は通常楽器の値段の一割の手数料を差し上げていたので、このときは、二十万円にしかならないのに気づいて『手数料を三十万円払うがどうですか』ともちかけましたが、先生は、安物はいらないの一点ばりでした。

十一月二十日の日に、二台目の楽器を先生の自宅に持っていきました。ルネ・ムイエールといって、三百万くらいのものです。そのときも、断られました。理由は前と同じです。手数料は、四十万で、弓も付けますと申し上げましたところ、先生は『実は宝石や車などが欲しいが、現金がなくて困っている。自分の性格から言って借金はしたくないのだ』と言われました。暗に、これだけの手数料では足りないと言っているのだと思い、私は、これは、楽器そのものの単価を上げる他はない、と判断しました。

翌年の六月の初めに、私が買い付けてきた楽器を職人の保坂善次郎に調整してもらい、それがすり替えられていたとは、知らないまま、先生のところに持っていきました。

それを六百万でお売りするということで、先生のほうも納得され、楽器を先生の自宅に置いて帰りました。そのときは手数料の話はしませんでした。

マイヤーの口座に郷田さんから代金が振り込まれたのが、その一カ月くらい後だと思います。それと前後して、カードが送られてきて、初めて先方が、神野先生の個人的な弟子ではなく、先生が講師をしている大学の学生だと知りました。

しかし今までの慣例からいっても、ここで手数料を払わないというわけにはいかないと考え、営業課長の桜田三郎《さくらださぶろう》と相談し、八月一日の午後八時頃、先生の自宅に行って、六十万円を封筒に入れてお渡ししました。

私としては、そのつもりはなかったのですが、業者の立場は弱いものです。金が必要だとほのめかされれば、断れません。それに私は直接の営業担当ではなかったのですが、何とか社内での成績を伸ばしたく、このようなことをしてしまいました。今後絶対にこのようなことはいたしませんのでどうか寛大にお願いいたします」

瑞恵は、茫然《ぼうぜん》としていた。取り調べのときの刑事の言葉は本当だった。

「あなたは、自分から手数料をよこせ、と言ったわけですか？」

弁護士は尋ねた。

瑞恵は、黙っていた。何と答えていいのかわからなかった。

「重要な点なんです。わかってますか。裁判官の心証に関わってきますから」

「ええ」

「ええ、というのは？」

「言っていません。ただ……」

「ただ？」

「当然のようにもらいました」

「もらったという結果ではなく、あなたが要求したか、暗にほのめかしたのか、それともいわゆる、あ、うんの呼吸か、ということなんです」

瑞恵は、目の前の男のすっきりと広い額をみつめた。まだ若い弁護士だった。一見穏やかな口調だが、射るような眼差《まなざ》しには、並みはずれた負けん気の強さがうかがわれた。

もし、自分が違うと答えたら、この点をめぐって、柄沢側と徹底して争うのだろう。

平成二年八月一日、午後八時頃、先生の自宅で、六十万を……。

首筋のあたりを冷たい手で撫《な》でられたような気がする。

あの夜起きたことが、あざやかに思い出された。

遅れてやってきた恋が成就したと信じたあのとき、犯罪が成立していた。あの時間が、密《ひそ》やかな二人だけの思い出を紡いだはずのあの夜が、今、こんな形で公にされようとしている。

この上、泥仕合をしろ、というのか……。

「そこにあるとおりです」

瑞恵は言った。これ以上失うものなど何もない。

弁護士は鋭く両の眉《まゆ》を上げた。

「ちゃんと答えて下さい」

厳しい口調だった。取り調べをした警察官より、調書をとった検事より、厳しい言い方だった。

ふと、不思議なことに気づいた。柄沢は、金を持ってきた時点では、それが賄賂《わいろ》に当たるなどということを知らなかったはずだ。それをわざわざ知っていて渡したと言っている。知らなかったと言いとおして、自分だけが無傷でいることを故意に避けたのだろうか？

しかし淑美はマイヤーに顧客カードを郵送しているのだ。柄沢は知らなくても、マイヤーは知っていた。

瑞恵は、少し前の自分の甘い考えを打ち消した。柄沢があえて知っていたと供述したのは、彼女のためではない。柄沢はマイヤーの社員なのだ。事件もみ消しのために帳簿操作をしたことの負い目もあったのだろう。責任を被ったのだ。事が起これば、最前線の兵士が弾を受ける。瑞恵は、不意に悲しくなった。

そのとき部屋のドアがノックされた。接見の時間が過ぎたのだ。弁護士はちらりと時計を見てドアのそばに行くと、二言、三言、言い争っていたが、すぐに戻ってきて瑞恵に向かって言った。

「あなたに聞いたことは、絶対他人には洩《も》らしません。私は、そういう立場の者なのです。真実を話して下さい」

瑞恵は黙っていた。

再び今度は今よりも激しくドアがノックされた。

「後で柄沢に脅されることを心配しているんですか」

「いえ、そこに書いてあるとおりですので」

瑞恵はそう答えた。

起訴事実を贈賄側と収賄側の双方が全面的に認めて、審理はスムーズに進んでいった。

「業者の立場というのは弱いものです。度重なる要求に屈するという形で、心ならずもこのようなことになりました……」

マイヤーの営業課長が、陳述台の前に立っている。訴えかけるような口調だ。

少し頭の薄くなりかけた小男だった。課長の年の頃は、織田島部長よりはるかに上のようだ。何かあったときに切り捨てられる名ばかりの管理職であることなど、瑞恵は知らない。

度重なる要求？　だれが、どこでしたのだろう、と瑞恵はぼんやり考えていた。もう憤りさえ感じない。とにかく早くかたをつけて、マイヤーと縁を切りたい、とそれだけ思った。

短いやりとりがあって、やがて柄沢が立ち上がると、陳述台の前に立った。その横顔を瑞恵は、このとき初めて凝視した。ほとんど目蓋《まぶた》を閉じ、ほとんど意識を失っているような生気に乏しい顔だった。

柄沢側の弁護人による被告人質問が始まろうとしている。

「問題の偽ランドルフィを神野に渡すまでの経緯は、供述調書のとおりで間違いないですか？」

沈黙があった

瑞恵は、息をつめた。

柄沢の表情は凍りついたように見えた。そうしていたのは、せいぜい数十秒であったが、限りなく長く感じた。

「はい」

彼は答えた。低い声だった。瑞恵の隣にいたマイヤーの営業課長が、かすかにうなずいて、吐息をもらした。

「最初に持っていった楽器について、神野に断られていますが、そのときは具体的には、君にどう言ったのかね？」

「もっと高い楽器を持ってくるように、と言われました」

瑞恵は、両手を握りしめた。事実だった。確かに自分は、そう答えた。

「手数料として一割渡すというのは、どちらが決めたことですか」

柄沢は、ちょっと考えこんでいた。

「なんとなく……前から、そんなことになっていました。ただ、一割というのは必ずしも高いというわけではなく」

「訊かれたことにだけ答えればいいです」

いかにも老練な感じのする弁護人は、柔らかく遮る。

「つまり楽器の金額の一割を手数料として渡すという暗黙の了解があったということですね」

「はい」

「それで二回目に持っていったときにも、断られていますが、そのときにはなんと言われましたか」

「もっと高いものを、と言われました」

「あなたは、四十万の手数料の他、弓をつけると言ってますね」

「はい」

「弓の値段はどのくらいですか？」

「定価で十万です」

「それに対してはなんと神野は答えましたか？」

「弓は……」

柄沢は言い淀んだ。

「安物の弓などいらないと、おっしゃられて。それよりもっと単価の高い楽器を世話しろと言われました」

瑞恵は唖然《あぜん》として、柄沢の横顔を見る。血の気の失った頬が、怯《おび》えたようにぴくりと動いた。

このときまで、心のどこかで、柄沢の口からあの陳述を翻す言葉を聞けることを期待していた。

不思議と柄沢への憎しみはない。

一時にせよこんな男を愛した自分が滑稽《こっけい》だった。

検察側の論告求刑の後、双方の弁護人による弁論があった。最後に被告人三人は並んで陳述台の前に立つ。少し前なら想像だにしなかった奇妙な光景だ。

最後に述べておきたいことはないか、という裁判官の問いに瑞恵は顔を上げたまま、

「ありません」と低いが、はっきりした声で答えた。

判決の言い渡しがあったのはそれから二週間後のことだった。

「被告人神野瑞恵を懲役一年に処する。ただし本裁判確定の日から三年間、右刑の執行を猶予する」という裁判官の言葉を彼女は身じろぎもせずに聞いた。

マイヤー側の二人にも執行猶予がついた。


裁判所の階段を降りかけた瑞恵を狙って、いくつものフラッシュがたかれた。

瑞恵はうつむくこともせずに、無言で車に乗りこむ。

その間際、人垣のむこうに、柄沢の顔を見た。

車のドアに手をかけたまま、瑞恵はそちらの方を凝視した。

メモやカメラを持って、彼女を取り巻いた人々、彼らの輪から遠く離れて、柄沢朗《あきら》は立っていた。

ずいぶん背の高い男だったのだ、と瑞恵はぼんやりと思った。人垣から頭一つ飛び出させて、憔悴《しょうすい》した顔をこちらに向けている。

前髪が二すじ、形の良い蒼白《そうはく》の額にかかり、頬がこけてうっすらと影ができている。ひどく真剣な眼差《まなざ》しで、何か言いたげに唇を動かした。

無理やり行なった接待でさえ、挙げられたときには「再三の欲求に屈した形で、しかたなく」と答えるのが、企業側のごく普通の対応であること、そして捕まったときのために、供述のシナリオをマイヤー側で用意してあることなど、瑞恵は知る由もない。

組織人である以上、そのとおり答えるのが彼らの論理であり、しかも上司も同時に逮捕されたとなれば、そう言わざるを得ない柄沢の立場など、瑞恵に理解できるはずもない。

それでも、その瞬間、瑞恵は柄沢の目の中に彼の懊悩《おうのう》を見て取った。

厳しい取り調べに対して、一言も織田島部長の名を上げず、金の出所について口をつぐんだ男のついた嘘が何であったのか、漠然と理解された。

瑞恵は、目だけでかすかに笑った。

一瞬、柄沢は悲痛な眼差しを向け、次に、泣き出しそうに頬を歪《ゆが》めた。

そのとき、瑞恵の正面でフラッシュが光った。眩《まぶ》しさに目を閉じて、再び顔を上げたときには柄沢の姿は、見えなくなっていた。


その日の夕方、部屋に戻って、瑞恵は楽譜を段ボール箱に詰めていた。

引っ越しの日程は、二日後だ。とは言っても、持っていくものは、あまりない。

家具も調度品もほとんど石橋に買ってもらったものだった。宝石類の数点は保釈金を作るために売ってしまったが、残りは置いていくつもりだ。ドレスも、置いていく。

あれ以来、石橋と直接会ったことはない。

「心意気と才能に惚《ほ》れた」と石橋は、いつか言った。「底無し沼にはまるようなものだ」とも。なんと石橋らしい言葉の選び方だろう。彼は底無し沼にはまる気など、もとよりなかった。

サイドボードの上の、マイセンの皿に目をやる。

一流の趣味を持つ一流の男、石橋俊介が、実は貴宝堂の販売員からのし上がってきた、ということを社長の側近の一人から聞いたのは、ごく最近のことだ。

成り上がった男は、仕事のかたわら、仕舞から茶道まで、様々な高級な趣味を身につけていったという。そして自分は、まさにその高級な趣味の一つにすぎなかった。

しかしこうなってみると、いっそさばさばした感じさえする。石橋の存在の大きさを思い出したとき、もしもそこに真摯《しんし》な愛情というものがあったとしたら、音楽をめぐる彼女の人生の選択に、さらに影を投げかけていたに違いない。

これでよかったのだ、と瑞恵は思った。

段ボールの蓋を閉めガムテープで止めると、一息ついてかたわらのかごから、みかんを取って、皮をむいた。芳《かぐわ》しい香気が立ち上る。

ふと郷田淑美のことを思い出した。

勾留《こうりゅう》中に一度淑美が面会にやってきた。

婦人警察官の立合いのもとに、プラスティックの窓ごしに向かい合ったのは、わずか数十秒だった。寒さに鼻と頰を真っ赤にして、ずり落ちた眼鏡を手の甲で押し上げながら、淑美は透明な窓を吐息で白く濁らせた。

「こんなことになるなんて、思わなかったんです。伊藤先生に相談したら、まず神野先生に見せて、よく話し合って、それでも納得がいかなければ、取りかえてもらいなさいって言われたのに」

「伊藤さんが？」

そのとき婦人警察官が淑美に近づいてきて、制止した。淑美は無視して早口でまくしたてる。

「もしもとりあってくれないなら、私から神野先生に言ってあげるから、楽器を貸しなさい、と言われたのに、私、そのまま故郷に帰ってしまったんです。六百万も使ったのが、ああいう結果になって、父にヴァイオリンを見せて謝ったんです。でもまさか、こんなことになるなんて。伊藤先生から聞きました。先生が、私のことに一生懸命になってくれたってことやいいヴァイオリンをみつけるのがすごく大変だってことも。神野先生はお金を目当てに斡旋《あっせん》するような人じゃないって。ただ、音楽家の世界ってヘンだから、先生は世の中のことを知らないだけなんだって。私、何も知らないで」

婦人警官が、淑美の腕を摑《つか》む。事件に関係した話は許されていないのだ。

「言わせて下さい」と言いながら、淑美はプラスティックの仕切りから引き剝《は》がされる。手にした茶色の包みから、みかんがいくつも転がり落ちた。留置場では、食物は指定した店からしか差し入れることができない。知らないで、瑞恵に持ってきたものらしかった。

引きずられるように面会室から連れ出される淑美に向かって、瑞恵は叫んだ。

「気にしないで。あなたは何も間違ってないわ。それより帰って弾きなさい。自分の力を信じるのよ。努力して。こんなのは小さな回り道よ。ちゃんと学校に戻って。伊藤先生についていきなさい」

刑務官がかけ寄ってきて、制止する。かまわず続けた。

「来てくれてありがとう。みかんは、刑務所に行ってからいただくわ」

あのときは、本当に実刑を受けると思っていた。

何はともあれ、この場所でみかんを食べられるだけ良かったと、微笑んだ後で、今までになく楽観的になっている自分に驚く。

楽譜の一冊を手にしたとき、電話のベルが鳴った。

「はい、神野です」

何も聞こえない。首を傾げて、受話器を置いた。あの日以来頻繁にかかってくるいやがらせの電話だろう、と瑞恵は思った。

再びベルが鳴る。

やはり何も言わない。瑞恵は受話器を置かず、そのまま、じっと耳に押し当てていた。

電話線を伝って来る重苦しい気配が、感じ取れた。

かすかな吐息が耳を打った。あるいは気のせいだったかもしれない。しかしその風のそよぎのような音は、たとえようもないほどの哀切な響きをもって、彼女の心にしみ込んできた。

つぎの瞬間、電話の向こうでチャイムが小さく鳴った。人の声が聞こえた。しかしそれが電話の主の声ではなく、スピーカーを通したアナウンスらしいことを、瑞恵は瞬時に聞き分けることができた。

なんだろうと、耳をそばだてた。

「……番線に下り……通過……」

切れ切れにこんな言葉が聞き取れた。そしてその直後、電話は切れた。

受話器を置くと同時に、瑞恵は漠然とした不安に捕らえられた。何かおかしい。

いったいだれなのだろう。受話器から流れてきた気配には、どこか近しいものがあった。

思いすごしだろうか？

不可解な電話の印象を払い去るように、瑞恵はせっせと荷物の梱包《こんぽう》を始めた。

そのとき玄関のドアがノックされた。

速達が来た。差出人は、「武蔵野ふれあい音楽会」となっている。

心当たりはない。首を傾げながら開いてみると、なんとコンサートの企画書だった。

マスコミの話題作りに違いない、と眉《まゆ》をひそめる。捨てようとして手をとめた。責任者欄が、「伊藤孝子」となっていたのだ。

どういうつもりか、といぶかしい思いで、数枚の書類をめくっていると、一枚のメモが落ちた。写譜用の万年筆で、「扉を開くのはあなた自身」と書いてあった。

弾け、ということだ。

涙が滲《にじ》んできそうだった。

メモの文字に向かって瑞恵は大きくうなずき、メモをポケットに入れた。

ここから持っていくものをあらかた段ボールに詰め終えて、瑞恵はサイドボードに目をやった。

石橋から贈られた高価な品々が、そのまま置いてある。

その中に、柄沢の持ってきたヴィオラ・ダモーレのあることに気づいた。取り上げて指先で弦をはじく。澄んだ音がこぼれた。少し迷った後、楽譜を入れた段ボールのいちばん上にそっと載せた。


新聞の社会面に小さな記事を発見したのは、翌日のことだった。

「偽ヴァイオリン事件 マイヤー社員自殺」とあった。

見出しと、不鮮明な顔写真を確認したのは、同時だった。

眩しげに少し顔をしかめて、柄沢は、カメラの方を見ていた。しっかり引き結んだ唇は、いったんこうと言い出したら引かないような一徹さを感じさせ、彼が瑞恵に見せたのと、また別の顔を持っていたことをうかがわせた。

瑞恵は昨日の電話が何であったのかを瞬時に理解した。

東京から約三百キロほども離れた飯田線の小さな駅で、彼は下り快速みすずに飛び込んだのだ。その日の昼すぎに東京を出て、故郷の伊那谷を目の前にして、とうとう帰り着くこともなく。

あの電話に入ったアナウンスとチャイムの音が、駅のものだったということを知り瑞恵は愕然《がくぜん》とした。

死の間際に何か言おうとしながら、言葉が出ず、じっと受話器を握りしめている柄沢の姿が瞼《まぶた》に浮かぶ。

あの電話で彼は何を言おうとしたのか？

許しを請おうとしたのか、それとも最後に、一本の回線から、ぬくもりを求めたのか？

心の傷口が大きく開き、血が溢《あふ》れ出していく。涙さえ出なかった。悲しみよりは、疼痛《とうつう》に近いものが心を貫く。

贈賄という罪が、瑞恵の犯した収賄罪よりもはるかに軽いということを彼女は、当事者になって初めて知った。同じ執行猶予とはいっても、彼のほうが軽かったはずだというのに。

何が言いたかったの？

瑞恵は呼びかける。

絶望？　悔恨？

何も答えてはくれない。

彼女は、新聞に両手をついたまま、きつく目を閉じた。

闇があるだけだ。

果てしない闇。これが彼の最後に見たものなのだろうか……。

半時間経った頃、瑞恵はのろのろとヴァイオリンを取り出した。グァルネリではなく、保坂の作ったもののほうだ。

瑞恵は軽く息を吸い込んでから、フォーレのソナタを弾いた。

ピアノパートを失った不完全なソナタほど、柄沢へのレクイエムとしてふさわしいものはない。

瑞恵は目を閉じた。柄沢の弾く、タイプライターのような、拙《つたな》いがひたむきなピアノの音色をはっきりと感じ取ることができた。

あまりにも短すぎた、恋をする者同士の濃密な時間が、よみがえってくる。

そのとき手の中の楽器がこれまでにない音で鳴っているのに気づいた。

悲痛でありながら、劇的な音だった。

この楽器は、弾くものの胸の哀《かな》しみを吸い取ったとき歌い始めるのだろうか。

柄沢が弾かせているような気がした。ごく短い愛の時間の合間に、柄沢は、何度か、ステージを降りようとする彼女を押し止めた。一歩引いて、おそろしく冷静な調子で、制した。

あるいは「逃げ」であったかもしれない。しかし同時に、彼の真実でもあった。やはり愛してくれたのだ。一人の音楽家としての自分を。

フォーレの一楽章を終えたとき、瑞恵は無意識に、クロイツェルを弾き始めていた。冒頭の和音を弾きかけたとき、いきなり、いままで聞いたこともない音が溢れた。

叩《たた》きつけるようなダブルが、鋭いリズムを刻んだ。

瑞恵は自分の出した音に驚き、一瞬弓を止めたが、すぐに先を続けた。

楽器は、肉声に近い、重く猛々《たけだけ》しい音で鳴っていた。封じこめられていた魔が、今、解き放たれたように。

それは、保坂の気迫であり執念のようでもあり、典雅で透明な音色とははるかにかけ離れた音だった。

なにか得体のしれないものが金茶色のボディから躍り出て、あたりの空気を震わせた。

彼女を長い間押さえつけ、閉じこめていた何物かが弓を持つ手からぬけて去っていく。

瑞恵は弾いた。柄沢へのレクイエムを彼女自身の肉声に限りなく近い音で。力強く……。

Ⅶ　修羅の調べ

新宿を朝七時半に発車した下りあずさ号は、ゆっくりと高円寺付近を通過している。保坂は座席に身をもたせかけて、目を閉じる。

柄沢の死を報じた小さな記事をやりきれない思いで読んだのは、前日のことだった。予想外の結末に言葉もない。

マイヤーのやり口の非情さも、それにつぶされた柄沢の無念さも、今の保坂には身にしみてわかっていた。

柄沢が、マイヤーから地方の下請け会社に出向を命じられたものの、そこは休眠会社であって事実上解雇されていたこと。一緒に逮捕された課長も同じ処分をされていたこと、そして刑事裁判の被告人になったために、妹の婚約が破棄されていたことを彼は、昨日、帯金から聞いた。

それにしても情けないことをしたものではないか、と唇を嚙《か》みしめる。若い柄沢なら、いくらでもやりなおしがきくはずだっただろうに。

しかし、なんと理屈をつけようと、一人の青年の将来を自分が奪ってしまったことは事実なのだ。そう思うほどに、未だに一人で生き永らえていることに、負い目を感じる。

柄沢の故郷の伊那谷には、昼にはつくはずだ。霊前に線香をたむけるつもりだった。からりと晴れ上がった東京を出発した特急列車は、上諏訪《すわ》を過ぎたあたりで、大幅に遅れ始めた。例年にない吹雪に見舞われたのだ。

岡谷の駅で飯田線に乗り換えようと下車したものの、ダイヤは乱れ、接続するはずの快速みすずは来ない。

待合室で二時間近く待って、ようやく天竜峡行きの普通列車に乗りこんだときには、体は芯《しん》まで冷えていた。

時計を見ると、告別式がとうに終わる時刻だ。雪が窓ガラスに音を立ててぶつかり、鉛色の薄闇があたりに広がる中を、列車はのろのろと走った。

保坂は、柄沢の実家のある駅の二つ手前で降りた。

伊那田島という小さな駅だった。柄沢が最後の電話をかけ、その数分後に、上り快速みすずに飛び込んだ所であった。

列車を降りると、吹きつける雪の粒で顔が痛んだ。冷たい空気で、肺まで凍りつきそうだ。背中がずきり、と痛んだ。

降り積もった雪に足を取られながら、保坂はホームの端まできた。

アタッシェケースを片手に提げ、うなだれて立っている柄沢の姿が、分厚い雪のスクリーンの向こうに一瞬浮かんで、消えた。

　そうか……。

　保坂はうなずいて、合掌した。

　裏に化繊の毛を張った安物のジャンパーを通して、痛いほどの寒気が体を包んだ。ホームの端の待合室に入って戸を閉める。中には、だれもいなかった。

　上りの列車はいつ来るかわからない。灰色の空は、ゆっくり明度を落としていった。夕暮れが近いらしい。幾度か、尿意を覚え待合室の外に出た後、小刻みな震えがきた。

　案外、ここいらで自分の命も尽きるのかもしれない、と感じた。

　ほっと安らぐ思いだった。

　ホームに上り列車が滑りこんできたとき、保坂の全身は、今度は火に当たったように、ほてっていた。喉《のど》が渇いて、白内障で赤茶色に濁った視野は、さらに暗くかすんでいた。

　だから、ふらふらと乗りこんだ列車で、声をかけられたときにも、とっさにその人物がだれか、わからなかった。

「しかし、とんでもない所ですな」

　織田島は、そう言いながら、向かいの座席の荷物をどかし、保坂のために席を空けた。

「坊さんの読経を聞いている間に凍死するんじゃないかと思いましたよ」

「葬式、出られたんですか」

　白けた気分で、保坂は織田島の顔を見た。

「気の毒なことをしました」

織田島は、さらりと言った。

「世間がいやになっても、人間、グレながら、どうにか生きていきますが、ふっ、と自分がいやんなると、そのまま、逝ってしまうこともあるんでしょうな」

保坂は、首を振ってため息をつく。

「ところでどうしました、酒でも飲んだんですか？」

熱のために上気した保坂の顔を見て、織田島は尋ねた。

「そんなところです」

保坂は答えた。

岡谷で降りると、織田島は保坂に別れを告げ、上り線ホームに向かった。保坂は不思議に思い、東京に戻らないのか、と尋ねた。

織田島は、「ついでなんで、松本の楽器工場を見ていきますよ」と答えると、そのまま階段を上っていった。

ついで……。

呆《あき》れ果てて、織田島の後ろ姿を見送る。

上りの特急のシートに体をもたせかけると同時に、保坂は眠りに落ちた。

そのまま新宿に到着しても、目覚めなかった。

乗客が降りきった車内で、彼は背中を丸めたままシートにもたれていた。

車内点検に入った乗務員が、彼を揺り起こそうとし、すぐにこの老人が眠っているのではなく、意識を失っていることに気づき、慌てて救急車を呼んだ。

近くの大学病院に運び込まれた保坂は、二昼夜、眠り続けた。急性肺炎に、腎《じん》不全を併発していた。にもかかわらず、死ななかった。

腕に点滴の針をつけ、局部にカテーテルを差し込まれた状態で目覚めた保坂の心に浮かんだのは、「住み果てぬ世に、みにくき姿を待ちえて、何かはせん。命長ければ辱《はぢ》多し」という徒然草《つれづれぐさ》の一節だった。


瑞恵がグァルネリを手放したことを知ったのは、退院間際のことだ。

保坂は首をひねった。

瑞恵が、保坂の楽器を手に入れたからといって、グァルネリのような銘器を手放すはずはない。

ある週刊誌によれば、瑞恵は「わたくしのような者に、こんな名器はふさわしくありません」と語ったとあった。しかし瑞恵がそんな殊勝なことを言うはずはない。真意ははかりかねた。

そして、家に戻ってきた日、自分の口座に、二千万円が振り込まれていることを娘から聞かされた。瑞恵はこの金を作るために、自分のグァルネリを売ったのだ。

あの楽器のほうが、自分に合っていることを瑞恵は認めたのだ、と思うほどに、つまらぬ意地から、優れた音楽家を陥れた自分の行為が悔やまれた。

コンサートの招待券が送られてきたのはそれから二カ月ほどしてからだ。神野瑞恵からだった。手紙は添えられていない。プログラムもなかった。

偽ヴァイオリン事件は、今、いつのまにか、神野事件と呼ばれるようになって、さすがに一頃ほどは騒がれはしなかったが、まだ雑誌を賑《にぎ》わせている。

こんな状態なら、普通の人間は金銭的余裕さえあれば、一時渡欧して身を隠す。国内にいるだけでもいたたまれないだろうに、こともあろうに、コンサートを開くとは、瑞恵の意図がわからない。事件の被告人として法廷に立ったその二カ月後にステージに立つとは、大麻汚染のロック歌手ならいざしらず、並みの神経ではない。

保坂は、不思議がったり、感心したりしながら、チケットを眺めていた。場所は、と見ると、武蔵野労政会館とある。聞いたことのないホールだ。

神野瑞恵のコンサートは、もうどこのプロダクションも引き受けないという話だった。彼女が弾いていた室内合奏団も、ヴァイオリニストを替えたという話だったし、今の瑞恵には、共演者もいないという。しかしチケットには、ちゃんとピアニストの名が載っていた。

いつも瑞恵の背後で弾いていた小柄なピアニストの姿を思い出し、保坂はほっとした。少なくともいちばん大事なパートナーには見捨てられていない。

コンサートの当日、保坂は一張羅のスーツを着た。髪を撫《な》でつけ、ソフト帽を被《かぶ》った。娘の不思議そうな視線に見送られ、保坂は自宅を後にした。ホールのもより駅で降りてから、花屋に寄った。

瑞恵の再出発のコンサートである。みそぎなどという辛気臭いことは言わずに、心から祝福してやりたかった。

「花束を作って下さい」

保坂は店員に言った。

「お見舞いですか？」

学生アルバイトらしい男が、尋ねた。

「いや」

「結婚式？」

「コンサートだよ」

保坂は、少し照れながらつけ加けた。

「とびきり、豪華なのを」

店員はきょとんとした顔をした。奥から中年の女が出てきて代わった。

「これがいいですかねえ」

女は、カトレアを指差した。

保坂は首を振った。

「じゃ、カラーは、どうかしら。真っ白で上品ですよ」

女は、数本、まとめて見せた。

「いや」

「そしたら、やっぱりカーネーション」

「薔薇《ばら》がいいな」

保坂は言った。

「ああ、そうそう」

女は、奥にあるピンクの濃淡の薔薇を見せた。

「これにかすみ草をあしらって……」

「いや、赤いのがいい」

保坂は遮った。

「他の花は入れんでいいから、真っ赤なのを、そうだな三十本」

「薔薇だけですか？　赤いのだけ？」

女は、少し驚いたように、保坂を見た。

「あたしどもの若い頃は、花束っていったら、赤い薔薇と決まっとったよ」

保坂は笑った。

「すいません、棘《とげ》をまだ全部外してないんで……」

女は困ったような顔をする。

「かまわんよ。棘のない薔薇は薔薇ではない」

白いクレープペーパーで包まれた薔薇の束は、ずしりと重かった。保坂は、それを抱え、人目を気にしながら店を出た。

真っ赤な三十本の薔薇は、瑞恵と、彼の作ったヴァイオリンと、そして彼女の弾くコレルリに捧げられるべきものだった。プログラムはなかったが、まがりなりにも、再出発となるコンサートであれば、彼女の十八番を聴けることは間違いない、保坂はそう思った。

招待券に印刷してある略図を見ながら保坂は歩いていったが、コンサート会場はなかなかみつからない。

道行く人に尋ねたが、そんな音楽会をやるようなホールは、この辺りにはないという。途方にくれながら、保坂はもう一度戻って、左右を見渡した。

何度も見すごした後、古びた公民館のような建物がそれだと知ったとき、保坂は少し驚いた。

門を入って、小さな植込みの向こうにガラス戸があり、手書きのポスターが貼ってあった。

Pタイルの剝《は》がれかけた床の上に、がたつく長机を出して、弟子とおぼしき女が二人、受付をしている。

瑞恵が、あちこちの会場で貸し出し拒否にあっている、という話は本当だったのだ。それにしても、よくこんなところを借りる気になったものだ。

そのとき、濃紺のスーツ姿の中年の女がホールの扉を開けて出てきた。

「あなた、悪いけど、そこの角に行って、この地図貼ってきてくれる？　お客さんがここをわからないと困るからね。それから、缶ジュースを買って楽屋に届けて。伴奏者の分も忘れないでね」

受け付けに座っている一人に、早口で指示をすると、保坂に気づいたらしく、にっこり笑って会釈した。

「どうぞ、開演まで時間がありますが、中で待ってて下さい」

女の顔に見覚えがあった。どこかの会館のステージマネージャーか？

狭いロビーは、人影もまばらだった。

ドアを押してホールに入ると、薄暗い蛍光灯に照らし出された内部に、まだ客はいない。緞張《どんちょう》も布張りの椅子も色あせて、場末の映画館のようなうらぶれた雰囲気があった。どこからか、手洗いの匂いが漏れてくる。

先程の中年の女が、通路のめくれ上がったカーペットの端をガムテープで留めている。

どこで会ったのだろう、と首を傾げながら、保坂はその後ろ姿を見送った。いずれにしても、こんな状態で、瑞恵のコンサートを手伝っているのだから、彼女の古い友人なのかもしれない。

そのとき、舞台の袖《そで》から、かすかなヴァイオリンの音が漏れてきた。バッハの無伴奏パルティータの一節だ。

そのとたん、ガムテープを持った女は、体を真っすぐにして無人の舞台を睨《にら》んだ。右手が小さく鳴る音に合わせ、目に見えない弓を操るように鋭く動いた。

保坂は、あっ、と小さな声を上げた。ステージマネージャーなどではない。

口元を引き結び、目をきつく閉じて微《かす》かな音に聴き入るその顔は、ずいぶん前、国内コンクールで優勝した女性ヴァイオリニストだった。

「おたく、伊藤孝子さん」

「はい」

女は驚いた様子もなく、保坂の方を振り向いた。彼の抱えた花束を見て尋ねた。

「瑞恵先生のお知り合いですか？」

「ただの修理屋のじじいです。あの伊藤さんがなんだってこんなところで？」

孝子はちらりと笑っただけで答えない。

「覚えていますよ。おたくの弾いたシベリウス。なかなかの達人だ」

「昔を知っている方に会うのは、辛《つら》いわね」

「失礼。いや、良い演奏だったと記憶しているんで、つい」

「いえ、かまいませんよ。演奏家は実力と才能だけじゃないですよ。他人の注目を浴びて輝く力と、どんなに叩《たた》かれたって自分を通していくバカさ加減が必要です」

言葉を切ると、孝子は遠くを見るように、目を細めた。

「私はちょっとしたことで、挫折《ざせつ》しましたけど、彼女はそれどころじゃないところに追い込まれたんです。どれだけ、弾けるのか見てやろう、という気になるじゃありませんか。あれほどボロボロになったって、彼女には華があります。ちゃんと弾き続ける限り、応援しますよ、私は。そのかわり演奏レベルを下げたら、さっさとそっぽを向きますけどね」

それだけ言うと、孝子は再び通路にかがみこんで、カーペットを留め始めた。

保坂は前から三列目のほぼ真ん中の席に腰を下ろすと、渡されたプログラムを開きかけた。しかし薄暗いライトに白内障の目では文字を追うことはできなかった。

やがて開演のブザーが鳴った。

客席のライトが消える。

拍手があった。瑞恵が登場した。ぱらぱらとまばらな拍手だった。

今までの瑞恵のコンサートにつきものの、どよめきと、客席から一斉に漏れるため息は、なかった。

静かだ。

保坂は、おそるおそる振り返った。だれもいない。いや、少しばかりはいた。しかし、だれもいないと思わせるほど、ほの暗い闇に沈んだ空き席の連なりは、寒々しかった。

保坂は暗澹《あんたん》とした思いで、腕の中の薔薇の花に視線を落とす。

その瞬間、パシャパシャと音がして、目の眩《くら》むような光が、客席からいくつも飛んだ。週刊誌のカメラマンが、ここにも押しかけていた。瑞恵は、顔色一つ変えない。

彼女は、今まで見たこともない、深紅のドレスを着ていた。すっくと正面をむいて立った姿は、火の柱のようだ。

首の回りに輝いていたダイヤは、もうない。髪を後ろ一つにシニョンに結った瑞恵の頰は、肉が落ちて、顔全体がひどく鋭角的になっている。彼女は、一礼して客席を見渡した。一瞬、目が合った。暗い客席は、舞台からは見えにくいはずだが、保坂にはそのとき、確かに瑞恵が彼と彼の膝《ひざ》の上の薔薇の花束をみとめたように見えた。その目の中の、すさまじい気迫に気圧《けお》されて、保坂はたじろいだ。

瑞恵は一呼吸して、弓を構えた。振り上げた弓が、一瞬、空中でぴたりと止まった。そのまま、一気に下ろした。

がらんとしたホールの空気を貫き、震えさせるような鋭い第一声が鳴った。クロイツェルソナタだった。

ほとんどのヴァイオリニストにとって悪夢だと言われる無伴奏の導入を瑞恵は、驚くほどの透明さで弾ききった。

二本の音の流れは、わずかの淀《よど》みもない。

今度こそ無数のため息が客席から溢《あふ》れさざなみのように広がっていった。

伴奏が入る。ピアノの音が、いつにない潤《うるお》いを帯びている。恋人同士を思わせる二台の楽器のひそやかな語り合いが聞こえる。限りなく肉声に近い音だ。

そしてアップテンポに変わる。瑞恵は今ではすたれたマルトレという奏法を用いている。そしてその後の和音は、分散させずに、開放弦を使って一気に弾いた。

すべてがこの楽器だからこそ可能であることを保坂は知らない。

嵐のような音階の下降、すすり泣くようなセンチメンタルな響き。

彼はかぶりを振った。

違う、こんなはずがない。

保坂の目は、もはや瑞恵など見てはいなかった。弓を動かす白い指も、しなやかに動く上体も見ていなかった。

彼が凝視していたのは、楽器だ。まぎれもなく、彼が、彼自身が製作したものだった。

しかしその音は彼の知っているものではない。

ベートーヴェンなど弾かないで下さいね、華やかで劇的な効果は出ませんから……。そう言ったはずだ。そのつもりだった。しかしそれは今、彼が予想もしなかった歌い方をしていた。

製作者の手元を離れたとたん、それは彼を裏切ったのだ。あっぱれな裏切り方だった。

彼のヴァイオリン、"ZENJIRO-HOSAKA 1987 TOKYO"は、今、肉声を思わせる厚みのある力強い音で、ホールを揺るがせていた。

保坂は、あの二千万円の意味を知らされた。

楽器の特性など弾き手次第だ、と言いきった瑞恵は、今、完全に自分のものとなった楽器を意のままに歌わせていた。

保坂が作り上げた、繊細で典雅な、王朝の姫君のような楽器は、猛々《たけだけ》しささえ感じさせる、鋭く、重量感のある音で鳴っている。

優雅さや、艶《つや》やかさは消え、華やかな装飾音もなく、代わりに、ひゅっと風を切るようなハイポジションの鋭い音、魂の深遠を覗《のぞ》かせるような神秘的なG線の響きを持っていた。

老職人は、握りしめた薔薇《ばら》の棘《とげ》で、皺《しわ》だらけの指から血がしたたっているのにも気づかず、叫び、語り、啜《すす》り泣く彼の名器を啞然《あぜん》としてみつめていた。

瑞恵の音楽は鍛え直され、力を帯びていた。やがて、ソナタはテンポを上げ、一楽章の壮麗なフィナーレに入っていく。

上体をしならせ、叩きつけるように弓を操っていた瑞恵の体は、一瞬ぴたりと止まった。ディミヌエンドのささやくような数小節を終えた後、突然溢《あふ》れ出たフォルティシモの音は、客席を呑み込みながら最後の和音に向かって昇りつめていった。

文庫版あとがき

篠田節子

死体の転がらないミステリを書いてみたかった。

エンタテインメント小説と言えば、「〜殺人事件」と銘打ったライトミステリーが主流の時代が、かつてあった。殺人事件と違って、経済事件、詐欺とりわけ贈収賄は、小説にしてもまったく面白くない、とさえ言われていた。

だからこそ新人としては、ブームに背を向けてみたい気持ちになった。翻訳物の緻密《ちみつ》なコンゲームに憧《あこが》れてもいた。

「ブルー・ハネムーン」「ジェスマイヤーの手」「マエストロ」の三本は、そんな時代に書いたものだ。

何度か書き直しをして、それぞれ長編として陽の目を見た。うち二本「ジェスマイヤーの手」と「マエストロ」は、販売上の理由から、出版社側から提案されたタイトルに改題された。「ジェスマイヤーの手」は「妖櫻忌《ようおうき》」に、「マエストロ」は「変身」とタイトルが変わった。

直しを入れるうちに、この二本は当初意図したコンゲームからはだいぶ離れたものになった。「妖櫻忌」は耽美《たんび》ホラーに傾き、「変身」は未熟な女性ヴァイオリニストの試練と成長の物語という側面が加わった。

「女たちのジハード」以来、発表する作品が、どれも女性の「自立」と「自分探し」というキーワードで解釈されることが増えてきた。どのような読み方をされるのも読者の自由だが、本来意図した「殺人無き犯罪小説」にもう一度戻りたいという気持ちもあり、今回、タイトルを「マエストロ」という原題に戻した。謎解きはないが、サスペンスを楽しみつつ、女性主人公の行く末を見守っていただければと思う。

この物語を書くにあたり、ヴァイオリン製作について貴重なお話をお聞かせくださった百瀬不二彦さんは、すでにこの世にいない。最後にお目にかかったのは、弦楽器フェアの折で、ご自分で製作された楽器のブース前で、自信に満ちた笑みを浮かべていらしたのを覚えている。感謝を捧《ささ》げつつ心からご冥福《めいふく》をお祈りしたい。

音楽全般についてご教示いただいたチェリストの角田孝夫先生、法律家の立場から原稿に目を通していただいた田中成志先生、また文庫本の加筆修正に当たり、取材させていただいたヴァイオリニストの方々と、楽器販売会社の社員の皆様、適切なアドヴァイスと励ましをいただいた角川書店の堀内大示さん、服部圭子さんに心からお礼申し上げます。

ありがとうございました。

解説

池上冬樹

僕が〝篠田節子〟を発見したのは『カノン』だった。受賞は逃したものの、『聖域』で山本周五郎賞に、『夏の災厄』で直木賞にノミネートされた時期で、篠田節子の評判がとても良く、一冊読んでみようと思って、ちょうど手元にあった『カノン』を読んでみたのである。そして魅せられた。

作品はいちおうジャンル的には、死んだ男の残したテープが災いをよぶホラーとなっていたが、読んでみるとホラーというより優れた心理&音楽小説だった。学生時代にアンサンブルを組んでいた仲間の一人が自殺をし、その遺品として、小学校の音楽教師の瑞穂に音楽テープが手渡される。そこに録音されていたバッハのカノンを聴いて以来、秘められていた過去の愛憎がよみがえり、瑞穂の周辺でさまざまな不吉な事件がおきる……という物語である。

前半の展開はゆるやかだけれど、後半から盛り上がり、がぜん加速度がつく。しかもホラー小説のように見せかけて、実は、四十歳を目前にした男女へのメッセージ小説へと反転する。その手際が見事だった。自分が本来もっている輝きを捨て、他人と世間の評価のなかで安逸な生活を送ることで本当に満足なのか？　張りぼての現実の檻《おり》のなかで、くすぶり続ける松明《たいまつ》のような人生を送ることでいいのか？　という問いを前面に打ち出して、読む者を鋭く挑発してくるのである。とりわけ小説として優れていたのは、瑞穂を怖がらせるもののすべてが、新たな〈生〉と価値観を見いだすための鍵《かぎ》となる点だった。ヒロインの〈自己発見〉の小説、というと安っぽく響いてしまうけれど、しかしこれほど力強い幕切れの、ふつふつと元気がわいてくる小説も珍しいと思った。

そのあとネパールの女性と結婚した男の魂の遍歴を描く『ゴサインタン』で山本賞を、女性たちのたぐいまれなアンサンブル小説ともいうべき『女たちのジハード』で直木賞を受賞して、篠田節子は押しも押されもせぬ人気作家へとなっていくのだが、そのなかでも（『ゴサインタン』や『弥勒』などのチベット文化にまつわる物語も気にいっているが）ひとつの力強い路線ともいうべき作品群が音楽小説なのである。主人公もプロからアマチュアまで広がっているし、楽器も異なるが、クラシック音楽を演奏する者たちの一連の小説がある。『変身―― Metamorphosis ――』『カノン』『ハルモニア』、そして昨年出た『秋の花火』である。

『秋の花火』は短篇集であり、短篇集がみなそうであるようにもうひとつ多くの注目を集めるまでには至らなかったが、これはなかなかの秀作集で、表題作の「秋の花火」と、女性ピアニストの凄絶《せいぜつ》な人生を描く「ソリスト」の音楽小説が素晴らしかった。とくに表題作の「秋の花火」が嫋々《じょうじょう》たる作品で快く酔わせてくれる。人生の秋を迎えた中年男女のひそやかな恋情を、ブラームスの弦楽六重奏にのって奥床しく慎《つつ》ましくリリカルに謳《うた》いあげていて、まるで秋の花火のように静かで儚《はかな》い美しさを、過去の記憶をひもときながら結晶化させている。もちろん篠田節子なので、十二分に痛みのともなう官能の震えを感じさせるけれど、それがまたファンにはたまらない特徴でもあった。

さて、前置きが長くなってしまった。本書『マエストロ』は、その音楽小説の系譜の最初の作品といっていい、初期の『変身――Metamorphosis――』の改訂加筆版である。ながらく文庫化されずにいたのは、作者が静かな情熱を注いできたであろう音楽小説というジャンルの豊饒《ほうじょう》さの点で、その後の作品との比較においても充分に優れた形にしたかったためではないかと思う。実際、エンターテインメントとしての面白さをもちながらも、本来の音楽小説としての精緻《せいち》さが優先され、なんとも読み応《ごた》えのある物語に仕上がっている。

まず、物語は、ヴァイオリニストの神野瑞恵のコンサートの場面からはじまる。瑞恵は、その日も、ダイヤのネックレスをつけてコンサートのステージにたっていた。楽器が傷むという理由から、普通ヴァイオリニストはつけないものだが、瑞恵の場合はつけた。彼女はロイヤルダイヤモンドのCMに出演し、副社長の石橋から援助も受けており、大きなホールでコンサートを行えるのも宝石店のおかげだった。瑞恵はその後ろ楯《だて》を失うことをおそれていた。〝一流半〟というのが専門家の見方で、彼女以上の実力者はいくらでもいたからである。

華やかな容貌《ようぼう》、ダイヤモンド、そして与えられた銘器のグァルネリが、瑞恵をひきたてていたが、その日のグァルネリには湿ったような妙な音が交じった。コンサート終了後、懇意にしている楽器商、マイヤー商会の柄沢も音の異常を指摘した。マイスター成瀬といわれる業界随一の専門家に直してもらったばかりだが、調整がおかしいとしか思えなかった。

柄沢は、〝保坂のじいさん〟を勧める。都営住宅の六畳一間で仕事をしている〝称号なきマイスター〟として重宝されている職人だった。瑞恵は保坂をたずね、グァルネリを預けて、かわりのヴァイオリンを借りてくる。その楽器がしっくりとなじみ、ふくよかな音を奏でた。いつしかその楽器を手元においておきたくなるが、保坂から楽器の素性をきいて、瑞恵は激怒する。それから少しずつ彼女の生活の歯車が狂っていく——。

物語は中盤以降、瑞恵と石橋と柄沢との恋愛関係、成瀬と保坂との因縁、さらに瑞恵以上の実力をもちながらも消えていったヴァイオリニストを加えて、それぞれの思惑をからめて、予想外の方向へ物語が進んでいく。

この小説もまた、演奏家を主人公にした音楽小説であるけれど、音楽小説というよりむしろ芸術家小説といったほうがいいだろう。いかにその作曲家の音楽を理解し、演奏し、いや、すその本質をつかむのかという内容だけれど、もちろん技術だけの問題ではない。いや、すでに瑞恵は技術も芸術的理解も充分であり、自らに足りないものを自覚し、いかにそれを獲得するのかが中盤以降のテーマになる。いわばその本質を見いだすための試練のドラマが繰り広げられるのである。『カノン』の言葉を借りるなら、瑞恵もまた事件を通して〝張りぼての現実の檻〟に気づき、そこから出会う人物も、見いだす事実も、かぶらざるをえない罪も、許さざるをえない行いも、すべてが自分をかえりみさせ、音楽と人生の本質へと到達する道へとつながっていくのである。そのさまざまな挿話と練り込まれた細部の連繫《れんけい》、それとひとつひとつの意味づけが丁寧で正確、実に説得力がある。

そのひとつの対比となるのが、冒頭とラストのコンサートの模様だろう。冒頭の華やかで絢爛《けんらん》たるコンサートと比べると、ラストの外見と規模は見劣りすることになるのだが、ヒロインの内面の充実ぶりと音楽性の高さははるかに終盤のほうが際立っているし、読む者はみな瑞恵が奏でる豊かな旋律に心を揺さぶられ、曲想のなかに遊ぶ経験をすることになる。そして同時に、いつしか読者自身もまた、ゆっくりと己《おの》が人生に目を向け、自分が何を求め、何になりたがっているのか、何を得たいのかを具体的に摑《つか》もうという気持ちになるのである。

そのように読者をかりたてるのは、篠田節子の文章が力強いからだろう。文章のひとつひとつが強い響きをもち、イメージは具体的で、実に喚起力がある。クラシック音楽に詳しくない者ですら、その音の微妙な色合い、温《ぬく》もり、冷たさ、軋《きし》みなどが皮膚感覚として伝わってくる。直截《ちよくせつ》的に心を鷲摑《わしづか》みにされ、心の奥底に眠る名状し難い感情を揺り動かされて、あたかも瑞恵と同じように不安と恐れを抱いたり、喜びと幸せを覚えたりするのである。

鋭く生々しい喚起と、艶《つや》やかな情感と、そして読者自身の生の諸相をかえりみさせる、しなやかな膂力《りょりょく》。読者は、優れた物語を読んだという満足感を覚えつつ、それを味わうことになる。これは決して音楽小説だけでなく、篠田文学の多くにいえる。本書は、篠田節子が山本賞や直木賞を受賞する以前の初期作品であるけれど、その篠田文学の特性のよく出ている佳作といっていいだろう。

■著作リスト

1『絹の変容』（集英社、九一年一月）↓集英社文庫　▼第3回小説すばる新人賞
2『贋作師』（講談社ノベルス、九一年三月）↓講談社文庫
3『ブルーハネムーン』（光文社カッパノベルス、九一年十二月）↓光文社文庫
4『変身── Metamorphosis ──』（角川書店、九二年九月）
↓『マエストロ』と改題して角川文庫に。※本書
5『アクアリウム』（スコラ、九三年三月）↓新潮文庫
6『神鳥（イビス）』（集英社、九三年八月）↓集英社文庫
7『聖域』（講談社、九四年四月）↓講談社文庫　▼第8回山本周五郎賞候補作
8『愛逢い月』（集英社、九四年七月）↓集英社文庫　※短篇集
9『夏の災厄』（毎日新聞社、九五年三月）↓文春文庫　▼第113回直木賞候補作
10『美神解体』（角川ホラー文庫、九五年八月）
11『死神』（実業之日本社、九六年一月）↓文春文庫
12『カノン』（文藝春秋、九六年四月）↓文春文庫　▼第115回直木賞候補作
13『ゴサインタン──神の座』（双葉社、九六年九月）↓双葉文庫↓文春文庫
▼第10回山本周五郎賞受賞作。第116回直木賞候補作
14『女たちのジハード』（集英社、九七年一月）↓集英社文庫

▼第117回直木賞受賞作

15『斎藤家の核弾頭』（朝日新聞社、九七年四月）→朝日文庫→新潮文庫
16『ハルモニア』（マガジンハウス、九八年一月）→文春文庫
17『弥勒』（講談社、九八年九月）→講談社文庫
18『三日やったらやめられない』（幻冬舎、九八年十一月）
→幻冬舎文庫　※エッセイ
19『レクイエム』（文藝春秋、九九年一月）→文春文庫　※短篇集
20『青らむ空のうつろのなかに』（新潮社、九九年三月）
→『家鳴《やな》り』と改題して新潮文庫に
21『寄り道ビアホール』（朝日新聞社、九九年十一月）→講談社文庫　※エッセイ集
22『第4の神話』（角川書店、九九年十二月）→角川文庫
23『交錯する文明――東地中海の真珠キプロス』（中央公論新社、二〇〇〇年二月）
24『百年の恋』（朝日新聞社、〇〇年十二月）→朝日文庫
25『インコは戻ってきたか』（集英社、〇一年六月）→集英社文庫
26『妖櫻忌』（角川書店、〇一年十一月）→角川文庫
27『静かな黄昏の国』（角川書店、〇二年十月）※短篇集
28『コンタクト・ゾーン』（毎日新聞社、〇三年四月）
29『天窓のある家』（実業之日本社、〇三年九月）

30『逃避行』（光文社、〇三年十二月）
31『秋の花火』（文藝春秋、〇四年七月）※短篇集
32『砂漠の船』（双葉社、〇四年十月）
33『ロズウェルなんか知らない』（講談社、〇五年七月）

本書は一九九二年九月、小社より刊行された単行本『変身』を
改題のうえ、加筆、修正し文庫化したものです。

マエストロ

篠《しの》田《だ》節《せつ》子《こ》

角川文庫 14011

平成十七年十一月二十五日　初版発行

発行者――田口惠司

発行所――株式会社角川書店

東京都千代田区富士見二―十三―三

電話　編集（〇三）三二三八―八五五五

営業（〇三）三二三八―八五二一

〒一〇二―八一七七

振替〇〇一三〇―九―一九五二〇八

印刷所――暁印刷　製本所――BBC

装幀者――杉浦康平

落丁・乱丁本はご面倒でも小社受注センター読者係にお送りください。送料は小社負担でお取り替えいたします。

定価はカバーに明記してあります。

し 31-3　ISBN4-04-195904-7 C0193

角川文庫発刊に際して

角川源義

　第二次世界大戦の敗北は、軍事力の敗北であった以上に、私たちの若い文化力の敗退であった。私たちの文化が戦争に対して如何に無力であり、単なるあだ花に過ぎなかったかを、私たちは身を以て体験し痛感した。西洋近代文化の摂取にとって、明治以後八十年の歳月は決して短かすぎたとは言えない。にもかかわらず、近代文化の伝統を確立し、自由な批判と柔軟な良識に富む文化層として自らを形成することに私たちは失敗して来た。そしてこれは、各層への文化の普及滲透を任務とする出版人の責任でもあった。

　一九四五年以来、私たちは再び振出しに戻り、第一歩から踏み出すことを余儀なくされた。これは大きな不幸ではあるが、反面、これまでの混沌・未熟・歪曲の中にあった我が国の文化に秩序と確たる基礎を齎らすためには絶好の機会でもある。角川書店は、このような祖国の文化的危機にあたり、微力をも顧みず再建の礎石たるべき抱負と決意とをもって出発したが、ここに創立以来の念願を果すべく角川文庫を発刊する。これまで刊行されたあらゆる全集叢書文庫類の長所と短所とを検討し、古今東西の不朽の典籍を、良心的編集のもとに、廉価に、そして書架にふさわしい美本として、多くのひとびとに提供しようとする。しかし私たちは徒らに百科全書的な知識のジレッタントを作ることを目的とせず、あくまで祖国の文化に秩序と再建への道を示し、この文庫を角川書店の栄ある事業として、今後永久に継続発展せしめ、学芸と教養との殿堂として大成せんことを期したい。多くの読書子の愛情ある忠言と支持とによって、この希望と抱負とを完遂せしめられんことを願う。

一九四九年五月三日

角川文庫ベストセラー

第4の神話　篠田節子

すべてに恵まれた女性ベストセラー作家・夏木柚香が急逝した。だが、彼女が美しい仮面の下に抱いていたのは――。女の心に潜む真実に迫る衝撃作。

妖櫻忌　篠田節子

女流作家・大原鳳月が焼死した。編集者の堀口は彼女の秘書に鳳月をモデルにした手記を依頼するが…。消えない愛執を描くホラー・サスペンス。

新版 いちずに一本道 いちずに一ッ事　相田みつを

現代人の心をつかみ、示唆と勇気を与える「相田みつを」の生涯を、未発表の書と共に綴った唯一の自伝。美しいろうけつを満載、超豪華版の初文庫。

新版 にんげんだもの 逢　相田みつを

うつくしいものを美しいと思えるあなたのこころがうつくしい――書・詩の真実が私たちの心を捉える相田みつを。その代表作を満載する決定版。

ちっちゃなかみさん　平岩弓枝

向島で三代続いた料理屋の一人娘、お京がかつぎ豆腐売りの信吉といっしょになりたいと言いだして……。豊かな江戸の人情を描く珠玉短編集。

江戸の娘　平岩弓枝

男まさりのお鶴は無頼漢相手に喧嘩するチャキチャキの蔵前小町。そのお鶴が惚れたのはお侍……。時代もの短編集。

千姫様　平岩弓枝

動乱の戦国時代に生を享け、数奇な運命に翻弄されながらも、天寿を全うした千姫。千姫の情熱にあふれる生涯を描く、長編時代小説。

角川文庫ベストセラー

茉莉花茶を飲む間に　林　真理子

南青山の紅茶専門店に、オーナーの和子を慕って集まる若い女性客。彼女たちが語る、輝かしいはずの若さに立ちふさがる冷やかな「現実」とは。

マリコ・ジャーナル　林　真理子

ジャーナリスティックな見識と本質を見透かす目がとらえた、社会、ファッション、映画、暮しなど。世の様々な出来事とその機微を軽快に綴る。

次に行く国、次に恋する国　林　真理子

少々の嘘も裏切りも遠い旅先なら許される。そんな解放感にそそられ、パリ、NY、ロンドンなどで生まれて消えたロマンチックだけど危うい恋。

イミテーション・ゴールド　林　真理子

恋人のために株投資、化粧品のネズミ講販売と手を拡げたブティック勤めの福美は、ついに自らの体を商品に。二人の愛と信頼を夢が崩し始めた。

原宿日記　林　真理子

一九九〇年六月の結婚から始まる作家の日記。原稿執筆に講演、趣味の日本舞踊やオペラ、毎日のお献立など、超多忙だが楽しくも刺激的な日々。

ワンス・ア・イヤー　林　真理子
私はいかに傷つき、いかに戦ったか

あの日、あの恋、あの男。就職浪人の女子がベストセラー作家になるまでの、苦難と恍惚の道のりを鮮烈に描いた自伝的傑作長編小説。

ピンクのチョコレート　林　真理子

贅沢と快楽を教えてくれた男が事業に失敗、最後の〝愛情〟で新しいパトロンに引継ぎを頼むが。自分で道を選べない女の切ない哀しみ。（山本文緒）

角川文庫ベストセラー

こんないき方もある　佐藤愛子

人生は海原。人は浮き沈みする西瓜の皮。他人に左右されない生き方には勇気と愛がいる。人間洞察の鋭い目がもう一つの生き方を極める。

何がおかしい　佐藤愛子

知らぬうちに災難がむこうからやってきて、次から次へとトラブルに見舞われる。無理難題、不条理に怒り爆発！　超面白スーパーエッセイ。

こんな女もいる　佐藤愛子

「自分は全然わるくないのに、男のせいで、こんなに苦しめられている…」女は被害者意識が強すぎる!?　痛快、愛子女史の人生論エッセイ。

こんな老い方もある　佐藤愛子

どんな事態になろうとも悪あがきせずに、運命を受け入れて、上手にいこうではありませんか。美しく歳を重ねるためのヒント満載。

野望のラビリンス　藤田宜永

探偵・鈴切に持ちこまれた、猫探しの奇妙な依頼。だが彼を待ち受けていたのは…。パリを舞台に綴る本格ハードボイルド、直木賞作家のデビュー作。

標的の向こう側　藤田宜永

フランス国籍を持つ私立探偵・鈴切信吾のもとに舞い込んだ殺人調査。その背後にはスペインリゾート地を巡る陰謀の渦が……。

王朝序曲(上)(下)　永井路子

平安遷都七九四年、官等をめざして縺れあう藤原真夏、冬嗣兄弟の愛憎、皇太子・安殿との骨肉の相剋に命をすりへらす桓武を描く歴史大河小説。